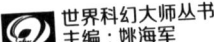

世界科幻大师丛书
主编：姚海军

暗黑扫描仪

A SCANNER DARKLY

[美] 菲利普·迪克 著

于娟娟 译

四川科学技术出版社

图书在版编目(CIP)数据

暗黑扫描仪 / [美]菲利普·迪克 著；于娟娟 译
--成都：四川科学技术出版社，2019.9
(世界科幻大师丛书 / 姚海军 主编)
书名原文：A SCANNER DARKLY
ISBN 978-7-5364-9570-8

Ⅰ.①暗… Ⅱ.①菲… ②于… Ⅲ.①科学幻想小说 – 美国 – 现代

Ⅳ.①I712.45

中国版本图书馆CIP数据核字(2019)第261839号
图进字：21-2019-436

世界科幻大师丛书

暗黑扫瞄仪

出 品 人	钱丹凝
丛书主编	姚海军
著 者	[美]菲利普·迪克
译 者	于娟娟
责任编辑	宋 齐　姚海军
特邀编辑	陈 曜
封面绘画	李 凯
封面设计	施 洋
版面设计	施 洋
责任出版	欧晓春
出 版	四川科学技术出版社
	四川省成都市槐树街2号出版大厦　邮政编码：610031
开 本	140mm×203mm
印 张	12
字 数	200千
插 页	2
印 刷	成都博瑞印务有限公司
版 次	2020年5月成都第一版
印 次	2020年5月成都第一次印刷
定 价	52.00元

ISBN 978-7-5364-9570-8

菲利普·迪克

Philip K. Dick

1928 − 1982

1

曾经有个家伙,整天都站在那里想把头发里的虫子抖出来。虽然医生告诉他,他头发里根本没有虫子。但他洗澡仍然会洗上八个小时,一连好几个小时站在热水下面,忍受着虫子带来的痛苦,等他终于出来擦干身体,头发里面还是有虫子。事实上,他全身到处都是虫子。一个月后,他的肺部也出现了虫子。

无事可做,无事可想,他开始针对这些虫子的生命周期进行理论研究,并且试着在百科全书的帮助下,确认这究竟是哪种虫子。现在,虫子已经填满了他的房子。他阅读了很多不同种类虫子的资料,最后注意到野外昆虫,于是断定这属于蚜虫。他认定这一点后始终固执己见,不管别人怎么安慰他……比如"蚜虫不咬人"。

别人之所以安慰他,是因为虫子没完没了的啮咬使他陷入痛苦之中。他在美国加州随处可见的7-11便利连锁店中,买了"雷达""骷髅旗"和"庭院守卫"三种喷雾杀虫剂。他先把杀虫剂喷在房子里,后来索性喷在自己身上。他觉得"庭院守卫"效果最好。

至于理论方面,他了解到这种虫子的生命周期包括三个阶段。首先,他称之为"携带者"的人类把虫子传到他身上,使他被感染,这些人没有意识到他们在虫子的扩散过程中起到了怎样的作用。处于这一阶段的虫子还没有长出下巴,或者说下颚(他在数周学术研究过程中学到了这个词,对于一个整天在修车店给人换刹车零件的家伙来说,这可是种罕见的文雅活儿)。因此,携带者不会有什么感觉。他曾经坐在起居室的一角远远地看着不同的携带者走进来——其中大多数人他已经认识了一段时间,但也有些不熟悉的人——这些人身上都携带着正处于不咬人阶段的蚜虫。他会偷偷一笑,因为他知道那个人正在被虫子利用,却对此一无所知。

"你在笑什么,杰瑞?"别人会问。

他只是笑笑。

下一阶段,虫子会长出类似翅膀的东西,但并不是真正的翅膀,更像是一种附肢,使它们能够成群结队地移动,这就是它们迁徙和传播的方式——专门朝他而来。这时,空气中会充满了虫子,在他的起居室、他的整个房子里,乌压压一片。在这个阶段,他会尽量避免把它们吸入体内。

最令他感到难过的是他的狗,因为他能看到虫子落满它的全身,很可能还钻进了狗的肺部,就像他自己所遭遇的一样。这只狗很可能承受着和他一样的痛苦——至少他是如此感同身受的。是不是应该把狗送走,让它好受一点儿? 但他决定还是不要这样做:这只狗现在已经不小心被感染了,跑到哪儿就会把虫子带到哪儿。

有时他会和狗一起淋浴,想把狗也洗干净,但根本做不到,就像他没办法把自己洗干净一样。看到这只狗遭受折磨,他心如刀割;他一直想方设法帮助它。从某种意义上来说,最糟糕的事情莫过于看着无法开口诉说的动物承受痛苦。

“你他妈的为什么一整天都和那只该死的狗待在浴室里?”有一次,他的好哥们儿查尔斯·弗雷克在他忙着给狗洗澡的时候进来问他。

杰瑞说:“我得把蚜虫从它身上弄下来。”他把那只名叫马克斯的狗从淋浴室里抱出来,开始帮它擦干身体。查尔斯·弗雷克困惑不解地看着杰瑞把婴儿油和爽身粉擦在狗的毛皮上。屋子里到处都是喷雾杀虫剂、爽身粉、婴儿油和护肤品的瓶子,乱七八糟,堆积如山,大部分都是空瓶子。现在他每天都要用到很多瓶瓶罐罐。

"我根本没看到蚜虫。"查尔斯说,"蚜虫是什么?"

"你最终会被它杀死,"杰瑞说,"蚜虫就是这种东西。它们在我的头发里、我的皮肤里、我的肺里,而且疼痛难忍,该死的——我现在必须得去医院了。"

"我怎么看不见?"

杰瑞跪在地毯上,把裹着毛巾的狗放在地上,说:"我抓一只给你看。"地毯上到处都是蚜虫,上上下下蹦来蹦去,有些跳得比另一些高。他想找只特别大的,因为人们很难看得见它们。"给我拿个瓶子或罐子,"他说,"在洗涤槽下面。然后我们把它塞住或者盖上,我去看医生时带上这个,让医生分析一下。"

查尔斯·弗雷克给他拿来一个空的蛋黄酱罐子。杰瑞继续寻找,终于发现一只蚜虫跳到空中至少一米二高的地方。这只蚜虫长度超过二点五厘米。他抓住它,拿起罐子小心地把它放进去,然后拧紧盖子。他得意地举起罐子。"看见了吗?"他说。

"是的,是的。"查尔斯·弗雷克说,他仔细打量罐子里面的东西,眼睛睁得大大的,"好大一只! 哇哦!"

"帮我再找一些,给医生看看。"杰瑞说着又在地毯上蹲下,把罐子放在旁边。

"没问题。"查尔斯·弗雷克说,跟他一块儿蹲下。

半小时之内，他们抓到的虫子装满了三个罐子。虽然查尔斯在这方面是个新手，但最大的几只都是他发现的。

那是1994年6月一天的中午。美国加利福尼亚州这一大片地区都是廉价但耐用的塑料房屋，很久以前也有不吸毒的正派人士住在这里。杰瑞用喷了金属漆的旧塑料板遮住所有的窗户，挡住外面的光线；房间里的照明完全依靠一盏长杆落地灯，聚光灯泡日夜照耀，使他和他的朋友们不会感受到时间的流逝。他喜欢这样：他喜欢摆脱时间的束缚。这样他就可以把精力集中在重要的事情上而不受干扰。就像这件事：两个男人跪在地毯上，抓到一只又一只虫子，放进一个又一个罐子。

"我们这么做有什么好处？"那天晚些时候查尔斯·弗雷克说，"我是说，医生会为了这个付给我们钱或别的什么吗？有奖品还是有奖金？"

"这样我可以帮助他们完善治疗方法。"杰瑞说。疼痛一直持续不断，现在已变得无法忍受；他从未习惯过这种疼痛，也知道自己永远没法习惯。强烈的渴望，抑制不住的欲望，他想要再洗个澡。"嘿，伙计。"他气喘吁吁地挺直身体，"你接着把它们装进罐子里，我去上个厕所。"他走向浴室。

"好吧。"查尔斯双手合拢，两条长腿摇摇晃晃地挪向罐子那边。他是个退伍老兵，现在肌肉控制能力仍然很棒，他找到罐子,但突然说:"杰瑞,嗨——那些虫子吓到我了。我不喜欢一个人待在这儿。"他站了起来。

"胆小鬼。"杰瑞停在浴室里,已经痛得气喘吁吁。

"你就不能——"

"我要撒尿!"他"砰"地关上门,转动淋浴器的旋钮。水流倾泻而下。

"我在这儿害怕。"查尔斯·弗雷克的声音变得模糊,虽然他明显正在大声喊叫。

"那你爱怎么办就怎么办!"杰瑞一边大声回答,一边走进淋浴间。这些朋友究竟有什么用? 他痛苦地想。没用! 没用! 压根儿没用!

"这些该死的东西会蜇人吗?"查尔斯在门口叫道。

"是的,会蜇人。"杰瑞一边说一边把洗发水抹到头发上。

"我猜也是。"查尔斯停顿了一下,"我能不能洗个手,躲开这些东西,等着你?"

胆小鬼,杰瑞愤愤不平地想。他什么也没说,只是继续洗澡。不值得费力气回答那个混蛋……他不理会查尔斯·弗雷克,只把注意力集中在自己身上。只关注他自己重要的、必须的、可怕的、迫切的需要。其他一切只能再等等。没时间了,没时间了,这些事情不能拖延。其他一切都是次要的。除了那只狗,他想到那只狗——马克斯。

　　查尔斯·弗雷克打了个电话,接电话的正是他想找的那个人,"你能给我弄到十份'慢死'吗?"

　　"上帝啊,我完全没货了——我自己都在想办法。如果你弄到了告诉我,我也想要点儿。"

　　"供货出了什么问题?"

　　"警察突然袭击,我猜。"

　　查尔斯·弗雷克挂断电话,离开付费电话亭——买这东西可不能用家里的电话——垂头丧气地走向停在旁边的雪佛兰,脑子里飘过一连串幻想。在他的幻想中,他驾车驶过兴旺药店,看到巨大的橱窗里,一瓶瓶"慢死",一罐罐"慢死",很多碗、很多壶、很多桶、很多浴缸的"慢死",数百万"慢死"的胶囊、片剂和针剂,"慢死"混合了冰毒、海洛因、巴比妥酸盐和迷幻剂,一切一切——还有个巨大的标语:**信誉良好**。当然还有:**价格极低,全城最低**。

　　但事实上,兴旺药店陈列的东西没什么意思:梳子、几瓶矿物油、除臭剂喷雾罐,一般都是那些无聊的东西。但他敢打赌,后面的药房里肯定有被严严实实锁起来的"慢死",未稀释、未掺杂、相当纯净的整装高档货,大概二十几千克一袋。他一边畅想着,一边驾车离开停车场,驶入海港大道下午的车流中。

他很想知道他们每天早上什么时候,通过怎样的方式在兴旺药店卸下整装的D物质,无论这些东西来自哪里——天知道,也许来自瑞士,也许来自另一颗有智慧生命的星球。也许他们清早就把货送来,由武装警察护送——带着激光枪的警察站在那里,一看就不好惹,警察都是这样。他想象自己是警察的话会怎么想,无论谁要夺走我的"慢死",我都会杀掉他们。

他盘算着,各种合法药物里可能都有D物质,只是微乎其微。根据德国或瑞士药房发明的独家秘密配方,这儿加一点那儿加一点。但其实他很清楚,政府当局会逮捕或消灭任何出售、运输或使用这东西的人,在这种情况下,兴旺药店——数百万家兴旺药店——可能会挨枪子儿或彻底歇业,至少也要被罚款。很可能只是罚款。兴旺药店已经赚到了钱。无论如何,你不可能把一家连锁大药店像人一样枪毙或关进监狱。

他们只卖一些平常药物,他一边慢慢地开车一边想。他心情很差,因为他藏起来的"慢死"只剩下三百片了,埋在后院里的山茶花下面,那是一株杂交的品种,会开出很棒的大花,春天过后也没有被晒枯。我只剩下一星期的剂量了,他想。等全部用完的时候可怎么办?该死。

假设加利福尼亚和部分俄勒冈地区的所有人都在同一天耗尽存货,他想。哇哦,那可真棒。

他脑海中持续不断地出现这种恐怖的幻想:每个瘾君子都同时断货。整个美国西部同时断货,所有人都在同一天崩溃,很可能是周日早上六点左右,那些正派人士正在梳妆打扮,准备去参加那该死的祈祷。

背景:帕萨迪纳第一圣公会,崩溃周日的早上八点半。

"神圣的教区居民,现在让我们向上帝呼吁,请求他为那些在床上辗转反侧希望戒毒的人缓解痛苦。"

"是的,是的。"会众跟着牧师说。

"但在他以新的东西缓解痛苦之前——"

一辆黑白色的警车注意到查尔斯·弗雷克开车的样子不太对,而他自己并没有意识到,警车驶出停车位进入车流中跟在他后面,虽然没有开警灯或警笛,但是……

也许是因为我把车开得歪歪扭扭的,他想。见鬼,那辆该死的警车注意到我了。我想知道是哪儿出了问题。

警察问:"好吧,你叫什么名字?"

"我的**名字**?"(想不起来名字。)

"你不知道你自己叫什么名字?"那名警察向巡逻车里其他警察做了个手势,"这家伙真的脑子里一片空白。"

"别在这儿开枪。"查尔斯·弗雷克看着警车在旁边和他并驾齐驱,陷入了惊恐的幻想,"至少把我带到警察局再朝我开枪,在人们看不见的地方。"

在这个法西斯警察的国度，为了活命，他想，你必须能想起一个名字，你自己的名字。无论什么时候。他们认为吸毒的第一个迹象就是你搞不明白自己究竟是谁。

接下来，他做出决定，我一看到停车场，就在他们打开警灯或别的什么之前立即主动下车，等他们开到我旁边停下，我就说车轮或者什么机械零件松了。

他们肯定觉得太好了，他想。你直接认输，不再继续逃窜。就好像动物躺在地上，露出柔软的腹部毫不设防。我就这么办，他想。

于是他向右一转，汽车前轮撞到马路边缘上。警车从旁边驶过。

毫无意义的停车，他想。现在很难重回车流，交通太拥挤了。他关掉汽车引擎。也许我就坐在这里停一会儿，他决定，进入阿尔法冥想①，或者各种不同的意识状态。也许看看路边走过的小孩子们。我想知道他们能不能制造一个性爱放映机。不同于阿尔法波。性爱的波长最初很短，然后变长，越来越大，最终超出了可测量的尺度。

这样对我没什么好处，他意识到。我应该赶紧去找有货的

① 作者自创的某种冥想。

人。我必须补货,否则我很快就会发疯,然后什么都做不了。甚至像现在这样坐在路边都不可能。我不仅不知道自己是谁,也不知道自己在哪儿,或者发生了什么。现在发生了什么?他心想。今天是哪一天?如果我能想起今天的日期,也就能想起别的事情,一点点恢复过来。

星期三,在拉斯维加斯市中心韦斯特伍德区。前面是一家大型购物中心,除非你带着会员卡并把它放入电子环,否则四周的墙壁会使你像皮球一样弹回去。他没有任何一家购物中心的会员卡,只能听别人口头描述商场里面是什么样子。显然,那群人把高档产品卖给那些正派人士,尤其是正派人士的妻子们。他看着武装警卫在商场门口检查每一个人,看着那些男人或女人取出自己的会员卡,没有被偷走、卖掉、买下或盗用的会员卡。很多人走进购物中心,但他发现其中不少人显然只是随便逛逛、看看橱窗。白天这个时间没多少人有钱或有欲望去买东西。现在还太早,刚过两点。晚上才是好时候。商店都亮起灯来。他——以及所有的兄弟姐妹——都能从外面看到如火花一般闪耀的灯光,这里仿佛是成年儿童的乐园。

购物中心另一边的商店不需要会员卡,也没有武装警卫,里面没多少东西。各种小店:鞋店、电视商店、面包房、小家电维修店、洗衣店。他看见一个穿着塑料短夹克和弹力裤的女孩正在逛商店;她的头发很漂亮,但看不见她的脸,不知道是不是个性感美人。身材不错,他想。女孩在一个陈列皮革商品的橱窗前停了一会儿。她仔细看着一个带流苏的钱包;他能看到她神情苦恼地盯着橱窗,对着那个钱包一直琢磨。我敢打赌她会进店要求仔细看看,他想。

女孩和他想象的一样蹦蹦跳跳地进了商店。

人行道上来来往往的人群中,另一个女孩走来,她穿着带褶边的衬衫和高跟鞋,一头银发,妆画得有点儿浓。她希望自己看起来更成熟,他想,其实很可能高中还没毕业。她后面没什么值得注意的人,于是他解开拴住仪表盘储物箱的绳子,拿出一包香烟。他打开汽车上的收音机,调到摇滚电台。他曾经有个能播放立体声磁带的音响,但有天他吸了毒晕晕乎乎的,锁上车门时忘了把它拿到屋里;当然,等他回来时整个音响都被偷走了。这就是粗心大意的后果,他想,所以现在他只能用这个破旧的收音机。总有一天他们会把这个也偷走。但他知道去哪儿能找到另一个几乎全新的。反正,这辆车随时会解体;油环已经开始漏油,压缩比越来越低。有一天晚上,他带着一大包高档货走高速公路回家,开得太快烧坏了一个阀门;有时他带的货太多,就会变得疑神疑鬼——与其说害怕警察,不如说担心其他手脚不干净的吸毒者。有些吸毒者戒断时会崩溃,那些小杂种会孤注一掷似的去抓救命稻草。

这时一个女孩走过来,吸引了他的注意力。一头黑发,漂亮的面孔,慢悠悠地走着;她穿着一件露脐衬衫、一条看起来洗过很多次的白色牛仔裤。嘿,我认识她,他想。那是鲍勃·阿克托的妞儿——堂娜。

他推开车门下了车。女孩看了他一眼,继续往前走。他跟了上去。

我这是在玩捉迷藏吗?他一边从人群中挤过去一边想。她轻轻松松地加快速度。等到她回望时,他几乎已经看不见她了。那是一张坚定、冷静的面孔……他看见那双大眼睛正在评估他,计算他的速度,以及他能不能追上她。以我这个速度不可能,他想,她会跑掉的。

人们在拐角处停下脚步,等待交通信号从禁止通行变成允许通行;车流高速左转。但那个女孩仍然继续前进,步子很快,游刃有余地从纳特O型汽车中穿过。司机们愤愤然地瞪着她,而她似乎毫不在意。

"堂娜!"信号变成允许通行时,他匆匆地穿过路口跟在后面,追上了她。她没有跑,只是走得更快。"你不是鲍勃的老相好吗?"他说。他赶到她前面去,仔细端详她的面孔。

"不,"她说,"不是。"她直直地朝他走过来;他向后退去,因为她手里的小刀正对准他的肚子。"滚开。"她毫不犹豫地继续往前走,完全没有放慢速度。

"肯定是你,"他说,"我在他那儿见过你。"那把小刀几乎看不见,只能看到一小部分金属刀片,但他知道它就在那里。她会刺伤他后直接走掉。他一边继续后退一边抗议。那个女孩很隐蔽地拿着小刀,路过的人很可能都不会注意到。但他知道,她毫不犹豫地朝他走来时,刀子是对准他的。他退到一旁,那个女孩默不作声地离开。

"天哪!"他对着她的背影说。我知道那是堂娜,他想。她只是一下子没想起来我是谁,她认识我的。我觉得这真可怕,更可怕的是我还要去追她。如果你在街上遇到个奇怪的小妞,他想,你必须谨慎小心;她们现在都满心戒备。她们经历过太多的事情。

真是把不错的小刀,他想。小妞不应该携带这种东西;任何人都可以扭转她的手腕,把刀刃对准她自己。我本来也可以。如果我真的想抓住她。他站在那里,感到愤怒。我知道那是堂娜,他想。

他开始朝停着的汽车走去,突然发现那个女孩在来往的行人中停了下来,静静地站在那里看着他。

他小心翼翼地向她走去。"有一天晚上,"他说,"我和鲍勃还有另一个小妞一起，放的是老西蒙和加芬克尔的磁带，而你坐在那里——"她辛辛苦苦地把高级"慢死"装进一个个胶囊，花了一个多小时。一流的、头等的"慢死"。她干完以后，递给他们每人一个胶囊，他们所有人一起吞下这些东西。但她除外。我只是卖家，她曾经说。如果我开始服用这东西，我会吃掉自己所有的利润。

那个女孩说："我以为你会把我打倒，然后强奸我。"

"不，"他说，"我只是想问，你是否想……"他犹豫了一下，"比如说搭个便车。"随后他吃惊地问，"在人行道上？光天化日之下？"

"也许在小巷里，或者把我拉进汽车里。"

"我认识你，"他抗议道，"如果我那样做，阿克托会掐死我的。"

"好吧，我没认出你。"她朝他走近三步，"我有点儿近视。"

"你应该戴隐形眼镜。"他说，她那双黑色的大眼睛温暖而可爱。这意味着她不是瘾君子。

"我戴过。但有一片掉进了潘趣酒碗里，一次聚会上的酸味水果潘趣酒。它直接沉到底，我猜有人把它一饮而尽了。希望味道不错，当初可花了我三十五美元呢。"

"你想搭个便车吗？"

"你会在车里强奸我的。"

"不会,"他说,"我现在不能勃起,最近这两周都是。他们肯定在毒品里掺入杂质了,某种化学物质。"

"那货不错的,但我以前也听说过这种事。每个人都强奸我。"她更正了一句,"想强奸我。不管怎么说。女孩子总是会面对这种事。我现在正在起诉一个家伙骚扰和袭击。我们要求四万美元的惩罚性赔偿。"

"他干了什么?"

堂娜说:"把他的手放在我屁股上。"

"那不值四万。"

他们一起朝他的汽车走去。

"你有什么能卖的吗?"他问,"我真的很难受。我就要断货了,事实上,该死的,仔细想想我已经断货了。哪怕就一点儿也好,如果你能匀点儿给我。"

"我可以给你拿一些。"

"片剂,"他说,"我不注射。"

"好,"她低着头认真地点点头,"但是,你看,现在真的严重缺货——供货暂时断掉了。你大概已经发现了。我没办法给你很多,但——"

"什么时候?"他插话问。他们走近他的汽车,他停下来,打开车门坐进去。堂娜走到另一侧上车。他们并排坐在车里。

"后天，"堂娜说，"如果我能联系上那家伙。我想应该可以。"

该死的，他想。后天。"不能早点儿吗？比如说，今晚不行吗？"

"最早明天。"

"多少钱？"

"六十美元一百片。"

"哦，天哪！"他说，"这是宰人。"

"这些货非常棒。我以前从他那儿拿过；真不是你平时买的那种东西。相信我吧——这价格值得。事实上，比起别人，我更喜欢从他那里拿货——只要能拿到。他不是一直有货。你看，他之前去南方旅行了，我猜，现在刚回来。他自己也吸这个，所以我知道肯定很棒。你不用预先付钱给我。等我拿到再说。怎么样？我相信你。"

"我从来不会提前付款。"他说。

"有时你也只能这样做。"

"好吧，"他说，"那你能给我至少一百吗？"他努力迅速计算能买到多少；两天内他大概能筹到一百二十美元，从她这里买到二百片。如果这段时间其他货源有更好的价格，他可以忘掉她这笔交易，从他们那里买。这就是绝不提前付款的好处，永远不会被宰。

他启动汽车驶入车流中。"你碰到我真幸运，"堂娜说，"我正打算去见一个哥们儿，大约一小时后，他很可能买走我所有的存货……那你就惨了。今天是你的幸运日。"她微微一笑，他也笑了起来。

"我希望你能早点儿拿到货。"他说。

"如果我拿到的话……"她打开提包，拿出一个小便笺簿和一支钢笔，上面印着**"火花电池调节"**，"怎么联系你？我忘了你的名字。"

"查尔斯·B.弗雷克。"他说。他把电话号码告诉她——其实不是他的，而是他那个正派朋友家里的电话号码，专门用于这方面的联络——她费力地记了下来。她写东西可真费劲，他想，写得又慢又潦草……学校压根儿没教会这些小妞什么东西，他想。只比文盲强一点儿。但是她很性感。她几乎不会读写，那又怎样？性感小妞最重要的是漂亮的奶子。

"我觉得我记起你了，"堂娜说，"大概吧。一切都模模糊糊的，那天晚上，我真的记不清了。我记忆里清晰的只有把粉末装进那些小胶囊中——利眠宁胶囊——倒掉了里面原来的药。我肯定撒了一半。我是说，撒在地板上。"她若有所思地看着正在开车的他。"你看起来晕乎乎的。"她说，"晚点儿你会来买吧？以后你会想要更多。"

"当然。"他心想再次见到她时不知能不能砍价成功,他觉得自己能做到,很有可能。不管怎样他都能搞定。也就是说,不管怎样都能拿到毒品。

幸福,他想,就是知道你拥有那些小药片。

车外的天色、忙忙碌碌的人、阳光、生活,人流和车流来来往往,无人多加注意;他很开心。

瞧瞧他意外地发现了什么——就因为一辆警车偶然跟上了他。出人意料的D物质新供货商。对于生活,他还有什么要求呢?现在他马上就能搞到两星期的"慢死"。将近半个月,在他死掉或者基本死掉之前——这两种说法在戒断D物质的过程中没什么不同。两个星期!他心跳加速,有一会儿,他闻到车窗外飘来春天令人兴奋的气息。

"想和我一起去见杰瑞·法班吗?"他问那个女孩,"我要把一堆东西送到三号联邦诊所交给他,他们昨晚刚把他带到那里。我一次只送一点儿,因为他有可能出院,我不想再把所有东西拖回去。"

"我最好不要见他。"堂娜说。

"你认识他吗? 杰瑞·法班?"

"杰瑞·法班认为最初是我用那些虫子污染了他。"

"蚜虫。"

"嗯，当时他不知道那是什么。我最好还是躲远点儿。上次我见到他时，他真的对我敌意很强。是他感觉器官出了问题，至少我觉得是这样。就像现在政府宣传册上说的那样。"

"那是无法恢复的，是吗?"他问。

"是的，"堂娜说，"不可逆转。"

"诊所的人说他们会让我见他，他们说，他们相信他能恢复到某种程度，你知道——"他做了个手势，"不会——"他又做了个手势，关于他的朋友，他想说的很难用言语表达。

堂娜瞥了他一眼说:"你的语言中枢没有损伤吧? 在你大脑的——那叫什么来着? ——枕叶。"

"没有。"他斩钉截铁地说。

"你有什么损伤吗?"她轻轻敲了敲自己的脑袋。

"没有，只是……你知道的。关于那些该死的诊所我没什么好词;我讨厌神经失语症诊所。有一次我到那里去见一个人，他正试着给地板打蜡——他们说他不会给地板打蜡，我的意思是他搞不清怎么做……令我烦恼的是，他试了一次又一次。不仅仅是干上一个小时，我一个月之后再次过去时，他还在尝试。就像我第一次去拜访他，第一次在那里见到他时那样，他仍然一次又一次反复尝试。他搞不明白自己为什么干不好。我还记得他脸上的表情。他确定，如果他努力搞明白哪儿做错了，就能做好。'我什么地方做错了？'他一直在问他们。没办法跟他解释。我是说，他们给他讲了——该死的，我也跟他讲了——但他就是无法理解。"

"据我所知，当某人受到那么重的一下重击时，他大脑中的感觉器官一般会最先受到伤害。"堂娜平静地说。她看向汽车前面，"看，一辆新型保时捷，有两个引擎那种。"她兴奋地指着，"哇！"

"我认识一个人，曾经偷了一辆这种新型保时捷。"他说，"他开上了河滨高速公路，直接加速到一百七十五——然后彻底挂掉。"他做了个手势，"直接撞上一辆半自动汽车的屁股。我猜他完全没看见前面。"他脑子里飘过一段幻想的画面：自己开着一辆保时捷，但他注意到了那辆半自动汽车，所有的半自动汽车。高速公路上——高峰期的好莱坞高速公路——每个人也都注意到了他。当然会注意到他，又高又瘦的宽肩帅哥开着一辆崭新的保时捷，以每小时三百二十千米的速度驶过，所有的警察都无可奈何地拉长了脸。

"你在发抖。"堂娜说，"放慢速度。"她伸出手放在他的胳膊上，他立即覆上一只平稳的手。

"我很累。"他说，"我花了两天两夜时间数虫子。清点后再把它们装进瓶子。最后我们终于睡了,第二天早上起床后准备把瓶子放到车里,带去给医生看,但瓶子里什么也没有。完全是空的。"现在他也能感觉到自己在发抖,他能看到自己的手在颤抖,方向盘在颤抖,发抖的手握着方向盘以每小时三百二十千米的速度行驶。"该死的,"他说,"什么也没有。没有虫子。然后我意识到,我该死地终于意识到。我突然明白了,那是幻觉,杰瑞的幻觉。"

空气里不再有春天的味道,他突然意识到,他迫切需要来一剂D物质;要么是时间过得太快了,要么就是之前吸的比他以为的要少。幸运的是,他会随身携带一剂,放在仪表盘储物箱里,老早以前就放在那里。他开始寻找空的停车位,靠边停车。

"你的大脑在捣鬼。"堂娜冷淡地说。她已经缩回了自己的世界,十分疏远。他怀疑自己开车这么不稳当是不是把她颠得难受。很可能是这样。

另一段幻想的电影突然无视他的意愿浮现在他脑海中:他首先看到一辆大型旁蒂克汽车停在那里,后面支着个千斤顶,正开始滑动,一个十三岁左右的孩子留着茅草般的长发,拼命地阻止汽车打滑,同时大声喊着要人来帮忙。他看到他自己和杰瑞·法班一起从房子里跑出来,那是杰瑞的房子,顺着坑坑洼洼的车道跑到汽车那里。他打开驾驶席一侧的车门,重重地踩住刹车踏板。而杰瑞·法班只穿着裤子,甚至连鞋子都没穿,头发乱七八糟——他正在睡觉——杰瑞从汽车旁边跑到后面,用他苍白的、从未见过日光的肩膀撞过去,把男孩从汽车旁撞开。千斤顶弯曲然后倒下,汽车后面被撞掉了,轮胎滚到一边,那个男孩没事。

"踩刹车太晚了。"杰瑞气喘吁吁,把他油腻难看的头发从眼睛前面拨开,眨了眨眼,"来不及的。"

"他还好吗?"查尔斯·弗雷克喊道。他的心脏还在怦怦直跳。

"还好。"杰瑞站在那个男孩旁边喘着气。"见鬼!"他怒气冲冲地对男孩吼道,"我不是告诉过你等我们和你一起干吗?如果千斤顶打滑——该死,小子,你不可能撑得住两吨多的重量!"他气得面部扭曲。那个男孩,小拉塔斯,看上去可怜兮兮的,内疚地抽抽搭搭。"我反复告诉过你好多好多次!"

"我想去踩刹车。"查尔斯·弗雷克解释说,他知道自己干了傻事,他自己的做法和那个男孩一样白痴,一样致命。他作为一个成年男人没能做出正确的反应。但不管怎么说,他还是想口头辩解一下,就像那个男孩一样。"但现在我知道——"他喋喋不休地说着,然后,幻想中断了。事实上,这是纪录片重播,因为他回忆起发生这件事的那一天,当时他们都住在一起。杰瑞的本能反应很棒——否则拉塔斯会被压在旁蒂克下面,他的脊椎会被砸得粉碎。

三个人愁眉苦脸地朝房子走去,甚至没有去追仍然在滚远的车轮。

"我睡着了,"他们走进一片黑暗的房子里面时,杰瑞嘟囔着,"这是几星期以来那些虫子第一次消停,我才能睡得着。我都五天没睡过觉了——我一直在逃跑,不断逃跑。我以为它们可能消失了,离开了。我以为它们最终放弃了,跑到别的地方去,比如隔壁,完全离开这座房子。现在我又能感觉到它们了。这是我的第十次无虫时间段,也许是第十一次——它们又一次骗了我,就像欺骗其他人一样。"但他的声音现在变得柔和,不再生气,只是低沉而苦恼。他把手放在拉塔斯头上,拍了他一巴掌。"你这个傻孩子,如果那该死的千斤顶滑走了……忘掉汽车。永远不要站在汽车后面,妄想把那么重的东西推回去,永远别想用你的身体阻挡它。"

"但是,杰瑞,我担心车轴——"

"去他的车轴。去他的汽车。这是你自己的命。"他们三个人穿过黑暗的起居室,这段过去的时光重现之后,画面转瞬即逝。

2

"阿纳海姆市狮子俱乐部的绅士们,"一个男人对着麦克风说,"今天下午,橙郡为我们提供了一个绝佳机会,你看,来自橙县警察局的一位秘密缉毒特工会为我们演讲——然后我们可以向他提问。"这个男人露出一个笑容,他穿着一身粉红色华夫格套装、宽大的黄色塑料领带、蓝色衬衫和人造革鞋子,他体重超标、年龄过大、故作开心,虽然其实没什么值得高兴的事情。

那位秘密缉毒特工看着他,感觉有点儿恶心。

"现在,你们会注意到,"狮子俱乐部的主持人说,"你们几乎看不到这个人,他就坐在我右边,因为他穿着一件干扰服,这也是他在日常执法活动中某些时候,应该说是大部分时候要穿的衣服——其实是必须穿的衣服。稍后他会解释原因。"

听众们以各种方式反映出对他的主持水平的不满,他们打量着那个身穿干扰服的人。

"这位先生,"主持人说,"我们叫他弗莱德吧,他汇报自己收集到的情报时会使用这个名字,他只要穿上干扰服,就无法通过声音,甚至声纹技术识别,也无法通过外表识别。他看起来只是一团模模糊糊的影子,看不出更多,不是吗? 我说得对不对?"他露出一个灿烂的笑容。听众们觉得这确实很有趣,也纷纷露出微笑。

干扰服是贝尔实验室的产品,是一位名叫S.A.鲍尔斯的雇员意外发明的。几年前,他一直使用影响神经组织的去抑制物质做试验。一天晚上,他给自己的静脉注射了一剂安全温和的欣快剂,随即大脑中的GABA(γ-氨基丁酸)液体灾难性下降。在想象中,他目睹了绚烂华丽的光幻视现象投射在卧室另一侧的墙上,如同一段疯狂变化的蒙太奇镜头,当时他把那些画面视作现代抽象画。

接下来的六个小时,S. A.鲍尔斯在恍惚中看到成千上万的毕加索画作以目不暇接的速度一幅接一幅出现,然后他又开始欣赏保罗·克利的画作,数量超过了这位画家一生的作品。接下来是莫迪利亚尼的画作以疯狂的速度不断变换,他推测(人们对于任何事情都想找个原因),这个玫瑰十字会会员通过心灵感应把图画传送给他,也许还经过了某种先进的微动继电器系统的增强;但后来,康定斯基的画作也开始骚扰他,他回想起彼得格勒的大型艺术博物馆专门收藏这类抽象现代艺术,认为这一定是苏联人想通过心灵感应联系他。

到了早晨他才想到,大脑中GABA液体急剧下降会引起这种光幻视现象;没有人想通过心灵感应联系他,也没有什么微波增强。但这使他萌生了发明干扰服的想法。他的设计主要由一组多面石英透镜构成,连接到微型计算机,存储器中保存了高达一百五十万种不同人类的外貌特征:男人、女人和儿童,每个不同的外形经过编码,向外朝各个方向均匀地投射到一张足以罩住一个人的超薄罩膜上。

计算机存储器组不断循环,投射出人们能想象到的每一种眼睛颜色、头发颜色、鼻子形状、牙齿排列、面部骨骼构造——任意一组身体特征投射到整个罩膜上展现一纳秒,然后切换到下一组。为了让干扰服更有效,S. A.鲍尔斯通过计算机编程以随机顺序呈现每一组特征。为了降低成本(联邦政府的人总是喜欢这样),他找到了薄膜材料的原产地,一家和华盛顿有生意来往的大工厂生产的副产品。

总之,在每一小时中,穿着干扰服的人可以是任何人,可以是任一种组合(一共有多达一百五十万种组合)。因此,对于他或她的任何描述都是没有意义的。不用说,S. A.鲍尔斯也把自己的外貌特征输入了计算机单元,藏在疯狂排列组合的特征中,他自己的外形也会进入组合……他计算过,每套干扰服平均五十年会出现一次自己的外形,通过维修和重设,每套干扰服可以使用很长时间。这是他最接近不朽的一份宣言。

"让我们来听听这个模模糊糊的家伙要说什么!"主持人大声说。大家开始鼓掌。

干扰服里的弗莱德,也是罗伯特·阿克托①,哀叹了一声,心想:这太可怕了。

每月一次,郡政府里会随机指派一名秘密缉毒特工在这种傻瓜聚会上发言。今天轮到他了。他看着观众,意识到自己多么讨厌这些没有毒瘾的正派人士。他们认为这一切都很棒。他们面带微笑。他们觉得很有趣。

也许在这一刻,他的干扰服无数组合中展现出来的是S. A. 鲍尔斯。

"但现在严肃一点儿,"主持人说,"这里这位先生……"他停顿了一下,努力回忆。

"弗莱德。"鲍勃·阿克托说。S. A.弗莱德。

"弗莱德,没错。"主持人充满活力地继续朝听众的方向大声说,"你们看,弗莱德的声音就像你驾车沿着海岸驶入圣地亚哥时

_____

① 鲍勃·阿克托。鲍勃是罗伯特的昵称。

听到的那种电脑机器人的声音，完全没有声调，一听就是人造的。它不会在我们的脑海中留下任何个性特征的印象，就像他在橙郡缉毒计划中，呃，向上级汇报时一样。"他意味深长地停顿了一下，"你们看，警察们会面对极大的危险，因为我们知道，根据大多数知情专业人士的说法，毒品的力量很可能已经巧妙地渗入到美国上下各类执法机构中。所以为了保护投身这项工作的警察，穿上这套干扰服是很有必要的。"

观众们为干扰服热烈鼓掌，然后满怀期待地盯着藏在薄膜中的弗莱德。

"但他在执行任务时，"主持人一边把麦克风前的位置让给弗莱德，一边补充道，"当然不会穿干扰服。他的穿着就像你我一样，不过，当然，他会穿着各种各样亚文化群体的嬉皮士服装，才能融入那些人不断变化的时尚潮流。"

他示意弗莱德站到麦克风这里来。弗莱德，也就是罗伯特·阿克托，以前参加过六次这种活动，他知道该说些什么，以及他要面对什么：各种程度的、各种类型的白痴问题，还有无法理解的愚蠢行为。对他来说，待在这里纯属浪费时间，还会引起他的怒火，这种事每次都令他感觉毫无意义，而且这种感觉越来越明显。

"如果你在街上看到我，"他在掌声平息下来之后对着麦克风说,"你会说,'那里有个古怪的瘾君子。'你会厌恶地走开。"

一片寂静。

"我看起来和你们不一样,"他说,"我负担不起那些。我全靠这份工作谋生。"其实,他看起来和他们的区别没那么大。而且,他穿的是自己日常会穿的衣服,无论工作还是生活。他喜欢自己的装扮。但他所说的内容基本都是别人写的,然后交给他让他记下来。他可以稍微修改一下,但他们都必须使用标准格式。这是几年前一名雄心勃勃的部门主管推行的,现在已成为正式规定。

他等着观众慢慢地领会这些话。

"首先我不打算给你们讲,"他说,"我作为卧底警察怎样跟踪毒品贩子,怎样追踪我们橙郡内街头和学校走廊上大部分非法药物的来源。我想告诉你们,"他停顿了一下,他在警察学校的公关课上接受过这样的培训,"我害怕的是什么。"他停下话语。

这吸引了他们的注意力,他们纷纷把目光投向他。

"我害怕的,"他说,"我日日夜夜为之担忧的,是我们的孩子,你的孩子和我的孩子……"他再次停顿了一下。"我有两个孩子。"他说,然后非常温和地补充道,"两个小孩,还很小。"接着他断然提高了声音。"但没有小到不会对毒品上瘾,一些唯利是图的人有计划地诱使人们上瘾,那些人会摧毁这个社会。"他又一次停了下来。"我们还不知道,"随即他用更冷静的语调继续说道,"这些人——或者说这些禽兽——具体是什么人,这些禽兽仿佛在野外丛林中捕食我们的年轻人,仿佛这是外国,而不是我们自己的国家。用破坏大脑的物质调配成的毒品,每天被数百万男人和女人——或者更确切地说,曾经的男人和女人——口服、注射、吸食。贩毒者的身份正在慢慢地被揭露,我们最终肯定会找到他们的,苍天作证。"

观众里传来一个声音:"给他们点儿颜色看看!"

另一个声音同样激动:"抓住那些家伙!"

人们纷纷鼓掌附和。

罗伯特·阿克托停了下来,看着他们,看着这些不吸毒的正派人士身上肥大的西装、宽松的领带、肥肥扁扁的鞋子。他想,D物质无法摧毁他们的大脑,他们根本就没有大脑。

"说说怎么回事。"一个稍微不那么激动的声音响起来,那是一个女人的声音。阿克托看到一位中年女士,不那么胖,她焦急地将两手紧握在一起。

"每一天,"弗莱德或者罗伯特·阿克托,随便哪个名字,说道,"这种毒品都使我们付出代价。每一天结束时,利润流向……流向何处,我们——"他的话语突然中断。他拼命回忆也记不起句子的后半截,虽然他在课堂上和以前的讲座上已经重复了一百万遍。

大厅里所有人都陷入沉默。

"嗯,"他说,"不是利润。是别的什么东西。你会看到发生什么。"

他发现,他们没有注意到任何区别,即使他已经忘掉了事先准备好的演讲稿,自己想到哪儿说到哪儿,橙郡市政中心的公众关系人员也帮不上忙。究竟有什么区别? 他想。那又怎么样? 他们真的了解或者关心这个吗? 那些正派人士,他想,住在坚固的公寓大楼里,有警卫值班,随时准备对任何一个带着空枕套爬上外墙,想偷走钢琴、电子钟、剃须刀和立体音响的吸毒者开火,虽然这些东西也不是那些正派人士花钱买的。吸毒者为了注射毒品而偷东西,如果不摄入这些垃圾他可能会死掉,彻底死翘翘,死于戒毒的痛苦和休克。但是,他想,如果你安全地住在大楼里与外边隔绝开,有通电的外墙,有全副武装的警卫,为什么还要考虑这种事?

"如果你是一名糖尿病患者,"他说,"你没有钱注射胰岛素,你会去偷钱吗? 还是干脆等死?"

一片沉默。

一个微弱的声音在干扰服的耳机里响起:"我想你最好还是用事先准备的演讲稿,弗莱德。我真的要建议你这样做。"

弗莱德或者罗伯特·阿克托,随便哪个名字,对着喉头的麦克风说:"我忘掉了。"只有他在橙郡治安部门的上级——而不是F先生,也就是汉克——可以听到从这里面传过去的声音。这是个匿名上级,专门负责这次活动。

"好吧好吧。"警官在他耳机里小声提示,"我念给你听。跟着我重复一遍,但尽量听起来比较自然。"他稍微犹豫了一会儿,翻动纸张。"让我们来看看……'每一天的利润流向——流向何处,我们——'你刚才大概停在这里。"

"我受不了这些东西。"阿克托说。

"'——我们马上就能确定这一点,'"他的提示员没理会他,"'很快就能实现恶有恶报。到那时,我无论如何也不会站在他们的角度考虑。'"

"你知道为什么我受不了这些东西吗?"阿克托说,"因为这就是人们吸毒的原因。"他想,这就是为什么你开始堕落,变成一个瘾君子的原因。这就是为什么你会放弃、离开,满心厌恶这种东西的原因。

但他再一次看向观众,意识到面对他们情况不一样。只有这样做才能让他们理解。他在和一群蠢货说话。没脑子的笨蛋。必须像在小学一年级课堂上那样给他们讲:A指的是苹果(Apple),苹果是圆的。

"D，"他大声地对听众说，"指的是 D 物质。代表愚蠢（Dumbness）、绝望（Despair）和疏远（Desertion），你疏远了你的朋友，你的朋友也疏远了你，所有人互相疏远，隔绝、孤独、彼此憎恨、互相怀疑。D，"他接着说，"最终代表死亡（Death）。缓慢死亡，我们——"他暂停了一下。"我们，吸毒者，"他说，"称之为'慢死'。"他结结巴巴的，声音颤抖，"你们也许知道。缓慢死亡。从头到脚。没错，就是这样。"他走回椅子那里坐下来。

一片寂静。

"你搞砸了，"他的上级提示员说，"回来以后到我的办公室来见我。430室。"

"是的，"阿克托说，"我搞砸了。"

他们都看着他，好像他就在他们眼前往舞台上撒尿似的。但他不知道为什么。

狮子俱乐部的主持人大步走向麦克风说："弗莱德在这次演讲前告诉我，他想把这次活动做成问答讨论会的形式，刚才只是个简短的介绍。我忘了说这个。好，"——他举起右手——"谁第一个来？"

阿克托突然又一次笨拙地站起来。

"看起来弗莱德还有话要补充。"主持人说，对他做了个手势。

阿克托慢慢地走回麦克风那里，低着头尽可能清晰地说："就一点。不要在他们染上毒瘾后对他们发火。吸毒者、瘾君子，其中一半，或者说大多数，尤其是女孩们，并不知道自己染上的是什么，甚至根本不知道自己曾经摄入过什么。尽量让他们，人们，我们中任何一个人，远离毒品。"他稍微抬了一下头，"你看，他们会把一些红药丸融化在一杯酒里，我是说贩毒者——他们把酒杯递给小女孩，未成年的小妞，里面有八到十颗红药丸，她晕了过去，然后他们会给她注射墨西哥麻醉剂，那东西一半是海洛因，一半是D物质——"他的话语突然中断。"谢谢你。"他说。

一个男人喊道："我们怎样才能阻止他们，警官？"

"杀掉贩毒者。"阿克托说，然后走回他的椅子那里。

他不想马上回到橙郡市政中心，进入430室，于是他在阿纳海姆市一条商业街上徘徊，经过麦当劳汉堡店、洗车店、加油站、必胜客和其他奇妙的小店。

他就这样漫无目的地在公共街道上和各种各样的人一起闲逛，他对于自己究竟是谁始终有一种奇怪的感觉。正如他在大厅里对狮子俱乐部那些人所说的，他脱掉干扰服后，外观看起来像个吸毒者，言谈举止也像个吸毒者；他周围的人无疑都把他视为吸毒者，对他的态度也因此发生了变化。另一个吸毒者——看那里，他想，比如那就是"另一个"，给了他个"友好兄弟"的表情，而那些正派人士可不会。

他陷入思索,你穿上主教的长袍、戴上法冠,这样一身打扮走来,人们会对你鞠躬、跪拜,诸如此类,想要亲吻你的戒指(为什么不是你的屁股),你就这样变成了主教。所以说,身份是什么?他心想。这场表演什么时候才落幕?没有人知道。

警察来找他麻烦时,他会对自己是谁、自己要做什么感到混乱。例如,他走在人行道上,巡警、治安警、一般警察,总之任何警察开着警车慢慢向他驶来,面无表情地用严肃、锐利、金属一般的目光仔细审视他。那样子令人望而生畏。然后,他们往往出于一时兴起,停车并招手让他过来。

"好吧,让我们看看你的身份证。"警察会伸出手说。然后,阿克托-弗莱德,天知道究竟是谁,在自己的钱包里摸索,同时警察会对他吼叫:"你被捕过吗?"或者换个说法,"以前被捕过吗?"仿佛他马上就会拔脚飞奔。

"我犯了什么事?"他如果开口,往往会这么问。人群自然而然地聚集起来。他们大多数人以为警察抓到他在角落里交易毒品。他们不自在地咧嘴傻笑,等着看接下来会发生什么,但其中有些人,通常是墨西哥裔、黑人,或者明显是瘾君子的家伙,看起来很生气。而那些表现出愤怒的人过了一小会儿就会意识到自己不该表现出怒火,他们会迅速换成冷漠的表情。因为所有人都知道,如果任何人对警察表现出愤怒或不安——无论是哪一种——他肯定有什么见不得人的事情。警察们尤其清楚这一点,这是代代流传的窍门,他们会自动盯上那种人。

但这次没有人来打扰他。这里明显有很多瘾君子,他只是其中一个。

我究竟是谁?他心想。他一时希望自己身上穿着干扰服。然后,他想,我可以继续当个模模糊糊的影子,而路人,街上的普通人,会为我鼓掌喝彩。让我们来听听这个模模糊糊的家伙要说什么,他想,回忆了一下刚才的演讲。通过这种方式得到认可真是糟糕。例如,他们怎么知道这个模糊的影子究竟是不是该来的那个人?里面可能不是弗莱德,或者是另一个弗莱德,他们根本不可能知道,即使弗莱德开口说话他们也无法确定。他们以后也不会知道。他们永远无法确定。比如,可能是别的什么人假装成弗莱德。里面可能是任何人,甚至可以是空的。在橙县治安官办公室,他们可以从警长办公室向干扰服传输声音。在那种情况下,弗莱德可以是那天刚好坐在他办公桌旁并拿到脚本和麦克风的任何人,或者由办公室里所有人混合而成。

但我猜,我最后说的那些东西,他想,显然不可能是办公室里的什么人说的。事实上,办公室里那家伙想和我谈谈这件事。

这可不是什么令人期待的事情,于是他为了拖延时间继续闲逛，没有什么目的地，只是随便走走。在加利福尼亚州南部，你跑到哪儿都没区别；到处都能看到一家又一家同样的麦当劳餐厅，无论你打算去哪儿，在你周围都是一圈熟悉的景象。等到你终于饿了，走进麦当劳买个汉堡包，它和上次、上上次、更久以前卖给你的那个是一样的，甚至和早在你出生前的汉堡包一样，还有坏人——说谎的人——声称那是用火鸡的胃做的。

从广告标牌上看，到现在为止他们已经卖出了五百亿个同样的经典汉堡。他心想，不知是不是卖给同样的人。加利福尼亚州阿纳海姆市的生活本身就是商业性的，无限重播。没有什么变化，只是像缓慢流动的浓稠液体一样扩散得越来越远。更多的东西在很久以前就凝结成固定不变的状态，仿佛制造这些物体的自动工厂把开关卡在了打开的位置上。土地是怎样变成塑胶的，他想，回忆起那个童话故事《大海是怎样变成盐的》。总有一天，他想，会有人命令我们所有人都必须出售麦当劳汉堡包，同时也要购买；我们每个人互相买卖汉堡包，就在起居室里交易。这样我们甚至用不着出门。

他看了看手表，两点半，是时候打电话买货了。按堂娜说的，他可以从她那儿买到大概一千剂没有脱氧麻黄碱的D物质。

当然，他一拿到货就会把东西交给县里的缉毒处进行分析，然后销毁，或者他们另有用途。也许他们会自己服用，或者卖掉,这是另一个窍门。但他和她交易,不是为了以贩毒的罪名逮捕她;他从她那里买了很多次,从来没有抓过她。抓个无足轻重的本地小毒贩,一个认为毒品交易很棒很酷的小妞,这不是他们的目的。橙郡一半缉毒特工都知道堂娜在干什么,看见她就能认出来。堂娜有时会在7–11便利店的停车场交易,就在警察不断出没的自动全息扫描仪前面,然后逃走。从某种意义上说,堂娜永远不会被捕,无论她在谁面前做了什么。

他和堂娜的交易,就像以前那些交易一样,是为了逐渐通过堂娜向上追溯到她买货的供应商,所以他从她那里购买的量越来越大。最初他哄骗她——如果能这么说的话——给他留十剂,就当帮个忙——朋友之间的交情。后来,他设法拿到一百剂的一包,然后又涨到三包。现在,如果他运气好,可以买到一千剂,一共十包。最终,他购买的数量会超过她的经济能力;她这边拿不出足够的预付款找她的供应商买货,那她就会损失一大笔利润。他们为此讨价还价:她坚持要他至少预付一部分款项,而他会拒绝;她自己无法筹到给货源商的预付款。随着时间流逝——即使这种小型交易也会逐渐产生一定的紧张气氛,每个人都会变得不耐烦;她的供货商,不管他是谁,都会因为她一直不露面而火大。所以最终如果情况顺利,她会放弃,告诉他和她的供货商:"看,你们俩最好直接交易。我认识你们两个,你们都很酷。我可以为你们俩担保。我来定个时间地点，你们两个可以见一面。从现在开始，鲍勃，如果你要买这么大的量，你可以直接跟他买。"因为这么大的量，无论怎么看都像是个毒品贩子才会要的；这已经接近中间商的购买量。堂娜会以为，他每次至少买一千剂，是为了一百剂一百剂地倒卖获利。这样，他就可以顺藤摸瓜，找到这条线上的下一个人，成为像她一样的中间商，然后，如果他购买的量继续增长，也许还能一段又一段地继续往上摸。

最终——这就是这个项目的名称——他会见到一个位置足够高、值得警方逮捕的人。一个知道点儿内幕的人，也就是说，这个人要么能接触到制毒者，要么认识能接触到源头的供货商。

不同于其他毒品，D物质——显然——只有一个源头。它是合成的，不是有机的，所以它来自一家实验室。它可以被合成，联邦政府已成功完成实验。但各种成分本身也来自几乎同样难以合成的复杂物质。理论上，任何人都可以制造D物质，但前提是：首先，有配方；其次，有建立工厂的技术能力。但实际上，成本高得不可思议。而且，发明并销售这东西的人为了占领市场把它卖得太便宜了。这种毒品覆盖非常广泛，说明虽然来源唯一，但市场布局多样化，很可能在几个关键地区都有实验室，也许北美洲和欧洲每个主要城市的吸毒点附近都有。为什么警方完全找不到这些实验室还是个谜,但这一点也暗示,无论是公开的新闻还是被官方压下来的消息,D物质经销商已经渗透到美国国家级别和各地区的执法机构中,如果有人发现了有用的线索,要么被无视,要么很快就被彻底抹消。

当然,目前他除了堂娜还跟着另外几条线。在其他毒品贩子那里他也逐步加大购买量。但因为堂娜是他的妞儿——至少他希望朝这个方向发展——对他来说她是最容易对付的。去见见她,在电话里跟她聊天,带她出去玩,或者带到家里来——这些事也为他自己带来不少乐趣。从某种意义上来说,这是阻力最小的一条线。如果你必须监视某些人并上报,那最好是你经常见面的人,这样才能避免怀疑、减少障碍。如果你在开始监视之前没怎么见过那些人,那最终你还是得经常看到他们,结果都一样。

他走进电话亭,打了个电话。

丁零零。

"喂。"堂娜说。

世界上每一台付费电话都被窃听了。如果没有,那说明工作人员还没来得及处理。磁带录音以电子方式传送到中央存储器,大约每隔一天,一个整天待在办公室里听电话的警察就会整理出一份上报的文件。他只需连接存储器,接收信号,重放电话,并跳过所有无效录音。大部分都是正常电话。这名警察可以识别出那些不太对劲儿的电话。他有这个本事。这就是为什么他能靠这活儿吃饭的原因。有些警察比其他人更擅长这个。

因此,他和堂娜谈话时,没有人在实时窃听。警察最早会在第二天重放录音。如果他们提到任何明显违法的话题,监听警察会注意到这个电话,记录下声纹。但他们两人只要说得不那么严重就行。警方仍然能识别出这段对话涉及毒品交易,但这里还涉及政府资金问题——不值得费钱费力通过声纹追踪日常非法交易。每一周、每一天都有太多这种电话。他和堂娜都知道这一点。

"你好吗?"他问道。

"还行。"她那温暖、沙哑的声音停顿了一下。

"你今天怎么样?"

"恐怕不怎么样。挺倒霉的。"她停了一下,"今天上午老板在店里找我麻烦。"堂娜在科斯塔梅沙市盖特赛德购物中心一家小香水店的柜台工作,每天早上她开着名爵汽车去上班。"你知道他说什么吗? 他说这个客户,这个灰头发的老头子,他骗了我们十美元——他说这是我的错,我必须赔钱,从我的薪水中扣除。我就这么被扣了十块钱,妈的——不好意思——那根本不是我的错。"

阿克托说:"嘿,你能给我点儿货吗?"

现在她听起来有些闷闷不乐,好像不太愿意。其实这只是伪装。"你想要——多少? 我不知道。"

"十个。"他说。这是他们约好的暗号,一个指一百剂,也就是说想要一千剂。

这是个幌子,如果必须通过公共电话交易,用较小的数字代指很大的量是一种很好的掩护。事实上,按这个量他们可以反复交易,警方不会采取任何措施;不然的话,缉毒队一天到晚每个小时都得搜查每一条街道上的公寓和住宅,疲于奔命却收效甚微。

"十个。"堂娜恼火地咕哝着。

"我真的很难受。"他的语气像个吸毒者,而非毒贩,"晚点儿我会给你钱的,等我筹到钱。"

"不用,"她呆板地说,"我可以免费给你。十个。"现在,毫无疑问,她正在推测他是否真的要做这笔生意。"十个。为什么不呢? 从今天起,三天后?"

"不能快一点儿吗?"

"这些是——"

"好吧。"他说。

"我会去找你。"

"什么时候?"

她算了一下,"晚上八点左右。嘿,我想给你看看我找到的一本书,有人把它丢在商店里了。很酷。内容是关于狼的。你知道狼会做什么吗?公狼?它击败对手之后,不会杀掉它——而是在它身上撒尿。真的!它会站在那里朝手下败将撒尿。然后走掉。就是这样。它们争斗主要是为了领地范围,还有交配权。你知道的。"

阿克托说:"我刚才往一些人身上撒了尿。"

"不是开玩笑吧?怎么会?"

"这是个比喻。"他说。

"不是一般那种撒尿?"

"我是说,"他说,"我告诉他们——"他中断了话头。不小心说得太多了,见鬼。上帝啊,他想。"这些家伙,"他说,"就像飞车党,你知道吗?在福斯特冰激凌店附近?我路过时,他们说了些下流话。所以我转过身来说——"他一时间想不出该怎么说。

"你可以告诉我的,"堂娜说,"即使很粗俗。面对那些飞车党你只能说粗话,否则他们就听不明白。"

阿克托说:"我告诉他们我宁愿骑母猪,也不愿骑公猪。无论什么时候。"

"我不明白。"

"嗯,母猪指的是小妞——"

"哦,是的。好吧,我明白了。好恶心。"

"我会按你说的,在我那儿等你。"他说,"再见。"他打算挂断电话。

"我能不能把那本关于狼的书带给你看?是康拉德·劳伦兹写的。封底上说,全世界研究狼的人里,他是最权威的。哦,对了,还有一件事。你的两个室友今天都到店里来了,厄尼,他姓什么来着,还有那个巴里斯。他们来找你,如果你——"

"怎么?"阿克托说。

"你那个花了九百美元的脑波显像仪,你一回家就打开的那东西——厄尼和巴里斯一直嘀嘀咕咕地说着那个。他们今天想用一下,结果那东西不能用了。没有颜色,没有图案,什么都没有。所以他们找来巴里斯的工具包,拧开了底盖。"

"真见鬼!"他恼火地说。

"他们说那东西已经彻底歇菜了,是被蓄意破坏的。电线被切断,情况很古怪——你知道,发生了奇怪的事情。零件有的少了,有的坏了。巴里斯说他会试着——"

"我这就回家。"阿克托说着挂断了电话。我最重要的东西,他痛苦地想。那个傻瓜巴里斯只会乱搞。但我现在不能回家,他意识到。我得到"新路径"去看看他们的情况。

这是他的任务:强制性的。

3

查尔斯·弗雷克也在考虑要不要去"新路径"。他总会想起杰瑞·法班那种古怪的状况。

他和吉姆·巴里斯一起坐在圣安娜市的"三个提琴手"咖啡馆里，愁眉苦脸地摆弄着眼前的糖衣甜甜圈。"这是个重大决定，"他说，"他们的做法是要彻底戒断毒品。他们就是日夜不停地看着你，不让你掐死自己或者咬掉自己的胳膊，但他们不会给你任何东西，比如有个会开处方的医生，或能立即安抚你的安定药片。"

巴里斯咯咯笑着，仔细研究他的熔化肉饼，这是把熔化的人造奶酪和人造假牛肉碎块放在特制的有机面包上。"这种面包叫什么？"他问。

"看菜单，"查尔斯·弗雷克说，"上面写了。"

"如果你进去那里,"巴里斯说,"你会体验到各种症状,大多由人体的基本腺体分泌物导致,尤其是大脑里面的。我指的是儿茶酚胺,比如去甲肾上腺素和5-羟色胺。你看,它是这样起作用的:D物质,其实应该说所有令人上瘾的毒品,但D物质有代表性,它会与儿茶酚胺相互作用,这种关联作用锁定在亚细胞层面。两者发生生物学逆适应,从某种意义上说是永久性的。"他在熔化肉饼右边咬了一大口,"他们曾经认为只有生物碱类麻醉剂会发生这种情况,比如海洛因。"

"我从来不会注射海洛因。那是种镇静剂。"

女招待来到他们的桌子旁边,身穿性感迷人的黄色制服,胸部丰满,一头金发。"嗨,"她说,"一切都好吗?"

查尔斯·弗雷克有点儿畏缩地看着她。

"你叫帕蒂吗?"巴里斯问她,并向查尔斯·弗雷克示意,这很酷。

"不,"她指着自己右胸上的名牌,"我叫贝丝。"

我想知道左边那个叫什么,查尔斯·弗雷克心想。

"上次接待我们的女招待名叫帕蒂,"巴里斯盯着女招待,"和三明治里的肉饼一样。"

"肯定和三明治里的肉饼不一样。我想拼写不一样吧。"

"一切都很好。"巴里斯说。查尔斯·弗雷克仿佛看到他头上冒出个气泡,显示他脑子里的画面是贝丝正在脱掉衣服,呻吟着想要做爱。

"我可不怎么好，"查尔斯·弗雷克说，"我有一大堆别人没有的麻烦。"

巴里斯用一种忧郁的声音说："有麻烦的人可比你以为的更多。每天都变得更多。这是个病态的世界，而且变得越来越糟。"他头上的气泡也变得更糟了。

"你们想来点儿甜点吗?"贝丝低头看着他们，微笑着问道。

"什么样的?"查尔斯·弗雷克有些怀疑地问。

"我们有新鲜的草莓馅饼，还有新鲜的桃子馅饼，"贝丝微笑着说，"我们这里自己做的。"

"不，我们不想吃甜点。"查尔斯·弗雷克说。于是女服务员离开了。"那是老太太吃的，"他对巴里斯说，"那些水果馅饼。"

"自己主动接受康复治疗，"巴里斯说，"这种念头当然会令你忧心忡忡。这种反应是一种有目的的抑郁症状，表现为恐惧。毒品能够迫使你远离'新路径'，阻止你摆脱毒品。你看，所有的症状都是有目的的，无论是积极的还是消极的。"

"不，该死的。"查尔斯·弗雷克喃喃自语。

"消极症状表现为强烈的欲望，整个身体不由自主地生成各种欲望，迫使身体的主人——在这种情况下就是你——疯狂地寻找——"

"如果你去'新路径',他们会做的第一件事,"查尔斯·弗雷克说,"就是切掉你的老二。这只是个示范。然后他们会向你的各个器官下手。"

"然后是你的脾脏。"巴里斯说。

"他们什么,他们切掉——脾脏是干什么用的?"

"帮助你消化食物。"

"怎么个消化法?"

"除去纤维素。"

"那么,我猜那之后——"

"只能吃无纤维素食品。不能吃绿叶或苜蓿类的蔬菜。"

"这样能活多久?"

巴里斯说:"这取决于你的心态。"

"一般人有几个脾脏?"他知道人一般有两个肾。

"取决于他的体重和年龄。"

"为什么?"查尔斯·弗雷克感到怀疑。

"随着年龄的增长,人类会长出更多的脾脏。到他八十岁的时候……"

"你在逗我。"

巴里斯笑了。他笑起来总是很古怪,查尔斯·弗雷克心想。那是一种不真实的笑声,仿佛什么东西碎了。"你为什么会决定，"巴里斯随即问道，"要自愿进入'新路径'戒毒康复中心住院治疗？"

"杰瑞·法班。"他说。

巴里斯做了个不屑一顾的手势，说："杰瑞是个特例。我曾经看到杰瑞·法班步履蹒跚，摔倒在地上，屎尿弄得全身都是，而他不知道自己身在何处，我很想研究一下他中的是什么毒，最有可能的是硫酸铊……那玩意儿在杀虫剂和毒鼠药中都有。这是下毒，有人在报复他。我能想到十种不同的毒素和毒药，也许——"

"还有另外一个原因，"查尔斯·弗雷克说，"我的存货又快没了，我受不了这样，存货总是不够，该死，也不知道我还能不能再找到些。"

"嗯，我们甚至不确定自己能不能看到明天的太阳。"

"但是，该死——我现在的存货真的太少了，就几天的。而且……我觉得我碰上小偷了。我吃得没那么快，见鬼，肯定有人偷了我藏起来的东西。"

"你每天吃几片？"

"很难确定。但真没那么多。"

"耐药性会越来越强，你知道。"

"当然，没错，但不是那样的。我无法忍受缺货，像那样只有一点存量。另一方面……"他反驳道，"我想我找到了个新货源。那个小妞，堂娜。堂娜什么来着？"

"哦，鲍勃的妞儿。"

查尔斯·弗雷克点点头，说道："他的老相好。"

"不，他从来没能跟她上过床，虽然他试过。"

"她可靠吗？"

"哪种？作为床伴还是——"巴里斯把手放到嘴里做吞咽的动作。

"那怎么……"然后他突然明白了，"哦，没错，后一种。"

"相当可靠。有点儿没脑子。你也知道，那些小妞就是这样，尤其是深肤色的小妞。她的脑子就在她的双腿之间，她们大多数都是那样。她的货很可能也藏在那里。"他咯咯笑了起来，"她作为毒贩子的全部囤货。"

查尔斯·弗雷克朝他倾过身去，"阿克托从来没跟堂娜上过床？他说起来却好像上过她一样。"

巴里斯说："那可是鲍勃·阿克托，嘴里整天跑火车。别信他的，压根儿没有。"

"好吧，他怎么会没上过她？他硬不起来吗？"

巴里斯一脸狡猾地想了想，他还在拨弄那个熔化肉饼，这会儿已经把它撕成了一小块一小块。"堂娜有问题，可能她也吸毒。她平时很讨厌身体接触——吸毒导致对性生活缺乏兴趣，你知道，因为他们血管收缩导致性器官肿胀。而堂娜，据我观察，她的性冷淡已经到了不正常的程度。不只是对阿克托……"他没好气地停了一下，"对其他男人也一样。"

"见鬼，你是说不可能把她搞到手？"

"有办法，"巴里斯说，"这要看你怎么跟她相处。例如……"巴里斯神秘兮兮地看了他一眼，"给我九十八美分，我就告诉你怎么把她弄上床。"

"我不想把她弄上床。我只想从她那儿买货。"他感到不安。巴里斯身上总有些东西令他反胃。"为什么要九十八美分？"他说，"她又不是妓女，她也不是在耍什么花招。不管怎么说，她是鲍勃的妞儿。"

"这笔钱不是直接付给她的。"巴里斯的语气显得严肃而又有文化教养。他朝查尔斯·弗雷克倾过身去，鼻孔里的鼻毛因为快乐和狡猾微微地颤动。不仅如此，他绿色的太阳镜也蒙上了一层雾气，"堂娜吸可卡因。无论是谁，只要给她一克可卡因，肯定就会张开双腿，要是严格按照科学方法添加某些稀有化学物质就更是如此了，我可是认真研究过这事儿的。"

"我希望你别那样说她，"查尔斯·弗雷克说，"再说，一克可卡因现在要卖到一百美元以上。谁有那个钱？"

巴里斯似乎要打喷嚏,他说:"我能搞出一克纯可卡因,总成本不到一美元,只算原料价格,不包括我的人工。"

"胡说八道。"

"我来给你演示一下。"

"原料从哪儿来?"

"7-11便利店。"巴里斯踉踉跄跄地站起来,兴致勃勃地丢下那些熔化肉饼的残渣。"结账吧,"他说,"我做给你看。我房子里有个临时实验室,在我建个更好的实验室之前先凑合用。你能见识我从7-11里以不到一美元的总价合法地购买普通原料,再从中提取一克可卡因。"他开始沿着过道离开。"快点儿!"他的声音听起来急不可待。

"当然。"查尔斯·弗雷克说,结了账跟上去。这个疯子,他想。也许他没疯。他做过各种化学实验,还在郡图书馆里不断阅读……也许他还真有点儿东西。想想这利润,他心想。想想我们能搞出什么!

他急急忙忙地追上巴里斯,那家伙穿着一身从军用品店买来的飞行员跳伞服,正掏出大众敞篷跑车的钥匙,从收银员旁边大步走过。

他们把车停在7-11便利店的停车场,下车走进店里。和平时一样，一个沉默的大块头警察站在柜台前，假装正在读一本漫画杂志，事实上，查尔斯·弗雷克知道，他会观察进来的每一个人，注意他们是否打算袭击这里。

"我们来这儿买什么？"他问巴里斯，那家伙漫不经心地走在过道上，两边架子上堆满食物。

"喷雾罐，"巴里斯说，"索拉卡因牌。"

"防晒喷雾？"查尔斯·弗雷克无法相信眼前发生的事情，但话说回来，谁知道呢？谁敢肯定？他跟着巴里斯走向柜台，这次是巴里斯付的款。

他们买了个索拉卡因喷雾罐，然后从警察旁边走过，回到车上。巴里斯迅速驶离停车场，他一直高速行驶，完全无视限速的交通标志，最后他在鲍勃·阿克托的房子前面停了下来。前院的草已经长得很高，一堆没打开的旧报纸被丢在上面。

巴里斯下了车，从后座拿起一些连着电线的装置，打算带进屋里。查尔斯·弗雷克看到一个电压表，还有另一些电子测试装置以及一把焊枪。"那是干什么用的？"他问。

"下面我要开始一项漫长而艰苦的工作。"巴里斯说，他拿起各种各样的装置，加上索拉卡因喷雾罐，沿着人行道走向前门。他把门钥匙递给查尔斯·弗雷克，"而且我很可能拿不到报酬。我对此已经习以为常。"

查尔斯·弗雷克打开门,他们走进房子里。两只猫和一条狗朝他们飞奔过来,叫声中充满希望;巴里斯小心地用靴子把它们推到一边。

巴里斯花了几星期在小餐厅后面建了个古怪的实验室,到处堆满各种瓶瓶罐罐和废弃物,他从不同的地方偷来很多貌似毫无价值的东西。查尔斯·弗雷克总是听巴里斯讲这些事情,所以他清楚巴里斯推崇的与其说是节俭,不如说是发明创造。巴里斯鼓吹的是,你应该利用手头能拿到的第一样原料来实现你的目标。一个图钉、一个曲别针、部分损坏或丢失的装置上还能用的零部件……在查尔斯·弗雷克看来,这里就像是老鼠开的超市,专门用来满足老鼠的需求。

巴里斯做的第一件事是从水槽旁拿来一个塑料袋,把喷雾罐里面的东西喷进去,直到喷雾罐排空,或者说,至少气体耗尽。

“这太不真实了,”查尔斯·弗雷克说,“非常不真实。”

巴里斯一边干活儿一边高高兴兴地说,“他们故意把可卡因和油混合在一起,使其无法提取。但靠我的化学知识,我很清楚怎样从油里分离出可卡因。”他使劲抖动几下,把盐加进袋子里的糊状物中。然后他把所有的东西倒进一个玻璃罐。“我要把它冻起来,”他咧嘴笑着说,“这会使可卡因晶体浮到最上面,因为它比空气轻。我是说,比油轻。然后就是最后一步,当然,这个我要保密，涉及复杂的过滤方法和过程。"他打开冰箱上层冷冻室，小心地把玻璃罐放了进去。

"要放多久？"查尔斯·弗雷克问。

"半个小时。"巴里斯拿出一支手卷香烟点燃，走到那些电子测试装置旁。他站在那儿摩挲着下巴上的胡子陷入了沉思。

"好吧，"查尔斯·弗雷克说，"但我得说，即使你搞到整整一克纯可卡因，我也不能用来跟堂娜……你明白，以此作为交换跟她上床。这就相当于买下她一样。"

"这是交换，"巴里斯纠正他，"你给了她一份礼物，她也回敬你一个女人拥有的最珍贵的礼物。"

"她知道自己是被买下的。"他已经见过堂娜很多次，很清楚这一点；堂娜立即就会看穿表面这层遮羞布。

"可卡因是一种激发性欲的春药。"巴里斯半是自言自语地嘟哝着。他把各种实验装置放在鲍勃·阿克托的脑波显像仪旁边，那是鲍勃最昂贵的财产，"让她好好吸一口，然后她就会高高兴兴地敞开自己的身体。"

"该死的，伙计。"查尔斯·弗雷克抗议道，"你说的可是鲍勃·阿克托的女人。他是我的朋友，他也跟你和拉克曼住在一块儿。"

巴里斯抬起他那头发蓬松的脑袋，仔细打量了一下查尔斯·弗雷克。"对于鲍勃·阿克托，很多事你并不清楚，"他说，"我们都不清楚。你的看法太单纯、太天真了,他想让你相信什么你就相信什么。"

"他是个诚实可靠的人。"

"当然,"巴里斯笑着点了点头,"毫无疑问。世界上最好的人之一。但我知道——我们知道,我们中有些敏锐的人曾深入地观察过阿克托——在他身上发现了一些矛盾之处,包括个性和行为两方面。还有他生活中的全部人际关系。还有,怎么说呢,就是他与生俱来的那种调性。"

"有什么具体例子吗?"

巴里斯的眉毛在绿色太阳镜后面挑动了一下。

"你这样挤眉弄眼我完全看不懂,"查尔斯·弗雷克说,"你摆弄的那个脑波显像仪有什么问题?"他走近一点儿自己观察。

巴里斯把位于中间的底盘从一端倾斜着抬起来,说:"告诉我,下面这些电线,你发现了什么?"

"我看到有些电线被切断了。"查尔斯·弗雷克说,"还有些地方看起来像是被故意弄短路了。谁干的?"

巴里斯那双好像什么都知道的眼睛又开始快活地舞动起来。

"这堆乱七八糟的东西,见鬼,我真是受不了。"查尔斯·弗雷克说,"是谁破坏了这个脑波显像仪? 什么时候干的? 你刚刚才发现吗？我上次见到阿克托时他什么也没说，就是前天的事。"

巴里斯说："也许他还没有准备好跟别人说这件事。"

"好吧，"查尔斯·弗雷克说，"在我看来，你说的话云里雾里的，像是吸毒后脑子不清楚的时候说的话。我想我不如找一家'新路径'康复中心试试，自愿入住，接受快速脱瘾治疗，跟他们玩玩这个自毁的游戏，以后整天跟那些家伙待一块儿，而不是跟你这种我完全无法理解的毫无逻辑的神秘疯子混在一起。我能看到这个脑波显像仪已经被人破坏，但你什么都没告诉我。你是不是想指控这是鲍勃·阿克托自己干的，他故意破坏了自己的这个昂贵的设备，对吗？你是这个意思？我希望我能住到'新路径'去，在那儿我就用不着面对这种无意义的垃圾，用不着每天猜来猜去，也不用面对你或是跟你一样脑筋不清的瘾君子。"他瞪着对方。

"我没有破坏这个传输装置，"巴里斯试探性地说，他的胡须还在颤抖，"我非常怀疑是厄尼·拉克曼干的。"

"我怀疑厄尼·拉克曼这一辈子有没有破坏过任何一样东西，除了有一次，他因为吸了失效的迷幻药整个人发了疯，把起居室的咖啡桌以及旁边所有东西从公寓窗口扔了出去，落到外面停车场上，当时他和那个叫琼的小姐一起住在公寓里。那次不一样。正常情况下厄尼比我们其他人更冷静。不，厄尼不会破坏别人的脑波显像仪。而鲍勃·阿克托——那是他的东西，不是吗？他怎么可能在自己也不知道的情况下，半夜偷偷爬起来干这个，像这样自己伤害自己？这是想害他的人干的。就是这样。"很可能是你干的，你这个该死的混蛋，弗雷克心想。你有这个技术，而且你脑子有病。"干这事的人，"他说，"要么是联邦神经失语症诊所的患者，要么是该下地狱的家伙。在我看来，后一种更有可能。鲍勃确实经常用这个脑波显像仪，我总是看到他翻来覆去地戴上这玩意儿，他每天晚上刚一下班回家就会戴上。每个人都有一样自己中意的怪癖，而这就是他的。所以我说，对他干出这种事的人真是该死，伙计，该死。"

"我就是这个意思。"

"你就是什么意思？"

"'他每天晚上刚一下班回家。'"巴里斯重复了一遍，"有一段时间了，我一直在猜测真正雇用鲍勃·阿克托的人是谁，他究竟在什么特殊机构工作以至于不能告诉我们。"

"不就是普拉森舍那家见鬼的蓝筹股赎回印花中心，"查尔斯·弗雷克说，"他曾经告诉过我。"

"我想知道他在那里干什么。"

查尔斯·弗雷克叹了口气。"把印花涂成蓝色。"他真的很不喜欢巴里斯。弗雷克不想待在这里了，也许他该找人弄点儿货，打电话逮到谁算谁。也许我应该跟他决裂,他心想,但随即想到冰箱里冻着的那罐混在油里的可卡因,标价九十八美分,价值一百美元。"听着,"他说,"那东西什么时候才能准备好? 我觉得你在糊弄我。如果索拉卡因喷雾里有一克纯可卡因,怎么可能卖这个价? 他们的利润从哪儿来?"

"他们是大批量购买的。"巴里斯说。

查尔斯·弗雷克脑海中瞬间浮现出幻想的画面:装满可卡因的自动倾卸卡车驶向索拉卡因工厂(不知道那家工厂在哪儿,也许是克利夫兰),在工厂一边好几吨未掺杂、未稀释、高品级的纯可卡因被卸下来,然后与石油、惰性气体和其他玩意儿混合起来,装进成千上万个颜色鲜艳的小喷雾罐里,在7-11便利店、药房和超市陈列销售。我们应该怎么做,他陷入沉思,从一辆自动倾卸卡车上偷走所有的货,也许有三百千克——见鬼,肯定远不止这些。一辆自动倾卸卡车能装多少?

巴里斯把空的索拉卡因喷雾罐递给他,让他看标签上面列出的全部成分。"看见了吗? 苯唑卡因。只有一些天才知道这是可卡因的商品名。如果他们在标签上直接写可卡因,人们立即会注意到,最终都会像我一样做。很多人受过的教育不足以发现这一点,他们没有像我这样接受过科学培训。"

"你打算怎么利用这些知识?"查尔斯·弗雷克问,"除了把堂娜·霍索恩搞上床?"

"我打算以后写一本畅销书,"巴里斯说,"关于普通人怎样在不违法的前提下,在厨房里生产安全的毒品。你看,我从不触犯法律。苯唑卡因是合法的。我打电话问过药房。很多东西都含有这种成分。"

"哇。"查尔斯·弗雷克感叹起来。他看了看手表,想知道还要等多久。

汉克先生,也就是F先生,曾经让鲍勃·阿克托调查当地的"新路径"康复中心,寻找一名重要毒贩。他之前一直盯着那家伙,但他突然彻底消失了。

经常会有毒贩因为意识到自己即将被捕,于是冒充瘾君子自称寻求帮助,躲进一家戒毒康复机构避难,比如"西纳农""中心点""X-卡莱"和"新路径"。一旦进入这种地方,他的资产、他的姓名,总之一切能识别出身份的东西都会被清除,以建立一个不受毒品控制的新人格。这些东西被清除之后,执法人员要付出大量努力才可能找到失踪的嫌疑人。而稍后,等到警察的追捕松懈后,毒贩会再次出现,像之前一样在外面活动。

没有人知道这种事情发生得多么频繁。戒毒康复机构也希望能分辨出这种利用他们的人,但不一定能成功。毒贩害怕被判服刑四十年，便会拼命编出谎话讲给有权接受或拒绝他的康复机构的工作人员。在那种时候，他的痛苦大体上也是真实的。

鲍勃·阿克托驾车在凯特拉大道上慢慢行驶，寻找新路径的标志，那栋木制建筑曾是一处私人住宅，现在由活力十足的康复机构的工作人员运营。他不喜欢乔装打扮成去康复机构寻求入院治疗的瘾君子，但这是唯一的办法。如果他自称是缉毒特工，正在寻找某个人，那些正在戒毒的人——至少其中大部分人——都理所当然地会开始逃避，他们不希望自己的家人被警察骚扰。而他只能四处碰壁，最后被各种官样的解释挡回。那些曾经的瘾君子最后会毫发无损；事实上，他们进来时，康复工作人员就会官方地宣布能保障他们的安全。另一方面，他寻找的那个毒贩子是最上层的毒品源头，他潜伏入康复机构的信息要是被曝光的话，对于所有人来说都有害无益。无论他自己还是F先生都没有别的选择。F先生最初让他跟踪斯佩德·威克斯。那是阿克托很长一段时间的主要目标，但没有任何成果。而这一次，整整十天了，依然找不到那个人。

他看见了那个醒目的标志，把车停在他们的小型停车场里，"新路径"和一家面包房共用这条车道，他摇摇晃晃地沿着小径走向前门，手插在口袋里，整个人显得沉重而痛苦。

至少组织没有因为他跟丢了斯佩德·威克斯而责怪他。官方认为这只说明威克斯非常狡猾机警。从技术角度来说,威克斯更像是个走私者而非贩毒者:他不定期把药效凶猛的毒品从墨西哥运到洛杉矶的某个地方,和买主见面交易。威克斯越过边境走私货物的方法很简单,他在过境处用胶带把货物贴在排在前面的一些正派人的汽车底下,等到了美国这边,他会追踪那个人,找到机会枪杀他。如果美国边境巡逻警察在汽车底下发现了胶带绑住的毒品,被送进监狱的也会是那个正派人,而不是威克斯。加利福尼亚州认为汽车所有权是显而易见的证据。这对那位正派替罪羊以及他的妻子和孩子们来说,真是太糟糕了。

他比橙郡任何一名秘密特工都更熟悉威克斯:胖胖的黑人,三十多岁,有一种独特的、缓慢而优雅的讲话方式,仿佛曾在一些虚有其表的英语学校学习过。威克斯其实来自洛杉矶的贫民窟,他的措辞用语更可能是从大学图书馆借来的磁带中学到的。

威克斯喜欢低调素雅的服装,打扮得像个医生或律师。他经常拿着一只昂贵的鳄鱼皮公文包,戴着一副牛角框架眼镜。同时,他一般会随身带枪,枪把是意大利定制的,非常精美时髦。但在"新路径",他的各种各样的伪装都会被剥掉,他们会让他穿得和其他人一样,从捐献的衣服里面随便选一套,把他的公文包塞在不见天日的柜子里。

阿克托打开实木大门走了进去。

走廊一片昏暗,左边休息室里有些人正在读书。另一头有一张乒乓球桌,然后是厨房。墙上贴着标语,部分是手写的,部分是打印的:**唯一真正的失败是辜负他人的希望**,诸如此类。这里几乎没有噪音。"新路径"设立了各种零售店;这里大部分住户可能都忙着工作,无论男女,都正在理发店、加油站和圆珠笔店工作。他站在那里,不耐烦地等着。

"你好?"一个漂亮女孩出现,穿着非常短的蓝色棉布裙子,T恤的胸前印着"**新路径**"的标志。

他用低沉、嘶哑、有些羞愧的声音说:"我——现在状态很糟糕。什么也搞不明白。我可以坐下吗?"

"当然。"女孩挥手示意,两个外表毫无特色的男人出现,看起来一脸冷漠。"把他带到什么地方坐下来,给他拿杯咖啡。"

这真是无聊,阿克托想。那两个家伙让他坐在一个看起来脏兮兮、垫得又软又厚的沙发上。他看着周围,阴郁的墙壁上,免费捐赠的劣质油漆颜色阴郁暗淡。说明他们没拉到什么赞助,只靠捐赠才勉强生存。"谢谢。"他颤抖着说,仿佛能在那里坐下就是莫大的安慰。"哦。"他试着把头发抚平,并装作连这个都做不到,最后不得不放弃。

那个女孩面对他,断然说道:"你看起来真是糟透了,先生。"

"没错,"两个男人也表示同意,腔调直白得惊人,"真是像狗屎一样。你都干了什么,躺在你自己拉的屎里?"

阿克托眨了眨眼。

"你是谁?"一个人问。

"显而易见,"另一个人说,"社会渣滓,来自该死的垃圾桶。看看。"他指着阿克托的头发,"虱子。这就是你发痒的原因,瘪三。"

那个女孩冷静而超脱,但完全谈不上友好,她问:"先生,你为什么到这里来?"

阿克托心想:因为有个大毒枭逃亡到你们这里,我是警察,而你,你们所有人,都是傻瓜。但他只是畏畏缩缩地嘟囔着,这显然在对方预料之中,"你刚才是不是说——"

"是的,先生,你可以喝杯咖啡。"女孩歪歪脑袋,一个男人听话地走向厨房。

女孩停顿了一下,然后弯腰碰了碰他的膝盖。"你感觉很糟糕,是吗?"她温柔地说。

他只能点点头。

"感到羞耻,还有对你自己的厌恶。"她说。

"是的。"他表示同意。

"在你自己制造的污秽中。一个粪坑。那东西日复一日粘在你屁股上,注射到你体内的——"

65

"我不能继续这样下去，"阿克托说，"这地方是我能想到的唯一希望。我有个朋友来了这里，我记得，他说他打算来这里。一个黑人小伙子，三十多岁，受过教育，非常有礼貌——"

"稍后你会和我们这个大家庭见面，"女孩说，"如果你够资格的话。你明白吧，你必须符合我们的要求。第一个要求就是诚实。"

"我能满足这个要求，"阿克托说，"诚实。"

"你必须情况非常糟糕，才能进入这里。"

"是的。"他说。

"你的毒瘾有多大？一般摄入多少？"

"一天二十八克。"阿克托说。

"纯的？"

"是的。"他点点头，"我会装进一个糖碗里放在桌子上。"

"我们这里的做法很直接。你会整夜啃着枕头里的羽毛，醒来后身边到处都是羽毛。嘴巴僵硬，满嘴都是泡沫。你会像动物一样呕吐，把自己弄得脏兮兮的。你准备好面对这一切了吗？要知道，我们这里什么都不会给你的。"

"什么都不会有。"他说。这真是浪费时间，他心里一阵烦躁不安。"我的哥们儿，"他说，"那个黑人。他在不在这里？我真希望他在路上没被条子抓住——他状况真的很差，老兄，他几乎走不稳当。他想——"

"在'新路径'不存在一对一的人际关系,"那个女孩说,"以后你就知道了。"

"是的,但他来这儿了吗?"阿克托问。他知道自己在做无用功。上帝啊,他想,这比我们在市中心那次还糟糕,啰唆半天,她什么玩意儿都不会告诉我的。他意识到,他们的策略就像铜墙铁壁一样。一旦你进入这种机构,对于外部世界来说,你就已经死掉了。斯佩德·威克斯也许就坐在隔壁,听着这些话,笑得屁滚尿流;也可能根本不在这里,或者情况介于两者之间。即使有逮捕证——那也没用。康复工作人员知道怎样磨磨蹭蹭拖延时间,直到那个被警察追捕的家伙从侧门溜出去或者躲进锅炉里面。毕竟,这里的工作人员本身都曾经是瘾君子。也没有执法机构愿意捣毁一家康复机构,因为始终要考虑公众的呼声。

是时候放弃斯佩德·威克斯了,他决定,也让我自己解脱。难怪他们以前从没派我来过这里,这些家伙可不怎么友好。然后他想,在我看来,我的主要任务已经无限期失败了;斯佩德·威克斯已经不复存在。

我会向F先生汇报,他心想,等待重新分配任务。见鬼去吧。他僵硬地站起身说:"我要走了。"那两个男人现在已经回来了,其中一个端着一杯咖啡,另一个拿着一些小册子,显然是介绍说明之类的。

"你居然临阵退缩?"那个女孩傲慢地说,一脸轻蔑,"你就不能听从内心深处的想法,坚持自己的决定? 你就不能摆脱那些肮脏的东西? 你要四肢着地从这里爬回去吗?"他们三人都气冲冲地瞪着他。

"以后吧。"阿克托朝前门走去,打算离开。

"混账瘾君子,"女孩在他身后说,"没胆量,没脑子,什么都没有。爬出去吧,滚蛋,这是你的决定。"

"我会回来的。"阿克托生气地说。这里的气氛使他感到压抑,现在他打算离开,这种感觉也越来越强。

"我们可不希望你回来,胆小鬼。"其中一个男人说。

"你以后得哀求我们,"另一个男人说,"你得拼命哀求才行。即使那样,我们也不会接受你。"

"事实上,我们现在也不想接受你。"那个女孩说。

阿克托在门口停了下来,转身面对那几个指责他的人。他很想说些什么,但无论如何他都想不出任何语言。他们把他的大脑搞得一片空白。

他的大脑无法运转,无法思考,无法回答,没办法给他们一个答案,哪怕是个糟糕差劲的答案。他根本什么都想不出来。

奇怪,他想。心里感到困惑。

他继续走出大楼,走向停着的汽车。

在我看来,他心想,斯佩德·威克斯已经永远消失了。我不想再回到那种地方。

他烦躁地决定,是时候要求重新分配任务了,去追踪其他人。

他们比我们更难缠。

4

那个穿着干扰服的模糊影子登记姓名是弗莱德,他对面另一个模糊的影子自称是汉克。

"很多都是关于堂娜、查尔斯·弗雷克,还有,让我们看看……"汉克金属似的单调声音停了一瞬,"好的,你也汇报了吉姆·巴里斯的情况。"汉克在面前的便笺本上做了个标注,"你认为道格·威克斯很可能已经死了,或者离开了这个地区?"

"或者藏起来销声匿迹。"弗莱德说。

"你有没有听到谁提过这个名字:厄尔或者阿特·德·温特?"

"没有。"

"一个叫莫莉的女人呢? 大块头女人。"

"没有。"

"有没有见过一对黑人兄弟,二十岁左右,名字类似于哈特菲尔德之类的？他们经手的海洛因很可能有好几千克。"

"千克？几千克海洛因？"

"没错。"

"没有，"弗莱德说，"如果有我会记得的。"

"瑞典人，高个子，瑞典名字。男性。坐过牢，古怪的幽默感。个子高但很瘦，携带大量现金，很可能销售这个月初运来的货。"

"我会注意他的，"弗莱德说，"几千克。"他摇了摇头，更确切地说，模模糊糊颤动了几下。

汉克翻着他的全息笔记。"嗯，这个人在监狱里。"他拿起一张照片，大概看了下背面的内容，"不，这个人已经死了，他们把尸体藏在楼下。"他继续翻阅，时间慢慢流逝，"你觉得乔拉那女孩在要花招吗？"

"我觉得不像。"乔拉·卡亚斯只有十五岁，已经注射 D 物质上了瘾。她住在布雷亚市贫民窟的楼房上层，只能靠热水器取暖，她曾获得加利福尼亚州奖学金，这就是她的收入来源。但据他所知，她已经六个月没去上课了。

"如果她来上课，告诉我一声。我们可以追踪她的父母。"

"好的。"弗莱德点点头。

"兄弟，五彩的泡泡一戳就破。那天我们就遇到了一个，她看起来像是五十岁。稀稀拉拉的灰发，缺了几颗牙，眼睛凹陷，手臂皱巴巴的……我们问她的年龄，她说'十九岁。'我们再次确认了一下。'你知道你看起来多大年纪吗?'那名护士长对她说，'照照镜子。'于是她看向镜子，开始哭了起来。我问她注射了多长时间。"

"一年。"弗莱德说。

"四个月。"

"现在街上的情况很糟糕。"弗莱德说，并不打算想象那个女孩的模样，十九岁的女孩，头发已经掉得厉害。"他们用来稀释毒品的垃圾前所未闻。"

"你知道她是怎么染上毒瘾的吗？她的两个兄弟都在贩毒，一天晚上他们冲进她的卧室，压住她给她注射毒品，然后强奸了她。他们两人。我猜是为了阻止她独自过上更好的生活。好几个月的时间，她走投无路，直到我们把她带到这里。"

"他们现在在哪儿?"他心想自己有可能碰到他们。

"被判入狱六个月。那个女孩现在还染上了淋病，她之前一直不知道这件事，导致病根深种，这种病就是这样。她的兄弟们觉得这很有趣。"

"这些家伙可真邪恶。"弗莱德说。

"我再告诉你一件事，你就明白了。你知道吗，费尔菲尔德医院有三个婴儿必须每天注射海洛因,他们太小了,还没办法戒毒,一名护士试着——"

"我明白了,"弗莱德用他那机械单调的声音说,"我听够了,谢谢。"

汉克接着说:"当你想到新生婴儿已经对海洛因上瘾,因为——"

"谢谢。"那个自称弗莱德的模糊影子重复了一遍。

"你能想象吗?母亲被拘捕,因为她不时给新生婴儿注射一剂海洛因,就为了让他安静下来不要哭,好让她到农场过夜。"

"那种事情不少。"弗莱德单调的声音答道,"也许某个周末,我可以酩酊大醉,忘了这一切。有时我希望自己知道怎么才能彻底疯掉。我已经忘了怎么才能失去理智。"

"这是一种失传的艺术,"汉克说,"也许有过操作说明书。"

"二十世纪七十年代有部电影,"弗莱德说,"名叫《法国贩毒网》,讲的是两个伙计组成海洛因缉毒团队,他们行动时,其中一个人完全疯掉了,开始向眼前所有人开枪,包括他的上司,无差异杀戮。"

"那么,也许你最好不要知道我是谁,"汉克说,"只是偶尔碰到我。"

"某些人,"弗莱德说,"最终会让我们所有人都染上毒瘾。"

"那将是一种解脱，彻底地解脱。"汉克在他那一堆笔记里接着翻下去，然后说，"杰瑞·法班。嗯，我们会把他删掉。那边办公室的兄弟说，法班在去诊所的路上告诉负责监督他的警官，有个不到一米高的小人，没有腿，坐在马车上，一天到晚跟着他。但他没有告诉其他人，因为那会使他们觉得他古怪，远远地躲开他，那他就没有能说话的朋友了。"

"没错，"弗莱德冷静地说，"法班就是那样。我读了诊所的脑电图分析。我们可以忘掉他了。"

每次他坐在汉克对面汇报情况时，都会察觉到自己内心深处在发生某种变化。一旦意识到之后，他便经常注意到这种情况，尽管当时他感觉到出于某种原因，他在汇报时采取了一种慎重、超然的态度。在汇报过程中，无论发生什么事，无论是关于谁的事情，他都不会投入感情。

最初，他相信这是因为他们两人都穿着干扰服，在身体上无法感知彼此。后来他推测穿不穿干扰服其实没什么区别，问题在于这种场合本身。汉克，从职业角度出发，有意识地减少正常状态下朝外界传递的温暖和兴奋；没有愤怒，没有爱，没有任何强烈的情感能够连接他们两人中的任何一个。当他们讨论弗莱德身边的人，甚至很亲近的人（比如拉克曼和堂娜）犯下的轻罪重罪时，怎么能投入强烈的感情？他必须让自己站在中立的立场上。他们两人都一样,他要比汉克更注意这一点。他们完全中立,他们以中立的方式说话,他们看起来不偏不倚。渐渐地,他们很容易就能做到这一点,不需要预先酝酿。

等到结束后,所有的感情会再次涌入他体内。

他在回顾中看到的很多事情,让他感到愤怒甚至恐怖、令人发指。毫无预兆的事件令人难以承受。他脑袋里总是有特别吵闹的声音。

但当他与汉克面对面坐在桌子两边时,他不会出现这些感觉。理论上,他可以不带感情地描述自己目睹的一切。或者听汉克谈到任何事情。

例如,他可以漫不经心地说:"堂娜想大麻想得要命,她拿着注射器去所有的朋友家里搜刮。最好的办法就是在她停下来之前用枪毙了她。"他自己的妞儿……以旁观者的身份描述他曾经观察到或者了解到的那些事实。或者"有一天,因为愚蠢的LSD致幻剂,堂娜血管严重收缩,她大脑中一半血管都断流了",又或者"堂娜死了"。汉克会记下来,也许会说:"是谁卖给她那些东西?在哪儿制造的?"或者"葬礼在哪儿举办?我们应该去记录车牌号码和人名。"他在讨论时完全不带感情。

这曾经是弗莱德。但之后当弗莱德进化成鲍勃·阿克托,走在必胜客和阿科加油站(现在油价每加仑一美元两美分)之间的人行道上时，无论他喜欢不喜欢，那种可怕的伪装色都会渗入他体内。

弗莱德体内这种变化是因为他必须克制自己的热情。消防员、医生和殡仪员在工作中也是一样。他们没有人会时不时就跳起来惊叹，那样毫无意义，只会把自己搞得筋疲力尽，也会使其他人感到疲惫不堪，无论是作为工作中的技术人员还是单纯作为人类。一个人的精力是有限的。

汉克没有强迫他保持冷静，而是允许他保持这个样子。这是为了他好。弗莱德感谢他的体谅。

"阿克托呢?"汉克问。

除了其他人之外，穿着干扰服的弗莱德当然也会汇报自己的情况。如果不这样做，他的上级——以及整个执法机构——就会知道弗莱德是谁，那他的干扰服就白穿了。这名卧底特工汇报情况后，很快又会变回鲍勃·阿克托，坐在起居室里抽大麻，和其他瘾君子一起吸毒，他会发现有个身高不到一米的联系人坐着小车跟在他后面滑行。他没有像杰瑞·法班那样出现幻觉。

"阿克托没干什么，"弗莱德像往常一样地说，"在他那个什么蓝筹股赎回印花中心工作，白天用几剂掺了冰毒的'慢死'——"

"我不确定。"汉克摆弄着一张纸，"我们收到线人的情报，根据线报,阿克托的收入远超蓝筹股赎回印花中心的薪水。我们打电话调查过他的税后实际收入。他的工资不是很高。我们询问原因,得知他并非整周都在那里做全职工作。"

"不会吧,该死。"弗莱德沮丧地说,意识到那些"远远超额"的收入肯定是指官方提供给他的毒资。他每周都会在普拉森舍一家墨西哥酒吧和餐馆里,从伪装的胡椒博士汽水售货机里拿到一些小面额钞票。他提供的信息能给人定罪,这是他拿到的奖金。有时这笔钱数额非常大,比如查获大量海洛因的时候。

汉克若有所思地念下去:"根据这个线人的说法,阿克托行踪诡秘,尤其是傍晚前后。他回家吃饭,然后又找个借口匆匆离开。有时走得很快。但他从未离开过很长时间。"他抬头看了一眼——干扰服抬头看了一眼——弗莱德。"你发现这种情况了吗?能不能查证一下?这是否意味着什么?"

"很可能是因为他的小妞,堂娜。"弗莱德说。

"嗯,'很可能'。你应该了解情况的。"

"是因为堂娜。他在那里不分昼夜地跟她做爱。"他感到非常不舒服,"但我会查一下,然后告诉你。这个线人是谁?也许能顺藤摸瓜抓住阿克托。"

"见鬼,我们不知道。都是电话联系。没有声纹——他用了某种劣等的电子栅格。"汉克咯咯地笑了起来,听上去很古怪,声音像金属一样，"但效果不错。那就够了。"

"上帝啊，"弗莱德抗议道，"是那个发疯的瘾君子吉姆·巴里斯，怀恨在心地给阿克托打上了个精神分裂的标签！巴里斯在公共服务机构上过无数电子维修课程，还有重型机械维修课程。如果他是线人，用不着浪费时间。"

汉克说："我们不知道那是不是巴里斯，无论如何，巴里斯也许不只是个'发疯的瘾君子'。我们有好几个人正在追查这条线。至少到目前为止，我觉得没什么对你有用的东西。"

"无论如何，他是阿克托的朋友之一。"弗莱德说。

"是的，这无疑是背信弃义。那些瘾君子——他们一旦心怀不满就会打电话来告密。事实上，他看起来跟阿克托很亲密，很了解他。"

"真是个不错的家伙。"弗莱德痛苦地说。

"好吧，我们就是这样拿到情报的。"汉克说，"这跟你所做的事情有什么区别呢？"

"我这样做不是出于怨恨。"弗莱德说。

"那你究竟为什么要干这个？"

弗莱德想了一会儿才回答说："我不知道，该死。"

"你跟丢了威克斯。我想，目前我会派你主要监视鲍勃·阿克托。他有中间名吗？他用的——"

弗莱德的脖子仿佛被扼住，发出机器人一般的声音："为什么是阿克托？"

"秘密资助，活动诡秘，以及在活动中不断树敌。阿克托的中间名是什么？"汉克稳稳地拿着钢笔耐心等待。他在等对方回答。

"波斯尔思韦特。"

"怎么拼？"

"我不知道，该死的，我不知道。"弗莱德说。

"波斯尔思韦特。"汉克写下几个字母，"哪国国籍？"

"威尔士。"弗莱德简短地说。他几乎听不见了；他耳朵里的声音模模糊糊，其他感官也一个接一个地变得迟钝。

"他们就是那些歌颂哈勒克人的家伙？'哈勒克'是什么？某个城镇？"

"哈勒克是一个地名，那里在1468年英勇地抵抗约克王朝的拥护者——"弗莱德中断了话语。见鬼，他想。这太烦人了。

"等等，我想把这个记下来。"汉克一边说一边用他的钢笔写着。

弗莱德说："这是不是意味着，你要窃听阿克托的房子和汽车？"

"是的，使用新的全息系统；这种更好，我们目前还有不少设备没用上。我敢说,你会想把所有的事情存储并打印下来的。"汉克把这一点也记了下来。

"我有什么就用什么。"弗莱德说。他感到自己与这一切完全隔断了;他希望这次汇报情况的会议赶紧结束,心想:如果我能来上几剂——

在他对面,一个模模糊糊的影子正在不停地写着,填写各种技术工具的库存识别编号,如果得到批准,他很快就能领到这些设备,安装一个新近设计的持续监控系统,监控他自己的房子,监控他本人。

巴里斯花了一个多小时,用常见的材料制作了一个消音器,成本不超过十一美分,材料是铝箔和一块泡沫橡胶,他马上就要做完了。

夜幕下,在鲍勃·阿克托的后院里,在一堆堆野草和垃圾中,他准备用带有自制消音器的手枪开一枪。

"邻居们会听到的。"查尔斯·弗雷克不安地说。他看到周围的窗户都还亮着,很多人可能正在看电视或者抽大麻。

拉克曼懒洋洋地躲了躲,但并未完全遁入阴影,"在这个地区,他们只有遇到谋杀时才会打电话报警。"

"你为什么要用消音器?"查尔斯·弗雷克问巴里斯,"我是说,自制消音器是违法的。"

巴里斯闷闷不乐地说:"在这个时代,我们生活的社会腐化严重,所有人都在堕落,每个重要人物都应该随身带把枪,用来保护自己。"他半闭着眼睛,用带有自制消音器的手枪开了一枪。一声巨响令他们三人感到震耳欲聋。远处院子里的狗开始吠叫。

巴里斯笑着解开泡沫橡胶上的铝箔。他似乎觉得很有趣。

"这可真是个不错的消音器。"查尔斯·弗雷克说,心想不知道警察什么时候会来。一大堆警车。

"这玩意儿,"巴里斯向他和拉克曼展示泡沫橡胶上烧焦的弹道,"增大了声音,而不是减小声音。但我基本搞明白了。不管怎么说,原理上搞明白了。"

"那把枪多少钱?"查尔斯·弗雷克问。他从来不曾拥有一把枪。他有过好几把刀子,但总被人偷走。有一次还是个小妞,那小妞趁他在浴室洗澡时把刀偷走。

"不贵,"巴里斯说,"这把大概花了三十美元。"他把枪递给弗雷克,而他害怕地退了一步。"我可以把它卖给你,"巴里斯说,"你真的应该有把枪,保护自己远离那些想伤害你的人。"

"那样的人可有很多。"拉克曼讽刺地说,咧嘴一笑,"前几天我在《洛杉矶时报》上就看到过,如果谁能给弗雷克造成最严重的伤害,就能免费获得一台晶体管收音机。"

"我可以用一个博格华纳转速表跟你换。"弗雷克说。

"那是你从街对面那人的车库里偷来的。"拉克曼说。

"嗯,那把枪很可能也是偷来的。"查尔斯·弗雷克说。大多数比较值钱的东西最初都是偷来的,被偷恰恰证明了它的价值。"事实上,"他说,"最早是街对面那家伙偷的转速表。这东西很可能已经转手十五次了。我是说,这确实是个很棒的转速表。"

"你怎么知道是他偷来的?"拉克曼问。

"见鬼,那家伙车库里有八个转速表,电线都是剪断的。还能是怎么回事? 我是说,那么多。谁会买八个转速表?"

拉克曼对巴里斯说:"我以为你还忙着研究那个脑波显像仪。已经搞定了?"

"我不能整日整夜都研究那个,因为涉及的知识范围太广了。"巴里斯说,"我得歇会儿。"他开始用一把复杂的小刀切割另一块泡沫橡胶,"这次肯定完全没声音。"

"鲍勃以为你正在研究脑波显像仪。"拉克曼说,"他在房间里躺在床上盼望着,而你在外面用手枪开火。你不是跟鲍勃达成协议,要用那个补上你欠的房租——"

"就像酿造一杯很棒的啤酒,"巴里斯说,"要想对损坏了的电子元件进行复杂精细的改造,就要——"

"开枪,用我们这个时代伟大的十一美分消音器。"拉克曼说,然后打了个嗝。

我受够了,鲍勃·阿克托想。

他独自躺在卧室昏暗的灯光下,茫然地仰面凝望上方。枕头下枕着他的点三二警用左轮手枪;听到巴里斯的点二二手枪在后院开火的声音,他条件反射地从床下取出自己的枪,放在更容易拿到的地方。一次安全的行动,没有任何危险,他潜意识里根本不存在这种情况。

但如果有谁暗中破坏他那些最宝贵、最值钱的财产,他枕头下面的点三二手枪多少能起到些防御作用。他向汉克汇报情况之后,一回家就检查了其他所有东西,情况都还好——尤其是汽车——在这种情况下,汽车总是排在第一位的。无论发生了什么,无论那是谁,反正都是卑鄙的行为:一些胆小而狡猾的瘾君子潜伏在他周围,藏在无法觉察的地方暗中伤害他。那不是具体某一个人,更多的则是他们那种躲躲藏藏、游手好闲的生活方式。

曾经,他的生活并不是现在这个样子,一把点三二手枪藏在枕头下面,有个精神病人在后院用手枪朝着天知道什么东西开火,还有另一些疯子,也许就是那家伙强行操作脑波显像仪,妄图打印自己的脑波,而使其短路了。房子里每个人以及他们所有的朋友都喜欢那台脑波显像仪。以前,鲍勃·阿克托的生活跟现在完全不同:他曾经有个妻子,和其他人的妻子没什么区别,还有两个小女儿,一个稳定的家庭。每天有人打扫房间、清理垃圾,从前门门廊取回的报纸有时懒得打开就扔进了垃圾桶,有时也会读一读。但后来有一天,阿克托想从水槽下取出一个电动爆米花机,他的脑袋撞到上方橱柜一角。头皮上的伤口,意料之外的无妄之灾,疼痛,不知为何仿佛使他头脑一下子清醒了。他瞬间恍然大悟,他憎恨的不是这个橱柜,他憎恨的是他的妻子、他的两个女儿、他的整个房子、后院和里面的电动割草机、车库、供暖系统、前院、围栏,整个这该死的地方和里面的所有人。他想离婚,想和家人断绝关系。于是他就这样做了,很快。他逐渐进入一种全新的生活,阴郁的生活,再也没有了从前的一切。

也许他应该后悔自己的决定。但他并没有。那种生活没有刺激、没有冒险。它太安全了。构成它的所有元素都井然有序地排在他眼前,没有新的可能性供他期待。他曾经认为,那样的生活就像一只塑料小船毫无波澜地向着永恒航行,直至沉没,而所有人和事物都会对此暗自舒一口气。

但他现在生活在这个黑暗的世界里,丑陋的东西、惊人的东西,偶尔也有一点点非常美妙的东西不断地向他袭来,一切都无法预料。就像他的脑波显像仪被蓄意破坏,他日常生活中快乐的部分都围绕着这台仪器展开,每天有一段时间,他们所有人都放松下来享受。从理性角度看,旁人破坏这台仪器毫无意义。但在黑暗的漫长夜色中,真正的理性不复存在,至少从严格意义上来说是这样。几乎任何人都可能出于任何原因采取谜一般的行动。他认识或者遇到过的任何人。任何一个有上百种古怪想法的家伙、各种各样的怪胎、发疯的瘾君子、在现实中而非幻想中表现出幻觉恶意的精神分裂症偏执狂。事实上,也许是他从未见过的某个人从电话簿里随机选中了他。

或者他最亲密的朋友。

也许是杰瑞·法班,他想,在他们强行把他带走之前。那是个疯狂的、已被腐蚀的躯壳,他和他的几十亿蚜虫都是。他还责怪堂娜——其实是责怪所有的小妞——"污染"了他。真是个怪人。但是,他想,如果杰瑞想害什么人,那应该是堂娜,而不是我。他想,而且我怀疑杰瑞知不知道怎么拆掉装置的底板;也许他会试一下,但他很可能直到现在还在那里不断拧松和拧紧同一个螺钉。也许他会试图用锤子把底板敲掉。不管怎样,如果是杰瑞·法班干的,装置里面肯定都是从他身上掉下来的虫卵。打心底里的讽刺使鲍勃·阿克托咧嘴一笑。

可怜的混蛋,他想。他的笑容消失了。他贫穷的母亲无家可归。曾经有微量的复杂重金属进入他的大脑——嗯，就是因为这个。很多像他这样的人都要面对令人沮丧的现实，几乎无数人大脑受损导致智力迟钝。生物学上的生命还在继续，他想。但是灵魂、思想——其他一切都已死去。像一台存在反射机制的机器。就像某种昆虫。不断重复早已注定的模式，单一的模式，一遍又一遍。无论行为是否恰当。

真想知道他以前是什么样子，他陷入沉思。他认识杰瑞的时间不是很长。查尔斯·弗雷克声称，杰瑞曾经混得不错。真要亲眼看见，阿克托想，我才会信。

也许我应该告诉汉克我的脑波显像仪被破坏的事实，他想。他们马上就会明白这意味着什么。但他们又能为我做些什么呢？这无非是你的工作所必须面对的风险。

不值得，这份工作，他想。这该死的地方没那么多钱。但不管怎么说，不是钱的问题。"你怎么会来做这份工作？"汉克曾经问他。是否有任何人承担任何一种工作时，能想明白自己的真实动机？因为无聊，也许吧；渴望搞点儿小动作。他私下里对身边每一个人抱有敌意，他所有的朋友，甚至他的女人。还有一个可怕的真实理由：渴望看着一个你深爱的人，你曾经非常亲近的人，你与他拥抱、同眠、亲吻，为他担心、成为朋友，甚至钦佩不已的人——看到那个曾经过着温暖生活的人自内而外垮掉，从内心深处开始变得疯狂。直到他像昆虫一样咔嗒咔嗒不断重复着一句话,就像一台录音机,就像无限循环的磁带。

"……我知道,如果我再注射一次毒品……"

我会没事的,他想。就像杰瑞·法班一样,大脑的四分之三都变成糨糊时还那么说。

"……我知道,如果我再注射一次毒品,我的大脑会自行修复。"

然后他突然闪过一个念头:杰瑞·法班的大脑就像脑波显像仪那乱七八糟的线路。线路切断、短路、线路扭曲、元件过载和接触不良、线路浪涌、烟雾,以及难闻的气味。有人坐在那里用电压表追踪电路,同时喃喃自语:"我的,我的很多电阻和冷凝器需要更换。"诸如此类的话。最后,杰瑞·法班只会发出电流变化产生的嗡嗡声。他们会放弃的。

在鲍勃·阿克托的起居室里,他花了几千美元定制的脑波显像仪被修好以后,会把暗灰的文字投射到墙上一小块地方:

我知道如果我再注射一次毒品……

那之后,他们会把脑波显像仪扔掉,那东西已经彻底损坏、无法修复,还有杰瑞·法班,同样彻底损坏、无法修复,都被扔进同一个垃圾桶。

哦,好吧,他想。谁需要杰瑞·法班?也许只有杰瑞·法班自己,他曾经想设计制造一个长二点七米的电视控制系统,以便作为礼物送给一位朋友,有人问他如何把这东西从他的车库运到朋友的房子里,毕竟尺寸和重量都大得吓人。他回答说:"没问题的,伙计,我会把它折起来——我已经装了铰链——折起来,你看,整个折叠起来放进信封里寄给他。"

不管怎样,鲍勃·阿克托想,杰瑞不来做客之后,我们就不用再在屋里打扫蚜虫了。想到这个,他感觉有点儿想笑;他们曾经虚构了一个关于杰瑞蚜虫的精神病学解释——主要靠拉克曼,他聪明又搞笑,很擅长这些。当然,起因是杰瑞·法班的童年阴影。你看,有一天,一年级的杰瑞·法班放学回家,他把几本小书夹在腋下,愉快地吹着口哨,然后看到餐厅里有一只大蚜虫,高约一点二米,坐在他母亲旁边。他的母亲慈爱地凝视着它。

"发生了什么事?"小杰瑞·法班问道。

"这是你哥哥,"他母亲说,"你们以前没见过面。他会和我们住在一起。比起你,我更喜欢他。他能做到很多你做不到的事情。"

从那时开始,杰瑞·法班的父母不断把他的缺点和他哥哥进行比较,即使那是只蚜虫。随着他们两个一起长大,杰瑞的自卑感越来越强——这是必然的。高中毕业后,他哥哥拿到奖学金上了大学,而杰瑞则去了加油站工作。后来,这个蚜虫兄弟成为著名的医生或科学家,获得诺贝尔奖;而杰瑞还在加油站转轮胎,赚着一个小时一点五美元的工资。他的父母不停地提醒他这一点。他们一直念叨个没完。

"要是你能像你哥哥一样就好了。"

最后,杰瑞离家出走了。但他还是下意识地相信蚜虫比他更优秀。起初,他以为自己安全了,但后来,他开始随时随地看到蚜虫,头发里和房子周围。因为他的自卑情结导致某种性压抑,蚜虫是他的自我惩罚,诸如此类。

现在想来并不好笑。如今,根据他朋友的请求,杰瑞在半夜被强行带走。那天晚上,他们所有人都和杰瑞在一块儿,这是他们自己的决定,不能再拖延或逃避。那天晚上,杰瑞把房子里所有东西堆在一起堵住前门,大概四百千克各种各样的东西,包括沙发、椅子、冰箱和电视,然后告诉大家,外面有一只智商超群的巨型蚜虫正准备破门而入抓走他。即使他抓住了这一只,以后还会有更多的蚜虫着陆。这些外星蚜虫远比人类更聪明,如果有必要甚至可以直接穿过墙壁,以这样的方式展现出它们神秘的力量。为了尽可能保护自己,他要把这座房子灌满氰化物气体,他正准备动手。他是怎么准备的? 他已经把所有的门窗用胶带密封好。然后他会打开厨房和浴室的水龙头,把房子里灌满,他说车库里的热水存储罐装满了氰化物,而不是水。他早就料到会发生这种事,作为最终的防御手段把那些东西储备了起来。他们自己也都会死去,但这样至少能挡住那些智商超群的蚜虫。

他的朋友们打电话给警察,警察打破前门,把杰瑞强行送到神经失语症诊所。杰瑞对他们所有人说的最后一句话是"稍后把我的东西带来——把我那件背上有珠子的新夹克带来。"那是他刚刚买的,他非常喜欢。这差不多是他现在喜欢的唯一一样东西,他认为自己拥有的其他一切东西都已经被污染了。

不,鲍勃·阿克托想,这些现在看来并不好笑,他不知道为什么会变成这样。也许是源于恐惧,他们过去几周在杰瑞周围感受到令人不寒而栗的恐惧。杰瑞有时在晚上告诉他们,他感觉附近有敌人,然后便带上一把猎枪巡视房子。他随时保持警惕,准备在被别人击中之前先开枪。也就是说,双方同归于尽。

现在,鲍勃·阿克托想,我有一个敌人。或者至少我察觉到他的踪迹:他留下的迹象。又一个处于最终阶段、令人毛骨悚然的东西,就像杰瑞一样。当那些狗屎处于最终阶段时,他想,真的就像被狗屎砸中。胜过福特汽车或通用汽车曾赞助的任何黄金时段电视特别节目。

卧室门口传来敲门声。

他摸了摸枕头下面的枪,问道:"谁?"

嘟嘟囔囔的声音,是巴里斯。

"进来吧。"阿克托伸手打开了床头灯。

巴里斯走了进来,他的眼睛闪闪发光,"你还没睡着?"

"我做了个梦,然后就醒了,"阿克托说,"一个关于宗教的梦。梦里的雷声震耳欲聋。突然,天空裂开,上帝出现了。他对我咆哮——该死的,他到底说了什么? ——哦,是的。'我对你感到很恼火,我的孩子。'他说。他满脸怒容。我在梦里颤抖着,抬起头看他,我问'我现在该怎么办,上帝?'他说'你又没有把牙膏的盖子盖上。'然后我意识到那是我的前妻。"

巴里斯坐下来,双手放在皮裤膝盖处,抚平衣服。他面对阿克托摇了摇头,看起来心情很好。"好吧,"他轻快地说,"我初步推断出了究竟是谁蓄意破坏你的脑波显像仪,而且还可能故伎重施。"

"如果你想说是拉克曼——"

"听着,"巴里斯激动地来回摇晃,"如,如果我告诉你,几周前我就预料到,有一台家用电器会发生故障,而且是一台价格昂贵、难以修理的电器,你会怎么想? 是我的推论促使这件事发生! 这证明了我的整套推断!"

阿克托看着他。

巴里斯又泄了气,恢复冷静,露出一个灿烂的微笑。"你——"他指着对方说。

"你认为是我做的，"阿克托说，"我砸坏了自己的脑波显像仪，那东西还没上保险。"他心里涌起一阵厌恶和愤怒。夜深了，他需要睡眠。

"不，不，"巴里斯飞快地说，看上去很苦恼，"你正看着那个干了这件事，破坏了你的脑波显像仪的人。我这样说是认真的，我之前说不出口。"

"是你干的?"他一脸困惑地瞪着巴里斯，而对方眼中模模糊糊透出一丝胜利的喜悦，"为什么?"

"我是说，按照我的推论，是我干的，"巴里斯说，"显然是我被人催眠后干的。因为失忆，所以我不记得了。"他开始笑起来。

"以后再说吧，"阿克托"啪"的一声关掉床头灯，"夜深了。"

巴里斯站起身，不知所措，"嘿，你不明白吗——我懂得先进的电子专业技术，我有机会接触到它——我就住在这里。但我搞不懂的是，我的动机是什么。"

"你这么做是因为你疯了。"阿克托说。

"也许我被秘密警察雇用了。"巴里斯困惑地喃喃自语，"但他们的动机是什么呢? 也许是为了让我们这些人互相怀疑、产生纠纷，开始爆发争执，导致我们彼此对立，我们所有人，我们不确定可以信任谁，谁又是我们的敌人，诸如此类。"

"他们成功了。"阿克托说。

"但他们为什么要这样做呢?"巴里斯一边说一边朝门口走去,同时不耐烦地拍着手,"这么麻烦——拿到前门的钥匙,拆掉底板——"

等那些全息扫描仪送来,安装在这座房子里的每个角落,鲍勃·阿克托想,我会很开心的。他摸了摸自己的枪,稍微安心了一点儿,然后心想,是否应该确定一下枪里有没有装满子弹。但他随即意识到,我又会担忧如果撞针不见了或者子弹里没火药了怎么办,诸如此类,没完没了,就像一个小男孩数着人行道上的条纹缓解恐惧。小鲍勃·阿克托,一年级时带着小学课本放学回家,面对眼前未知的事物感到恐惧。

他向下伸出手,顺着床架一路摸索,直到手指碰到透明胶带。他撕开胶带,巴里斯还在房间里看着,他从上面扯下来两片D物质混合快克。他把这东西扔进嘴里,不用水,直接吞了下去。然后他躺下,叹了口气。

"滚吧。"他对巴里斯说。

然后他睡着了。

5

鲍勃·阿克托有必要暂时离开自己的房子,以便让人能恰当地(也就是说正确无误地)监察包括电话在内的这所房子的一切,虽然电话线路也可以在别的地方窃听。警察一般的做法是先监视作为目标的房子,等到所有人都离开,而且看起来不会很快回来的时候再动手。为此,执法机构有时不得不等上好几天甚至好几周。最后,如果没有别的办法,他们会找个借口:告知住户下午有人要过来烟熏除虫,或者诸如此类,在某个时间点之前,比如说**下午六点**,所有人都要离开房子。

但这一次,犯罪嫌疑人鲍勃·阿克托乖乖地离开了他的房子,带上他的两个室友一起去找一台脑波显像仪的替代品,直到巴里斯把他自己那台修好。有人看到他们三人开着阿克托的车一脸严肃地离开。随后,弗莱德在附近一个联络点,一家加油站,使用干扰服的音频栅格打电话报告说,那天剩下的时间肯定没人在家。他偷听到那三个人决定开车到圣地亚哥去找作为赃物廉价出售的脑波显像仪,有些家伙标价才五十美元左右。这样的价格有点儿像是吸毒吸傻了,绝对值得开车跑那么远。

而且,这也让执法机构有机会来一次快捷非法搜查,比卧底特工私下进行的搜查更详尽。他们会把写字台抽屉拉出来,看看有没有什么东西贴在背面;把长杆落地灯拆开,看看会不会掉出几百片毒品;检查厕所马桶里面,看看有没有裹在卫生纸里的小包藏在看不见的地方,冲水时会被水流自动冲走;查看冰箱冷冻室,看看有没有狡猾的标签误导,比如包装上写着冻豌豆的容器,实际上装的是冷冻的毒品。同时,技术人员会安装复杂的全息扫描仪,他们自己坐在不同的地方,测试扫描仪的效果。音频也要同样处理。但视频组件更重要,需要更多时间。当然,扫描仪需要巧妙地安装,绝不能让人发现,必须在很多位置进行测试。干这活儿的技术人员薪水很高,因为如果他们搞砸了,全息扫描仪被房子的主人发现,所有居住者都会知道这里已经被渗入,有人正在监视他们,然后就会停止行动。而且,有时他们会把整个扫描系统拆下来卖掉。

鲍勃·阿克托驱车沿着圣地亚哥高速公路往南行驶,心想,事实证明盗窃并销售在某人住所里非法安装的电子侦查设备,这在法庭上很难以真正的罪名定罪。警察只能以违反其他法规为由进行控诉。但在类似的情况下，贩毒者反应很快。他回忆起之前一个案子，有个海洛因毒贩找了个小妞，在她的熨斗把手里藏了两包海洛因，然后打电话给犯罪举报热线匿名举报她。在当局接到举报采取行动之前，那个小妞发现了海洛因，但她没有把那东西扔进马桶冲走，而是卖掉了。警察来了之后什么也没找到，于是根据举报电话确定声纹，以向当局提供虚假信息的罪名逮捕了毒贩。毒贩被保释后，某天深夜去找那个小妞，把她打了个半死。警察抓住他，问他为什么要把她的一只眼珠打出来，还打断了她的双臂和好几根肋骨。他回答说，那个小妞发现的两包高级海洛因是属于他的，她高价卖掉却没分他一份。贩毒者的想法就是这样，阿克托心想。

他把脑波显像仪的事丢给拉克曼和巴里斯。这样不仅可以绊住他们两人，避免他们在窃听器安装期间回到房子里去，同时也让他自己有时间去见一个人，他们已经一个多月没见过面了。他很少到这边来，而那个小妞除了每天注射两三次冰毒和为了毒资接客之外，似乎什么也不干。她和一个毒贩，也是她的老相好同居。丹·曼彻白天一般不在，这样正好。那个毒贩自己也是个瘾君子，但阿克托不清楚他吸的是什么。他显然有很多种毒品。总之，不管他吸的是什么，丹的性格变得凶残古怪，难以捉摸，而且非常暴力。那么长久以来,当地警方竟然一直没有以扰乱治安的罪名逮捕他。也许他们收了贿赂。可能性最大的原因是,他们根本不在乎。他们住在老年人和其他穷人扎堆的贫民窟。只有出现严重犯罪时,警方才会进入克伦威尔村那片建筑物以及旁边的垃圾场、停车场和碎石路。

这片地区本希望摆脱贫民窟肮脏的形象,建筑设计时使用了玄武岩,但反而使环境看起来更污秽。他停下车,在一片黑暗中走上右边散发尿味的楼梯,来到4号楼G户门口。门前有满满一罐德拉诺通厕剂,他不由自主地把它捡了起来,心想不知道有多少孩子在这里玩耍,然后又回忆起自己的孩子以及这些年来他为了保护他们做出的努力。现在就是一个例子,他捡起罐子,用那东西敲了敲门。

门锁嘎嘎作响,门随即打开,里面用链子拴住,那个女孩,金伯莉·霍金斯,从门缝中看向外面,"谁?"

"嘿,伙计。"他说,"是我,鲍勃。"

"你啊,那是什么?"

"一罐可以代替可卡因的德拉诺通厕剂。"他说。

"别开玩笑了。"她无精打采地打开门,声音也一样无精打采。金伯莉很消沉,他能看得出:她非常消沉。这个女孩长着一双黑眼睛,嘴唇干裂。他环顾这间狭窄凌乱的小公寓,看到窗户被打破了,玻璃碎片散落在地上,旁边是倒扣的烟灰缸和可乐瓶。

"就你自己一个人?"他问道。

"是的。我和丹吵了一架,他走了。"那个女孩说,她有一半墨西哥血统,瘦瘦小小的,不是很漂亮,脸色因为吸食冰毒显得格外苍白。她低头盯着地上,眼神没有焦点,他发现她说话时声音嘶哑、刺耳。有些毒品会造成这种后果。不过脓毒性咽喉炎也一样。这间公寓可不怎么暖和,窗户还破着。

"他打了你。"阿克托把德拉诺通厕剂的罐子放在一个高高的架子上,下面有些平装色情小说,大部分都已经过时了。

"嗯,他没有拿刀,谢天谢地。他现在总是在皮带上挂着一把带鞘的小刀。"金伯莉在一把弹簧露在外面的软垫椅子上坐下来,"你想要什么,鲍勃?我自己都在到处找货,真的。"

"你想让他回来吗?"

"嗯——"她耸了耸肩,"谁知道呢?"

阿克托走到窗前向外望去。毫无疑问,丹·曼彻迟早会回来:他从这个女孩身上能赚到钱,丹知道她只要没货了就需要购买毒品。"你的存货还够用多久?"他问道。

"只够一天。"

"你能在别的地方买到吗?"

"能,但没那么便宜。"

"你的嗓子怎么了?"

"感冒了,"她说,"因为这窗户漏风着了凉。"

"你应该去——"

"如果我去看医生,"她说,"他就会发现我吸过冰毒。我不能去。"

"医生才不在乎。"

"他肯定会注意到。"随即她侧头倾听汽车排气管的声音,一种不规则的响声,"那是丹的汽车吗? 红色福特79都灵?"

阿克托从窗口看向外面的垃圾堆,一辆破旧的红色都灵停下来,两个排气口吐出黑烟,司机旁边的车门正在打开。"没错。"

金伯莉关紧门,再加上两把锁,"他很可能带着刀。"

"你有电话吧?"

"没有。"她说。

"你应该找个电话。"

女孩耸耸肩。

"他会杀了你的。"阿克托说。

"现在还不会。你还在这儿。"

"但以后呢,我走了以后。"

金伯莉又坐下来,再次耸了耸肩。

过了一会儿,他们可以听到外面的脚步声,然后是敲门声。

丹喊叫着让她开门。她也喊叫着拒绝，说有人和她在一起。"好吧，"丹高声喊道，"那我就把你的轮胎割破！"他跑下楼，阿克托和那个女孩透过破碎的窗户向外看去，丹·曼彻，一个瘦削、短发、外表像是同性恋的家伙挥舞着小刀走近她的车，同时对她大喊大叫，这片住宅区所有人都能听见他的话。"我要割破你的轮胎，你这该死的轮胎！然后我要杀了你，该死的！"他弯下腰，对着女孩那辆道奇汽车的一个轮胎刺了过去，然后是另一个轮胎。

金伯莉突然回过神来，奔到公寓房间门口，拼命想打开那一堆锁。"我得拦住他！他会把我所有的轮胎都割破！我没上保险！"

阿克托想阻止她，"我的车也在那儿。"当然，他没有带枪，丹手上有刀，而且已经失去理智。"轮胎不是——"

"我的**轮胎**！"那女孩尖叫起来，挣扎着打开了门。

"他就是想让你这么做。"阿克托说。

"楼下，"金伯莉气喘吁吁地说，"我们可以打电话给警察——他们有电话。放开我！"她大力推开他，把门打开。"我要打电话给警察。我的轮胎！有一个还是新的！"

"我和你一起去。"他抓住她的肩膀，她急急忙忙地跑在他前面冲下台阶，他几乎追不上她。她跑到隔壁公寓门口砰砰敲门。"请开门，"她叫道，"求求你，我需要打电话给警察！请让我报警！"

阿克托来到她身边,敲了敲门。"我们需要借用你的电话,"他说,"情况很紧急。"

一位老人,身穿灰色毛衣和皱巴巴的西装裤,打着领带,开了门。

"谢谢。"阿克托说。

金伯莉推门进去,跑向电话,拨通接线员的号码。阿克托面对门口站着,以防丹会出现。现在周围寂静无声,只有金伯莉喋喋不休地跟接线员解释——混乱不清地絮叨着,他们如何因为一双价值七美元的靴子吵架。"他说那是他的东西,因为是我给他买的圣诞礼物,"她翻来覆去地说,"但那应该是我的东西,我付的钱,然后他开始动手抢,我就用开罐器割开了鞋面,于是他——"她停顿了一下,然后点头说,"好的,谢谢你。好的,我先不挂电话。"

那个老头盯着阿克托,他也看向对方。隔壁房间里,一位身穿印花连衣裙的老太太静静地看过来,因为恐惧神色僵硬。

"这对你们来说一定很糟糕。"阿克托对两位老人说。

"一直都是这样,"老头说,"我们听到他们整夜都在打架,一夜又一夜,他总是说他要杀了她。"

"我们应该回丹佛去,"老太太说,"我告诉过你,我们应该搬回去。"

"可怕的争斗，"老头说，"打破东西，各种噪音。"他凝视着阿克托，一脸悲叹的表情，也许是寻求帮助，也许是表示理解。"一直持续下去，永远不会停止，然后，你知道更糟的是什么吗？每一次——"

"是的，告诉他。"老太太催促着。

"更糟的是，"老人庄重地说，"每次我们出门时，我们出去购物或者寄信，我们都会踩到……你知道，狗的排泄物。"

"狗屎。"老太太愤愤不平地说。

当地警车来了。阿克托作为目击者做了笔录，没有提到自己执法人员的身份。警察记下他的证词，也想让金伯莉作为申诉者留个笔录，但她说的话毫无逻辑，她一直漫无边际地讲着那双靴子，她为什么会买下来，那对她意味着什么。警察拿着写字板和记录表坐在那里，中间冷冷地抬头看了一眼阿克托，阿克托没看懂那个表情，但反正是他不喜欢的表情。警察最终建议金伯莉装个电话，如果嫌疑人又回来找麻烦就打电话报警。

"你们注意到轮胎被割破了吗？"警察准备离开时阿克托问，"你们有没有检查过停车场上那辆汽车，记下来有几个轮胎被割破，用崭新的、锋利的工具造成的割痕——现在还在漏气？"

警察用同样的表情又瞥了他一眼，没有再说什么。

"你最好不要留在这里。"阿克托对金伯莉说,"他应该建议你离开这里。他应该问问你有没有别的地方可以去。"

到处都是垃圾的起居室里,金伯莉坐在破破烂烂的沙发上,现在她的眼睛又变得黯淡无光,她已经不再徒劳地向调查人员解释自己的境况,只是耸耸肩。

"我开车送你去别处,"阿克托说,"你有没有认识的朋友,可以——"

"滚开!"金伯莉突然恶狠狠地说,很像丹·曼彻的声音,但更刺耳,"从这里滚出去,鲍勃·阿克托——滚,滚开,该死的! 你能滚吗?"她提高嗓音尖叫,然后又绝望地停了下来。

他离开了,一步一步慢慢地走下楼梯。他走到最下面一级台阶时,身后有什么东西"砰砰"滚下来:是那个德拉诺通厕剂的罐子。他听到她把门锁上,一道又一道锁。毫无意义的门锁,他想。一切都是徒劳的。调查人员建议她如果嫌疑人再回来就打电话报警。如果她不离开公寓怎么打电话? 然后丹·曼彻会刺伤她,就像他割破轮胎那样。而且——想想楼下两位老人的抱怨——她很可能刚迈出一步就倒下去,死在一摊狗屎里。想到那两个老头老太强调的事情,他简直要歇斯底里地笑起来;楼上有对疯狂的瘾君子每天晚上都在打架、威胁要杀人,也许很快就会杀死一个卖淫的年轻女孩,她要是不出意外的话,肯定患上了脓毒性咽喉炎,此外还有——

他开车载着拉克曼和巴里斯回北边时,咯咯地笑出声来。"狗屎,"他说,"狗屎。"狗屎里的幽默,他想,如果你能领悟的话。有趣的狗屎。

"最好换车道,超过那辆西夫韦商店的卡车。"拉克曼说,"它太碍事了。"

他换到左边的车道,加快了速度。但他刚刚把脚从油门上移开,踏板就掉到车里的地垫上,同时发动机发出剧烈的轰鸣声,汽车以狂野的速度一路飞驰。

"慢点儿!"拉克曼和巴里斯一起叫道。现在,车速已经接近一百迈,前方隐约能看到一辆大众面包车。他的油门毫无反应:没有弹回来,一动不动。坐在他旁边的拉克曼和身后的巴里斯都本能地举起手臂。阿克托转动方向盘,从大众面包车左边掠过,从仅存的一点儿空间里勉强能通过,一辆雪佛兰科尔维特飞驰而来。科尔维特按响喇叭,他们听到尖厉的刹车声。现在,拉克曼和巴里斯都在大声喊叫,拉克曼突然伸手关掉了点火器;同时,阿克托把变速器换到空挡位置。车速变慢,他踩住刹车,转到右边的车道上,然后,引擎终于熄火,变速器脱挡,在紧急停车带上渐渐地停了下来。

已经沿着高速公路驶远的科尔维特汽车还在愤愤然按着喇

叭。这时,西夫韦商店的巨型卡车从他们旁边驶过,也按响了震耳欲聋的喇叭以示警告。

"到底发生了什么?"巴里斯问。

阿克托的手、声音,以及整个身体都在颤抖,他说:"肯定是节气门钢绳的回位弹簧卡住或者坏了。"他指了指下面。他们都看向仍然掉在地垫上的油门踏板。发动机之前已经加速到最大转速,对他的车来说那是相当可观的速度。他没有注意最高达到多大车速,很可能超过一百迈,而且他意识到,虽然他一直条件反射地踩刹车,但汽车只是稍微放慢了一点儿速度。

他们三个人默默地站在紧急停车带上,抬起引擎盖。一股白烟从油箱盖那里冒出,下面也一样。散热器溢出的水嘶嘶作响,几近沸腾。

拉克曼指了指滚烫的引擎。"不是弹簧的问题,"他说,"是踏板和化油器之间的连接装置。看到了吗?它断了。"那根长杆晃晃悠悠、徒劳地挂在发动机上,锁环还在原位,"所以,当你的脚放开油门时,油门无法返回。但是——"他检查了一下化油器,脸皱了起来。

"化油器上有个安全装置,"巴里斯咧嘴笑着说,露出的一口牙看起来仿佛假牙一样,"这个装置在连接杆——"

"它为什么会断开?"阿克托插话道,"锁环不应该把螺母固定住吗?"他摸着那根长杆,"怎么会这样掉下来?"

巴里斯仿佛没有听到他的话,继续说下去:"如果连杆因为任何原因失效,发动机会怠速空转。这是一种安全措施。但这辆车反而加速了。"他弯下腰更仔细地观察化油器。"这个螺杆掉出来了,"他说,"怠速螺杆。所以连杆分离时,刹车优先系统没有生效,车速反而更快。"

"为什么会发生这种事?"拉克曼大声说,"它会这样自己意外地松掉吗?"

巴里斯没有回答,而是掏出小刀,打开一个细小的刀片,慢慢把怠速调整螺杆拧回去。他一边拧一边数出声,数到二十,螺杆恢复原位。"要松开固定加速器连杆的锁环和螺母,"他说,"需要一种特殊工具。事实上,应该说好几种工具。我估计把这修好大概要花掉半小时。我有工具,可是都在我的工具箱里。"

"你的工具箱在家里。"拉克曼说。

"是的。"巴里斯点点头,"我们只能去加油站,要么借用他们的工具,要么靠他们的拖车离开这里。我建议下次再开这辆车之前,先整体检查一遍。"

"嘿,伙计,"拉克曼大声说,"这是意外事故还是蓄意破坏?像脑波显像仪那样?"

巴里斯想了一下,仍然带着他那种狡猾而悲伤的微笑。"这一点我不确定。一般来说,蓄意破坏汽车造成事故……"他瞥了一眼阿克托,别人看不见他藏在绿色墨镜后面的眼睛,"我们差点儿被压扁。如果那辆科维特开得再快一点儿……或是这条路上没有沟渠可以开进去迫使车停下。你意识到发生了什么后,就应该尽快切断点火器。"

"我以为汽车运转不正常。"阿克托说,"当我意识到发生了什么,有一瞬间我并不清楚是怎么回事。"他想,如果是刹车的缘故,如果是刹车踏板掉了下来,我的反应会更快,更快做出应激反应。这件事——太古怪了。

"他们是故意的。"拉克曼大声说。他愤怒地转来转去,使劲挥舞拳头,**混蛋!我们差点儿就中计了!他们差点儿把我们害死!**"

巴里斯站在交通繁忙的高速公路旁边,看着车辆飕飕驶过,他拿出一个牛角制的小鼻烟盒,里面装着几片"慢死",取出几片,把鼻烟盒递给拉克曼。他也拿了几片,然后又递给阿克托。

"也许就是这些该死的玩意儿,"阿克托烦躁不安地垂下脑袋,"把我们的大脑搞得一片混乱。"

"毒品可不会把加速连杆和化油器-怠速调整装置给拧上。"巴里斯一边说,一边仍然把鼻烟盒递给阿克托,"至少拿三片——这些是混合品,但很温和,掺了一点点冰毒。"

"把那该死的鼻烟盒拿走。"阿克托说。他感觉自己脑袋里面有响亮的声音在唱歌：可怕的音乐，仿佛周围的现实都变得令人厌恶。现在的一切——快速行驶的汽车、两个人、他自己的汽车、打开的引擎盖、烟雾的气味，还有正午明亮炽热的日光——全都带有一种腐烂的感觉，仿佛他的整个世界都已腐化变质。并不是突然发生的变化，因为那会令人感到危险但并不可怕，这更像腐烂的过程，外观、声音和气味都令人厌恶。他感到恶心，闭上眼睛，浑身颤抖。

"你闻到了什么？"拉克曼问，"有什么线索，伙计？有些发动机闻起来像——"

"狗屎。"阿克托说。他能闻到那种味道从发动机里面传来。他弯下腰嗅了嗅，那种气味更明显、更强烈了。奇怪，他心想。真是古怪，见鬼，太古怪了。"你们闻到狗屎的气味了吗？"他问巴里斯和拉克曼。

"没有。"拉克曼边说边看向他。他又问巴里斯："那毒品里有迷幻剂吗？"

巴里斯笑着摇了摇头。

阿克托弯腰凑近滚烫的引擎，闻到狗屎的气味，他自己也知道那只是幻觉，不存在狗屎。但他还是闻到了。现在他能看到整个发动机上的污迹，尤其是火花塞下面，深褐色的污垢，一种丑陋的物质。是油,他想。溢出来的油,溅出来的油:可能是气缸头漏了。但他需要伸手摸到才能确定,才能相信自己的理性判断。他的手指碰到黏糊糊的棕色污迹,一下子缩了回来。他把手指伸进了狗屎里面。整个发动机上、电线上都有一层狗屎。然后他意识到前隔板上也有。他抬起头看到狗屎就在隔音引擎盖下面。那种恶臭使他难以忍受。他闭上眼睛,浑身颤抖。

"嘿,伙计。"拉克曼尖锐地说,抓住阿克托的肩膀,"你因为毒品出现了幻觉,对吗?"

"免费戏票。"巴里斯表示同意,咯咯地笑起来。

"你最好坐下来。"拉克曼说;他把阿克托带回驾驶位上,让他坐在那里。"伙计,你真的出现幻觉了。坐下来。别紧张。没有人死掉,而且现在我们都提高了警惕。"他关上阿克托旁边的车门,"我们现在都没事,对吧?"

巴里斯出现在车窗前说:"想要一块狗屎吗,鲍勃?嚼一嚼?"

阿克托睁开眼睛,冷冷地盯着他。巴里斯绿色太阳镜后面的眼睛里什么也没有,没有线索。他真的说了吗?阿克托心想。还是我的大脑搞混了?"什么,吉姆?"他说。

巴里斯开始大笑。笑个没完。

"别管他,伙计。"拉克曼说,在巴里斯背上使劲敲了一下,

"滚开,巴里斯!"

阿克托对拉克曼说:"他刚才说什么?他到底对我说了什么?"

"我不知道,"拉克曼说,"巴里斯对别人说的东西我一半都听不明白。"

巴里斯仍然在笑,但已经安静下来。

"该死的,巴里斯。"阿克托对他说,"我知道是你干的,你破坏了脑波显像仪,现在又是汽车。是你这混账干的,你这狗娘养的怪胎。"他的声音几乎听不到,但他对着微笑的巴里斯喊出这些话时,可怕的狗屎臭味变得更厉害了。他放弃说话,坐在车里,靠在不管用的汽车方向盘上,努力不要吐出来。他想,感谢上帝,拉克曼来了。否则我今天一切都完了。一切都见鬼地完蛋了,毁在这个发疯的混账手上,这家伙还跟我住在同一座房子里。

"别紧张,鲍勃。"拉克曼的声音透过一波波作呕的感觉向他飘来。

"我知道是他。"阿克托说。

"该死,为什么?"拉克曼似乎正在说话,或者想要说话,"这样他自己也会死掉。为什么,伙计?为什么?"

鲍勃·阿克托能感觉到巴里斯仍然在微笑,他难以忍受,吐在了汽车仪表板上。一千个小小的声音叮当作响,朝他闪闪发光,臭味终于开始变淡。一千个小小的声音发出陌生的呼唤;他无法理解,但至少能看见,臭味逐渐消失。他颤抖着,伸手从口袋里掏出手帕。

"你给我们的那几片东西里面有什么?"拉克曼问微笑的巴里斯。

"见鬼,我也吃了几片,"巴里斯说,"你也一样。那并没有让我们产生糟糕的幻觉,所以不是毒品的问题。而且这太快了,怎么可能是毒品的缘故呢?胃来不及吸收——"

"你给我下毒。"阿克托恶狠狠地说,他的视线终于恢复清晰,头脑也清醒过来,然而恐惧仍然存在。现在的恐惧是出于理性反应,而非疯狂。差点儿发生的悲剧令人恐惧,那意味着什么,恐惧,恐惧,极其恐惧的面带微笑的巴里斯和他那该死的鼻烟盒以及他的解释还有他那些令人毛骨悚然的话语、行为、习惯,等等。还有他打给警方匿名举报罗伯特·阿克托的电话,他用音频栅格隐藏自己的真实声音,效果很好。但那肯定是巴里斯。

鲍勃·阿克托想,这该死的家伙一直针对我。

"我从没见过有人这么快就进入迷幻状态,"巴里斯正在说,"但那——"

　　"你现在还好吗,鲍勃?"拉克曼说,"我们会把这些呕吐物清理干净,不费事。你最好去后排坐。"他和巴里斯都打开车门,阿克托头晕目眩地挪出来。拉克曼对巴里斯说:"你确定你没有偷偷给他吃什么?"

　　巴里斯高举双手,表示抗议。

6

重点。卧底缉毒特工最害怕的并不是被枪击或殴打,而是被注射大量迷幻药,使他整个余生脑海中不断出现无穷无尽的恐怖电影;或者被注射一半海洛因一半D物质的混合毒品,又或者上面这两种再加上某种毒素,比如士的宁,几乎将他杀死,但又不会彻底死去,这可能导致终身成瘾,终身陷于恐怖电影中。他会在精神病医院里(或者最糟糕的情况,在联邦诊所里)戒毒,把脑袋往墙上撞。他会日夜不停地想把身上的蚜虫抖掉,或者永远想不明白为什么他无法再给地板打蜡。这一切都是有人蓄意而为。有人发现了他的底细,想要害死他。他们会以最可怕的方式报复他:让他染上他们卖的毒品,他追踪的那种毒品。

鲍勃·阿克托小心翼翼地开车回家时心想,这意味着毒贩和警方卧底都知道街头毒品会对人们产生什么影响。他们在这一点上看法一致。

他们停车的地方附近有家修车店，机修工过来仔细检查了一遍，最后收费三十美元把车修好。貌似没什么别的问题，不过机修工花了不少时间检查左前悬挂系统。

"有什么问题吗？"阿克托问。

"你急转弯时应该会遇到麻烦。"机修工说，"这车会侧偏吗？"

阿克托以前没注意过这辆车有没有出现过侧偏。但机修工拒绝多说，只是不断地摆弄螺旋弹簧、转向球头和充油式减震器。阿克托把钱付给他，拖车开走了。然后他又回到自己的车里，开车载着拉克曼和巴里斯——他们两人现在都坐在后座——朝北边的橙郡驶去。

阿克托一边开车一边默默地思考，缉毒特工和毒贩的想法还有另一些很讽刺的共同点。他认识的几个缉毒特工在卧底任务中假扮成毒贩，涉足浓缩大麻的生意，有时甚至会贩卖海洛因。这是一种很好的伪装，但也会为卧底特工带来越来越多的利润，远远超过本职工资，还要加上提供情报查获大批毒品获得的奖金。而且，特工自己也会染上越来越深的毒瘾，当然，整个生活方式也会发生巨大变化；他们作为卧底特工的同时，也变成富有的瘾君子贩毒者，一段时间之后，其中一些人开始逐渐放弃执法人员的身份,宁可只当个毒贩。但同时,也有些毒贩为了打击敌人,或者预感自己即将被捕,会开始向警察告密,并逐步升级成非正式的卧底。一切都陷入阴霾。不管怎样,毒品的世界对于任何人来说都是个阴暗的世界。例如,鲍勃·阿克托的世界现在已经陷入阴霾:这天下午,他们驾车沿着圣地亚哥高速公路行驶,他和他的两个伙伴差点被害死,为了他自己好,他希望警方已经安装好房子里的窃听设备,这样也许他以后就安全了,不会再遇到今天这种事情。这纯粹是个运气问题,要么他自己先被毒死、被射杀、染上毒瘾死去,要么抓住他的敌人,抓住任何跟踪他的人、今天差点儿得手害死他的人。他陷入沉思,只要全息扫描仪能装好,以后就不容易再遇到蓄意破坏或攻击,或者说,不容易再有成功的破坏或成功的攻击。

这大概是唯一让他安心的想法。他一边小心翼翼地行驶在傍晚繁忙的高速公路上,一边想,如果无人追查,罪犯很可能逃脱——他曾听说过这种情况,也许是真的。但有一点肯定是真的,即使有人追查,罪犯也能逃走,并且迅速采取大量预防措施:那个人是真正存在的,很专业,也很隐蔽。并且非常接近,他想,就像这辆车后座上的人一样近。如果他带着那把顶呱呱的点二二德国产手枪,装上同样顶呱呱的廉价搞笑消音器,而拉克曼像平时一样已经睡着了,他可以射出一颗空尖弹穿过我的后脑勺,我会像巴比·肯尼迪一样死去,同样是小口径的枪伤——那么小一个枪眼。

不仅仅是今天,而是每一天、每一个晚上。

在房子里面就不一样了,我只要查看全息扫描仪的存储磁鼓,很快就能知道我的房子里每个人在什么时候干了什么,甚至为什么要做那件事,也包括我自己。他想,我会看着自己半夜起来撒尿。我可以二十四小时监视所有的房间……但存在一定延迟。如果全息扫描仪实时拍到飞车党从兵工厂偷来会引起定向障碍的毒品,投入我的咖啡里,等到其他检查存储磁鼓的技术人员发现时,只能看着我满地打滚,看不到也搞不清我是怎么了,那无济于事。事后诸葛亮对我来说没用。必须有另一个人帮我观察。

拉克曼说:"我们一整天出门在外,天知道家里都发生了什么。你知道,这意味着有人很想害你,鲍勃。希望等我们到家时,房子还在。"

"是的,"阿克托说,"我没想到会这样。而且我们也没能搞到脑波显像仪。"他的声音听起来没精打采、听天由命。

巴里斯用一种惊讶而快活的声音说:"我不怎么担心。"

拉克曼生气地说:"你不担心?上帝啊,他们会破门而入,抢走我们所有的东西。至少是鲍勃所有的东西。杀死或踩死动物。还有——"

"我留下了一个小惊喜,"巴里斯说,"留给我们今天离开时进入房子里的任何人。我今天早上弄的……一大早就装好了。一个电子惊喜。"

阿克托把担忧藏在心里,严厉地说:"什么样的电子惊喜?那是我的房子,吉姆。你不能乱搞——"

"放松,别担心。"巴里斯说,"就像我们的德国朋友所说的'leise',意思是很酷。"

"那是什么?"

"如果我们不在的时候有人打开前门,"巴里斯说,"录像机会开始记录。它藏在沙发下面,磁带可以记录两小时。我放了三个全向索尼麦克风,在三个不同的——"

"你应该先跟我说一声。"阿克托说。

"如果他们从窗户进来呢?"拉克曼说,"或者后门?"

"为了增大他们从前门进来的可能性,"巴里斯继续说,"而不要选择不太正常的路线。我特意没锁前门。"

拉克曼停顿了一下,开始窃笑。

"他们应该不知道门没锁吧?"阿克托说。

"我在门上贴了张便条。"巴里斯说。

"你在逗我!"

"没错。"巴里斯马上说。

"见鬼,你到底是不是在骗我们?"拉克曼说,"我跟你说不清楚。他说的是真的吗,鲍勃?"

"我们回家以后就能知道了。"阿克托说,"如果门上贴了张便条,并且门没锁,我们就会知道他没骗我们。"

"在他们把房子抢劫一空、大肆破坏之后,"拉克曼说,"他们可能会把便条撕下来,然后把门锁上。所以我们也不知道是怎么回事,我们永远都不会知道。当然。那是个灰色地带。"

"我当然是在开玩笑!"巴里斯兴致勃勃地说,"只有精神病患者才会干出那种事,不锁前门,还在门上留张便条。"

阿克托转过身对他说:"你在便条上写了些什么,吉姆?"

"给谁的便条?"拉克曼插嘴问,"我甚至不知道你会写字。"

巴里斯得意扬扬地说:"我写的是,'堂娜,进来吧,门没锁。我们——'"巴里斯中断了话语。"是写给堂娜的。"他强调道,有点儿磕磕巴巴。

"他真的那样做了,"拉克曼说,"他真的干了所有的事。"

"这样,"巴里斯又恢复了滔滔不绝的样子,"我们就能知道一直以来那些事情是谁干的,鲍勃。这是最重要的。"

"除非他们偷走沙发和别的东西时,把录像机也一起偷走了。"阿克托说。他在迅速思考,现在问题到底有多严重,巴里斯这个白痴天才搞的那些乱七八糟的电子设备。见鬼,他得出结论,他们进去十分钟就会发现麦克风,然后一路找到录像机。他们知道该怎么办。他们会抹掉磁带上的内容,倒带,让它变回原样,不锁门,便条也留在上面。事实上,也许门没锁能让他们干活儿更方便。该死的巴里斯,他想。伟大的天才计划,会把整个世界搞得一团糟。他甚至很可能忘了把录像机电源插进墙上的插座。当然,如果他发现插头没插——

他会认为这证明有人来过,阿克托意识到。他会恍然大悟,然后跟我们念叨好几天。有人进来过,识破了他的设备,然后很聪明地拔掉了插头。所以,他的结论是,如果他们发现那东西没插插头,我希望他们能把它插上,不仅如此,还要保证它正常运行。事实上,他们应该像对待自己的设备一样,测试他的整个侦查系统,完整运行一个周期,确保功能绝对正常,然后再把它退回空白状态,不留下任何记录,但只要有任何人——例如他们自己——进入房子就肯定会留下记录。否则,巴里斯的怀疑将永远存在。

他开车时,继续用第二种普遍认可的模板方式对自己的处境进行理论分析。他在警察学校训练期间,他们把这些灌输到他的记忆库中。要不然就是他在报纸上看到的。

重点。工业或军事中进行蓄意破坏最有效的方式之一,就是把破坏的程度限制在永远无法彻底证明——甚至在一定程度上难以证明——这是蓄意的。就像一场无形的政治运动，也许根本不存在。如果汽车点火线连接了一枚炸弹，那显然有敌人存在；如果公共建筑或政治总部被炸毁，那就说明有政治对手存在。但如果发生了一次事故，或者一系列事故，如果设备不能正常运行、出现故障，尤其是一段时间内慢慢地出现无数小小的故障和失效——那么受害一方，无论是个人、政党还是国家，永远无法有效地组织起来保护自己。

事实上，沿着高速公路缓慢行驶时阿克托推测出，人们可能认为他是个偏执狂，实际上并不存在所谓的敌人。他也会自我怀疑，他的汽车只是正常的抛锚，那只是运气不太好。他的朋友们也会这样认为。那些都是他脑子里的幻想。比起任何可追溯的东西，这种方式能够更彻底地把他抹杀掉。不过这需要更长的时间。想杀死他的那个人或那群人必须更加深思熟虑、小心行事，在很长一段时间里慢慢地寻找机会。同时，如果受害方可以推断出他们是谁，就更有可能抓住他们——和其他方式比起来，比如说，用带瞄准镜的步枪射杀他，这种抹杀方式令他能抓住对方的可能性肯定要高得多。这是**他**的优势。

他知道，世界上的每个国家都会派出一大群特工，松开这里的螺栓、磨掉那里的螺纹、切断电线、稍微放点儿火、丢失文件

——各种小小的意外。政府办公室里一台施乐复印机里面有一块口香糖,就可以毁掉一份极其重要的——生死攸关的——文档:不仅没有复印件,原件也被破坏。二十世纪六十年代的雅皮士都知道,大量肥皂和卫生纸会堵住整个建筑物的下水道,迫使所有员工离开一周时间。在油箱里放个樟脑丸,两星期后汽车在另一个城镇里时,发动机会报废,而且不会留下任何可供分析的证物。打桩机意外切断微波电缆或电力电缆,就能推迟任何广播或者电视节目播出。诸如此类。

以前很多贵族阶层都知道女仆、园丁和其他奴仆会干出什么事情:花瓶被打破——无价传家宝从阴沉沉的人手中滑落……

"你为什么要这样做,拉斯特斯·布朗?"

"哦,啊,上帝,俺——"无法索赔,基本没这个可能。一个富有的房主,一个当权者不喜欢的政治作家,一个小国对着美国或苏联挥舞拳头——

有一次,一位美国驻危地马拉大使的妻子公开炫耀她"随身配枪"的丈夫推翻了那个小国的左翼政府。政府倒台后,完成这份工作的大使被调到另一个亚洲小国。他开着跑车,突然看到一辆装满干草的卡车从岔道上慢慢地开到他前面。片刻之后,大使死无全尸,只留下一堆零零落落的残骸。即使他带着枪,即使整个中央情报局可以根据他的要求组织武装力量,对他来说都无济于事。这可不是什么他的妻子可以引以为傲的事情。

"呃,怎么回事?"干草卡车的主人可能会对当地政府说,"怎么回事? 啊,上帝——"

或者像他自己的前妻一样,阿克托回忆。当时他在保险公司当调查员("你的邻居会不会酩酊大醉地走过门厅?"),她不喜欢他深夜还在写报告,而不会看到她的身影就心动神驰。他们的婚姻快要走向终点时,她学会了在他深夜工作时点燃香烟烫伤自己的手,装作眼睛里进了东西,在他的办公室里吵吵闹闹,或者在他的打字机周围寻找一些小物件。起初他会愤愤不平地停下工作,任由她的身影引发的某种快感左右自己。但后来他在厨房里拿爆米花机时撞到了脑袋,从此便找到了更好的解决办法。

"如果他们杀了我们的动物,"拉克曼正在说,"我会把他们炸掉。我会弄死他们所有人。我会从洛杉矶雇个专业杀手,比如黑豹党那群人。"

"他们不会的。"巴里斯说,"伤害动物又没什么好处。那些动物什么也没做。"

"那我做什么了吗?"阿克托说。

"显然他们认为你干了什么。"巴里斯说。

拉克曼说:"如果我早知道它是无害的,我自己就会杀了它。记得吗?"

"但她是个不吸毒的正派人,"巴里斯说,"那个女孩从来没有为寻求刺激吸过毒,她很有钱。还记得她的公寓吗?有钱人永远不会了解活着的价值。那是另外一回事。还记得特尔玛·科恩福德吗,鲍勃?那个小个子的大胸女孩——她从来不戴胸罩,我们曾经坐在旁边看她的乳头。她来到我们这里让我们为她杀掉蜻蜓,当我们解释——"

鲍勃·阿克托慢慢地开着他的车,忘掉了那些理论问题,在脑海中重放那个令他们所有人印象深刻的时刻:精致优雅的正派女孩穿着高领毛衣和喇叭裤,长着一对完美的乳房,她想让他们杀掉一群无害的昆虫,那其实是一种可以消灭蚊子的益虫——可以预见,那一年橙郡会爆发脑炎——当他们看到那是什么昆虫并为她解释后,她所说的话令人恐惧和鄙视,成为他们搞笑时模仿的邪恶格言:

如果我早知道它是无害的,

我自己就会杀了它。

这可以很好地概括他们为什么不信任那些正派人(至今仍然如此),把他们视为敌人,不管怎么说,像特尔玛·科恩福德这样受过良好教育、十分富有的人,一旦说出那种话立即就会变成他们的敌人,他们那天直接跑掉了,一起拥出她的公寓,回到自己的狗窝,令她颇为困惑。他们的世界和她的世界之间有一道鸿沟,无论他们有多想和她做爱,这道鸿沟始终存在。她的心,鲍勃·阿克托想,就像个空荡荡的厨房:地砖、水管、带擦洗面的沥水板,以及水槽边上一个被丢弃的玻璃杯,全都无人问津。

在他完全投身卧底工作之前,有一次,他找一对身家丰厚的上流社会夫妻录证词,他们离家外出时家具被偷了,显然是吸毒者干的;当时,他们那种人居住的地区还存在流动盗窃团伙,见什么偷什么,几乎寸草不留。是那种专业盗窃团伙,有手持对讲机负责望风的人在街上几里之外观察主人什么时候回来。他记得那个男人对自己的妻子说:"那些入室盗窃、搬走彩电的人,跟屠杀动物或破坏无价艺术品的人,一样都是罪犯。"不,鲍勃·阿克托停下记录证词的笔向他们解释,你们怎么会这样想? 据他所知,吸毒者很少伤害动物。他曾经见过瘾君子花费很长时间喂养和照料受伤的动物,而不吸毒的正派人很可能直接让那些动物"就此长眠",正派人的这种委婉说法——同时也是以前黑社会的说法,指的其实就是谋杀。他曾经帮两个因为吸毒感到十分煎熬、精神恍惚的瘾君子解救过一只猫,它在打碎的玻璃窗上卡住了。这两个瘾君子几乎看不到也理解不了任何东西,但他们花了几乎整整一个小时,细致耐心地把那只猫弄下来,一个人和阿克托一起在屋里,另一个人在外面托着猫的屁股和尾巴,两个吸毒者和猫都流了血,那只猫在他们手里总算冷静下来。小猫终于自由了，没受什么大伤，他们给它喂了点儿吃的。他们不知道这是谁的猫；它显然很饿，透过破碎的窗户闻到食物的香味，又没能引起他们注意，于是打算跳进来。直到它卡在那里开始尖叫，他们才注意到它，随后，它令他们暂时忘掉了各种迷幻药产生的幻觉。

至于"无价的艺术品"，他不太确定，因为他不是很明白那指的是什么。越南战争期间，美莱村有四百五十件无价的艺术品在美国中央情报局的命令下被彻底破坏——无价的艺术品加上牛、鸡和其他未列出的动物。他想到这个总是有些抓狂，这不像博物馆里的那些绘画，很难跟人理论这个。

"你们觉得，"他一边认真开车一边大声说，"我们在审判日死去之后面对上帝，我们的罪孽会按照时间顺序还是严重程度列出？是升序还是降序，或者按字母顺序？因为我不希望当我在八十六岁去世时，上帝出现在我面前说'你就是那个小男孩，在1962年运可口可乐的卡车停在7–11门前时偷了三瓶可乐，我有不少事情要跟你谈谈'。"

"我想是交叉排序的，"拉克曼说，"他们只会给你那些电脑输出的结果，长长一列已经汇总后得到的最终结果。"

"罪孽，"巴里斯咯咯地笑着说，"是一个过时的犹太教–基督教神话。"

阿克托说:"也许他们会把你所有的罪孽放在一个腌菜的大桶里。"他转头瞪着巴里斯,那个反犹太主义者。"一个腌菜桶,他们举起桶把里面所有的东西扔到你脸上,你站在那里,浑身都是罪孽在往下滴落。你自己的罪孽,也许还有一些错放进来的其他人的罪孽。"

"其他同名的人。"拉克曼说,"另一个鲍勃·阿克托。你觉得有多少个鲍勃·阿克托,巴里斯?"他轻轻一推巴里斯,"加州理工学院的计算机能告诉我们结果吗?并且在这个统计过程中交叉比对所有的吉姆·巴里斯?"

鲍勃·阿克托心想,*有多少个鲍勃·阿克托?一个古怪而混乱的想法。我能想到两个,*他想。*一个叫弗莱德,他会监视另一个叫鲍勃的。他们是同一个人。真的是这样吗?弗莱德真的和鲍勃一样吗?有人知道吗?如果有人知道的话,那就是我,因为我是世界上唯一知道弗莱德就是鲍勃·阿克托的人。但是,*他想,*我是谁?他们中的哪一个是我?*

他们把汽车开到车道上停下,警惕地朝前门走去,他们看到巴里斯留的便条,屋门没锁,但他们小心翼翼地打开门后,一切看起来都和他们离开时一样。

巴里斯立刻满腹狐疑。"哎呀。"他嘟哝着走进去,迅速从门边书架顶上取下一把点二二手枪抓在手里,其他人四处走动。小动物们像平时一样靠近他们,吵吵闹闹要求喂食。

"好吧,巴里斯。"拉克曼说,"我知道你说得对。肯定有人来过,因为你看——你也能看到,对吗,鲍勃?——他们仔细掩盖所有的迹象,反而证明了这一点——"他放了个屁,然后厌恶地走进厨房,到冰箱里找了一罐啤酒。"巴里斯。"他说,"见你的鬼。"

巴里斯没有理他,仍然拿着枪警惕地走来走去,想找到一些能说明问题的线索。阿克托在旁边看着,心想,也许他会找到的。他们可能留下了一些线索。他又想,真是奇怪,在非常特殊的情况下,偏执狂疑神疑鬼的想法有时也会符合现实,比如今天。接下来,巴里斯会推论,是我故意引诱所有人离开房子,方便秘密入侵者在这里完成任务。随后他会想明白,这是为什么、是谁干的,以及其他所有问题,其实他可能已经想明白了。事实上,也许他已经明白了一段时间了;这里很久以前就开始发生蓄意破坏行为,针对脑波显像仪和汽车,天知道还有什么。也许我打开车库的电灯就会引发火灾。但最关键的是,窃听人员有没有进来装好所有的监控装置,顺利完成任务?他要跟汉克谈过才能知道结果,汉克会给他监控装置的具体布置图,以及存储磁鼓的位置。还有窃听小组负责人和参与这项行动的其他专业人士希望他了解的任何补充信息。这些人会齐心协力对付犯罪嫌疑人鲍勃·阿克托。

"看看这个!"巴里斯说。他俯身盯着咖啡桌上的一个烟灰缸。"快来!"他严肃地对他们两人说,两人都走了过去。

阿克托伸出手,摸到烟灰缸还有点儿热。

"一个还在发烫的大麻烟烟头。"拉克曼十分惊讶地说,"真的。"

上帝啊,阿克托想。他们把事情搞砸了。有个工作人员抽了支烟,心不在焉地把烟头留在这里。所以他们肯定刚走。烟灰缸和平时一样塞得满满的;工作人员可能以为没人会注意多了个烟头,只要再过一小会儿它就会冷却下来。

"等等。"拉克曼说,他检查了一下烟灰缸,从一堆烟头里挑出那个大麻烟烟头。"就是这个还热着,这个烟头。他们待在这里时点了一支大麻烟。但他们干了什么? 他们到底在这里做了什么?"他生气地环顾四周,愤怒而又困惑,"鲍勃,该死——巴里斯说得没错。有人来过这里! 烟头还是热的,你拿着它可以闻到——"他把烟头放到阿克托鼻子下面,"没错,里面还有点东西在烧。可能是一粒大麻种子。他们卷烟前没清理干净。"

"那个烟头,"巴里斯仍然一脸严肃地说,"也许不是意外留在这儿的。这个证据可能不是因为疏忽大意。"

"现在怎么办?"阿克托说,心想警察窃听小组怎么会有人在其他人忙着工作时吸大麻烟。

"也许他们是专门到这座房子里来藏毒品的。"巴里斯说，"陷害我们，然后打电话向警察告密……比如说，像这个电话里就可能藏了毒品，还有墙上的插座。我们必须把整个房子检查一遍，在他们打电话告密之前彻底清理干净。我们可能只有几小时时间。"

"你检查墙上的插座，"拉克曼说，"我把电话拆开。"

"等等。"巴里斯举起手说，"如果他们在突然搜查之前看到我们到处忙活——"

"什么突然搜查?"阿克托说。

"如果我们拼命地到处寻找毒品，"巴里斯说，"那我们就不能宣称自己不知道毒品在哪儿，即使这是实话。他们会因为我们持有毒品而逮捕我们。也许这也是他们计划中的一部分。"

"哎呀，见鬼。"拉克曼烦躁地说。他整个人倒在沙发上。"见鬼，见鬼，见鬼。我们什么也做不了。这里可能有一千个地方藏着毒品，我们永远找不到。真是受够了。"他怒气冲冲地抬头看向阿克托，"我们受够了!"

阿克托对巴里斯说："你装在前门的电子录像机怎么样了?"他把这事儿忘了。巴里斯显然也是。拉克曼也一样。

"没错，应该录下了很多情况。"巴里斯说。他跪在沙发上，把手伸到下面，嘟哝了一句，拿出一个塑料制的小型磁带录像机。"这东西应该能告诉我们很多。"他满脸沮丧地说,"好吧,也许它提供的证据其实毫无意义。"他从后面拔出电源插头,把录像机放在咖啡桌上,"我们知道了最关键的事实——我们离开时他们确实进来了。那就是它的主要任务。"

一阵沉默。

"我敢打赌,我能猜到。"阿克托说。

巴里斯说:"他们进来后第一件事是把开关切换到关闭位置。我让它开着,但是你们看——现在是关闭的。因此,虽然我——"

"没有留下记录?"拉克曼失望地说。

"他们动作很快,"巴里斯说,"通过记录磁头的磁带还不到二厘米。顺便说一下,这个小东西很精巧,是索尼的。有独立的磁头播放、擦除和记录,还带有杜比降噪系统。我买得很便宜,是在以货易货的集市上搞到的。它用起来非常省心。"

阿克托说:"真是了不起。"

"确实。"巴里斯表示同意。他在椅子上坐下,向后一靠,摘掉了墨镜,"现在,对于他们这些阴谋诡计,我们也没什么办法。你知道,鲍勃。你还有一个选择,虽然需要时间。"

"卖掉房子搬出去。"阿克托说。

巴里斯点了点头。

"但是,见鬼,"拉克曼抗议道,"这是我们的家。"

"这一带像这样的房子现在值多少钱?"巴里斯双手放在脑袋后面,"在市面上呢? 我想知道利率升高了多少。也许你能赚到一大笔钱,鲍勃。但另一方面,因为要尽快卖掉,也可能会亏钱。但是,鲍勃,上帝啊,你要面对的是专业人士。"

"你们认识靠谱的房地产经纪人吗?"拉克曼问他们两人。

阿克托说:"我们卖房子的理由是什么? 他们肯定会问的。"

"是的,我们不能跟房地产经纪人说实话。"拉克曼表示同意,"我们可以说……"他闷闷不乐地喝着啤酒陷入沉思,"我想不出理由。巴里斯,我们应该用什么理由掩饰实际情况?"

阿克托说:"我们就坦率说,有人把毒品藏在房子里,我们不知道在哪儿,所以我们决定搬出去,让新房主代替我们被搜查。"

"不行,"巴里斯不同意,"我们可不能那么直白。我建议,鲍勃,你可以说你因为工作要搬家。"

"搬去哪儿?"拉克曼问。

"克利夫兰。"巴里斯说。

"我认为我们应该告诉他们真相。"阿克托说,"其实我们可以在《洛杉矶时报》上登一则广告——'三居室现代住宅,带有两间浴室,洗浴方便快捷,所有房间均藏有高档毒品;售价包含毒品价格。'"

"但他们会打电话问是哪种毒品,"拉克曼说,"而我们不知道,可能是任何一种。"

"以及有多少。"巴里斯嘟囔着,"潜在的买家可能会询问数量。"

"比如说,"拉克曼说,"可能是一盎司卷烟大麻,不值什么钱,也可能是好几千克海洛因。"

"我建议,"巴里斯说,"我们打电话给郡里的禁毒机构,把现在的情况告诉他们,让他们进来取走毒品。搜查这所房子,找到毒品,处理掉。因为,我们得现实点儿,现在卖房子真的不是时候。我曾经研究过这种情况涉及的法律问题,大部分法律著作认为——"

"你疯了,"拉克曼说,盯着他的眼神就好像他是杰瑞的一只蚜虫,"打电话给禁毒机构? 警方的密探马上会赶到这里,时间还不够——"

"这是我们最大的希望,"巴里斯流利地继续说下去,"而且我们可以接受测谎,证明我们不知道毒品是什么、在哪里,甚至究竟有没有毒品。那是未经我们允许、在我们完全不知情的情况下放在那里的。如果你这样跟他们说,鲍勃,他们会判你无罪的。"他停顿了一下又承认说,"等到公开审理时列出所有这些事实,最终会无罪的。"

"但另一方面,"拉克曼说,"我们自己也藏了些毒品。我们确实知道那些毒品藏在哪里。也就是说,我们得把所有的存货都从厕所里冲走? 万一我们漏掉了一部分呢? 即使只有一点儿? 上帝啊,这太可怕了!"

"我们毫无办法,"阿克托说,"他们要抓到我们了。"

堂娜·霍索恩从一间卧室里走出来,穿着一身性感的短裤套装,头发乱糟糟的,她的脸因为刚睡醒有点儿肿。

"便条上那么写的,我就进来了。"她说,"我在这里坐了一会儿,然后去打了个盹。便条上没说你们什么时候回来。你们为什么大喊大叫? 上帝啊,你们看起来很紧张。你们把我吵醒了。"

"你刚才抽烟了吗?"阿克托问她,"在你去睡觉之前?"

"当然,"她说,"否则我睡不着。"

"是堂娜留下的烟头,"拉克曼说,"把那东西给她。"

我的上帝,鲍勃·阿克托想。我也和他们一样陷入了迷幻药产生的幻觉中。我们都深深地沉浸在幻觉中。他晃了晃身子,颤抖着眨了眨眼。即使我心知肚明,我仍然和他们一起进入了那个疯狂的幻想空间,和他们看到同样的景象——现实变得混乱不堪。阴霾再现,笼罩他们的阴霾也笼罩了我;这个阴沉沉的噩梦世界,我们在一片阴霾中飘浮不定。

"我们全靠你才摆脱幻觉。"他对堂娜说。

"摆脱什么?"堂娜带着睡意困惑地说。

我不知道我是什么,他想,我不知道今天这里会发生什么,但这个小妞——她让我的大脑恢复清醒,让我们三个摆脱幻觉。一个衣着性感的黑发小妞,我曾经向上级汇报她的情况,我倒很想剥光她上了她……充满色情的现实世界,他想,这个性感小妞处于中心:理性使我们突然与幻觉世界割裂开来。否则我们的思绪会飞到哪儿去? 我们,我们三个人终于彻底摆脱了那些幻觉。

但不是第一次了,他想。甚至不是今天的第一次。

"你不应该像那样不锁门就外出,"堂娜说,"家里可能会被偷,而且是你咎由自取。如果你出门时没锁门窗,即使是财大气粗的保险公司,他们也不会赔付。这就是为什么我看到便条后就进入房子的原因。如果门没锁,得有人在这儿看着点。"

"你来这里多久了?"阿克托问她。也许她打断了窃听小组的行动;也许没有。很可能没有。

堂娜看了看二十美元的天美时电动手表,那是他以前送给她的。"大约三十八分钟。嘿!"她眼睛一亮,"鲍勃,我带了那本关于狼的书——你现在想看看吗? 里面有很多沉重的内容,如果你能发现的话。"

"生活,"巴里斯似乎在自言自语,"只有沉重,没有其他;仅此一次的人生之旅,自始至终地沉重。沉重带我们走向坟墓。所有人,所有事物,都不能幸免。"

"我听你们说要卖掉房子?"堂娜问他,"还是说——你知道,我在做梦? 我也搞不明白,我听到的声音很古怪,含含糊糊的。"

"我们都在做梦。"阿克托说。最后一个知道某人是个吸毒者的人,就是这个吸毒者自己;最后一个知道某人说的话是什么意思的人,就是这个人自己。他陷入沉思。他想知道,堂娜听到的那些胡话有多少能当真。他不知道这一天的疯狂——他自己疯狂的行为——有多少是真实的,抑或只是环境引起的接触性精神错乱。堂娜对他来说始终是一个现实的支点;她问的是个很自然的基本问题。他希望自己能回答。

7

第二天，弗莱德穿着干扰服来了解窃听系统的安装情况。

"现在屋里有六个全息扫描仪在运行——我们觉得有六个目前应该够用了——结果会传送给这条街上的一处安全公寓。"汉克一边解释，一边在两人之间的金属桌上铺开鲍勃·阿克托那座房子的楼层平面图。弗莱德看着这东西感到一阵寒意，但也不算严重。他拿起那张纸研究了一下每个扫描仪的位置，每个房间都有，发生的一切都持续不断地被视频和音频监控。

"所以我得去那个公寓里看回放。"弗莱德说。

"我们把那里作为监控回放点，那一带有八处——现在是九处——房子或公寓处于严密监控下。所以你也会遇到其他卧底特工去那里检查回放。一定要穿上你的干扰服。"

"有人会看见我进入那间公寓。太近了。"

"我猜也是，但那是个很大的住宅区，有几百个单元，而且从电子技术的角度来看，这是唯一可行的办法。只能这样了。至少在我们能合法地让另一个单元住户迁出之前，只能这样了。我们正在努力……那地方在两个街区之外，你不会那么引人注目的。需要一周左右，我猜。如果全息扫描仪通过微型继电器电缆和ITT线路传输时分辨率能满足要求，就像以前——"

"如果阿克托、拉克曼或者任何一个瘾君子看到我进去，我就说，我是去那地方找女人的。"其实这也没多麻烦，反而可以减少途中的无用功，这很重要。他开车去安全公寓很方便，在那儿回放扫描仪，确定哪些需要汇报、哪些可以无视，然后很快就能返回——

返回我自己的房子，他想。阿克托的房子。在街道另一头的房子里，我是鲍勃·阿克托，那个危险的瘾君子嫌疑人在他不知情的情况下被扫描，然后每过几天我就要找借口溜进街道另一头的公寓，作为弗莱德回放几千米长的磁带，看看我自己之前做了什么，他想，这整件事都令我感到沮丧。唯一有意义的是可以保护我，以及提供有价值的安保情报。

不管那个追踪我的人是谁，也许全息扫描仪第一周就能抓住他。

想到这一点，他就感到心安。

"很好。"他对汉克说。

"所以你知道了全息扫描仪都装在哪里。如果需要维修,也许你得自己完成,当你独自一人待在阿克托的房子里的时候。你进过他的房子,正常拜访,对吗?"

真见鬼,弗莱德想。如果我进去,就会出现在全息回放中。所以当我把记录交给汉克时,我肯定也会出现在记录里,这些必须被删减掉。

到目前为止,其实他从未告诉过汉克,他是怎么获取的那些关于嫌疑人的情报;作为弗莱德,他通过有效的掩护装置送来情报。但现在:音频和全息扫描仪,不会像他的口头汇报那样自动删除所有关于他的识别信息。如果全息扫描仪发生故障,来修理的将是鲍勃·阿克托本人,他的脸会凑近屏幕塞满整个画面。还好,另一方面,他自己会是第一个回放存储磁带的人,还可以编辑记录。只是这需要时间精力。

但是怎么编辑?完全删掉阿克托?阿克托就是那个嫌疑人。他想篡改扫描仪回放记录的话,要删掉的不能是阿克托。

"我会把我自己删掉。"他说,"所以你不会看到我。这是一种传统保护措施。"

"当然可以。你以前没有这样做过吗?"汉克递给他几张照片,"使用擦除装置,抹去你作为线人出现的相关部分。当然,那是指全息扫描仪；音频还没有类似的措施。但你不会遇到什么真正的麻烦。我们知道你肯定在阿克托的朋友圈子里，是经常出现在房子里的那些人中的一个——你要么是吉姆·巴里斯，要么是厄尼·拉克曼，要么是查尔斯·弗雷克，要么是堂娜·霍索恩——"

"堂娜？"他笑了。其实应该说是干扰服笑了。

"或者鲍勃·阿克托。"汉克研究着他手上的嫌疑人名单。

"我一直在汇报我自己的情况。"弗莱德说。

"所以在你交给我们的全息磁带中，你自己也必须时不时出现一下，因为如果你把自己的部分彻底删除，我们就能通过排除法推断出你是谁，无论那是不是我们的本意。说真的，你必须以——我应该怎么说呢？——独创的，艺术的……见鬼，应该是创造性的方式把自己删除……例如，你有一小段时间独自待在房子里，搜查文件和抽屉，或者在一个扫描仪的画面中维修另一个扫描仪，或者——"

"你应该每月派个穿制服的人去那房子一趟。"弗莱德说，"让他说，'早上好！我来这里是为了维修监控设备，秘密安装在你家里、电话里和汽车里的监控设备。'也许阿克托会付账单的。"

"阿克托更可能杀掉他然后消失。"

干扰服里的弗莱德说："假设阿克托真的隐藏得那么深……不过这点尚未得到证实。"

"阿克托可能隐藏了很多东西。我们收集分析关于他的最新信息。他是个活在阴影里的人:他使用化名,像一张三美元钞票,是压根儿不存在的东西。他是个骗子。所以继续跟紧他,直到他露出马脚,直到我们有足够的证据逮捕他,办成铁案。"

"你们想把毒品藏进他家里吗?"

"我们以后再讨论这个。"

"你们认为他在缉毒机构中的评级很高?"

"在你的任务中,我们怎么认为并不重要。"汉克说,"我们做出评估;你只需在你了解的范围内汇报你的结论。这并不是贬低你,但我们了解更多信息,你无法获取的信息——整体局势,经过计算机处理的整体局势。"

"如果阿克托犯了事,"弗莱德说,"他会被定罪。你所说的话让我产生了这种预感。"

"我们很快就会对他提起诉讼。"汉克说,"我们会让他彻底完蛋,这对我们大家来说是皆大欢喜的一件事。"

弗莱德冷静地记住那间公寓的地址和电话,突然想起他曾经见过一对不吸毒的年轻夫妻,不时在大楼里进进出出,最近突然消失了。强行驱离了他们,因为这项任务需要征用他们的公寓。他喜欢他们。女孩一头亚麻色的长发,不穿胸罩。有一次她买了一堆食品和杂货,他开车从旁边经过,邀请她搭便车;他们聊了几句。她选择了一种有机健康的生活方式,摄入大量维生素和海藻,她阳光、友好、羞涩,但她谢绝搭车。现在他明白为什么了。很明显,他们两人已经被控制了,或者更可能是接受了交易。另一方面,如果当局需要一间公寓,只要跟房主交涉,反正他们总能达到目的。

鲍勃·阿克托被带走以后,他心想,阿克托那座破破烂烂的大房子会被当局征用吗?很可能成为一个更先进的情报处理中心。

"你会喜欢阿克托的房子的。"他大声说,"虽然年久失修,而且是那种典型的脏兮兮的瘾君子的住处,但地方很大。漂亮的院子里有很多灌木。"

"安装窃听器的工作人员回来也是这么汇报的。有着某种很棒的可能性。"

"他们什么?他们汇报说那里'有某种可能性',是吗?"干扰服喋喋不休地发出令人恼火的声音,他很生气,但干扰服发出的声音却很单调。

"嗯,比如一个明显的可能性:从起居室可以看到十字路口,从而可以拍下过往车辆及其车牌号码……"汉克研究着面前很多很多页资料,"但布尔特,他姓什么来着?技术团队那个主管,他认为这座房子破败得厉害,不值得我们征用,毕竟需要投资。"

"哪儿？什么破败？"

"屋顶。"

"屋顶很完美。"

"里外油漆、地板状况、厨房的橱柜——"

"胡说八道。"弗莱德说，或者说干扰服单调的声音说，"阿克托也许不刷碗、不倒垃圾、不扫地，但不管怎么说，住在那里的是三个男人，没有女人。他的妻子离开了他；而那些都是女人该干的活儿。如果堂娜·霍索恩能搬进来，像阿克托希望的那样，他一直求她搬进来，她能搞定这一切。无论如何，只要找个专业家政服务公司花半天时间搞卫生，就能让整座房子恢复最佳状态。至于屋顶，那真让我抓狂，因为——"

"也就是说，你建议我们在阿克托被捕并失去房屋所有权之后，接管那座房子？"

干扰服里面的弗莱德瞪着他。

"怎么？"汉克不带感情地说，拿着圆珠笔准备下笔。

"我没意见，怎样都行。"弗莱德从椅子上站起来，打算离开。

"你还不能走。"汉克示意他再坐下来。他在书桌上的文件里找来找去，"我这里有一份内部通知……"

"你每次都有内部通知，"弗莱德说，"每个人都有。"

"这个内部通知，"汉克说，"命令我在你今天离开之前把你送到203房间。"

"如果是关于我在狮子会的禁毒演讲,我已经因为这事被骂过了。"

"不,不是那个。"汉克把那页通知扔给他,"是另一件事。我这里已经完事了,你不如现在就去那边把它搞定。"

他眼前是一个全白的房间,里面钢制的设备和桌椅全都固定在地上,像医院一样的房间,洁净、无菌、寒冷,灯光太亮了。右边有个体重秤,上面的标识写着**仅限技术人员可调整**。两名代理治安官朝他看过来,他们都穿着橙郡治安官办公室的制服,但佩戴着医学人员的臂章。

"你是弗莱德警官吗?"其中一个留着八字胡的人问。

"是的,先生。"弗莱德感到有点儿害怕。

"很好,弗莱德,首先我要说明,你肯定也知道,你的简报和任务报告受到监控,之后会再次回放以供研究,以避免遗漏首次会面中的任何信息。当然,这属于标准作业流程,适用于所有口头汇报的警官,不只是针对你一个人。"

另一名医学代理治安官说:"你和警局之间所有其他联络内容也一样,比如电话联系,以及其他活动,比如你最近在阿纳海姆市给扶轮社男孩们做的公开演讲。"

"狮子俱乐部。"弗莱德说。

"你摄入过D物质吗?"左边的医学代理治安官问。

"这个问题,"另一个人说,"存在争议,因为在你的任务中,如果你主动或被动地摄入也是理所当然的。所以不要回答。并不是说会用这个问题给你定罪,只是存在争议。"他指了指一张桌子,上面放着一堆积木和其他零零碎碎的彩色塑料物体,还有一些奇怪的东西,弗莱德警官认不出是什么。"到这儿来坐下,弗莱德警官。总之,我们要进行几次简单的测试。不会占用你太多时间,也不会导致身体不适。"

"关于我那次演讲——"弗莱德说。

"这是因为,"左边的医学代理治安官坐下来,拿出一支钢笔和几张表格说道,"最近一次内部调查显示,有几名在这个地区工作的卧底特工,在过去一个月中去过神经失语症诊所。"

"你知道D物质很容易上瘾吗?"另一位医学代理治安官对弗莱德说。

"当然,"弗莱德说,"我当然知道。"

"我们现在要给你做些测试。"坐着的代理治安官说,"按这个顺序,从我们称之为背景测试的内容开始——"

"你们认为我是个瘾君子?"弗莱德问。

"你是不是瘾君子不是关键问题,因为陆军化学战部门有望在未来五年内开发出一种阻滞剂。"

"这些测试并不涉及 D 物质成瘾性,而是——好吧,让我们先来做这个布景–背景测试,这将测定你从背景中分辨出布景的能力。看到这幅几何图了吗?"他在弗莱德面前的桌子上放了一张图片卡,"在这些看起来毫无意义的线条中有一个熟悉的物体,我们大家都认识。你要告诉我是什么……"

重点。1969 年 7 月,约瑟夫·E.博根发表了一篇革命性的文章《大脑的另一面:同位思想》,他在文中引用了默默无闻的 A. L. 威根博士在 1844 年写的一段话:

> 思想在本质上是双重的,就像它存在于其中的器官一样。这一想法自行出现在我的大脑中,我仔细思考了超过四分之一个世纪,也未能提出有效的,甚至合理的反对意见。我相信自己能证明——(1)每个大脑半球作为思维器官,都是一个独特而完美的整体;(2)每个大脑半球中可同时分别进行独立的思维或推理过程。

博根在他的文章中总结道:"我(和威根)相信,我们每个人都存在两种思想。在这方面可整理出很多详细资料。但我们最终要直接面对人们对于威根的观点的主要反对意见:也就是我们每个人的主观感觉,我们是**一个整体**。这种对于**整体性**的内在信念是西方人最重视的观点之一……"

"……是什么物体,并指出它在整个画面中的位置。"

这显得我像个白痴,弗莱德想。"这都是干什么?"他盯着那个代理治安官而不是图片,说道,"我敢打赌这是因为狮子会的演讲。"他敢肯定。

坐着的代理治安官说:"有很多摄入 D 物质的人,大脑左半球和右半球会发生分裂。失去适当的'完形'能力,也就是说感知和认知系统出现缺陷,虽然认知系统表面上还能继续正常发挥作用。但从感知系统接收到的信息会受到分裂的影响,逐渐无法发挥作用,情况日益恶化。在这幅线条画中你有没有找到那个熟悉的物体? 你能看出来吗?"

弗莱德说:"你们不是在说神经感受部位累积了微量重金属元素? 不可逆的——"

"不,"站着的代理治安官说,"这不是大脑损伤,而是一种毒性,大脑毒性。这是中毒性大脑精神病,因为分裂会使感知系统受到影响。你面前的这个背景测试,可以衡量你的感知系统作为统一的整体的准确性如何。你能看到这个形状吗？它应该在你眼前仿佛跃出纸面。"

"我看到一个可乐瓶。"弗莱德说。

"正确答案是苏打汽水瓶。"坐着的代理治安官说，并撤掉那幅图画，换成另一幅。

"你们研究我的简报或者别的什么东西时，"弗莱德说，"你们注意到什么了吗？有什么不对劲的吗？"是因为那次演讲，他想。"我的演讲怎么样？"他说，"我当时表现出大脑双侧功能障碍了吗？那就是为什么我会被带到这里来接受测试的原因？"他以前读过关于分裂大脑测试的内容，部门时不时会发给他们学习。

"不，这是例行公事。"坐着的代理治安官说，"我们意识到，弗莱德警官，卧底特工为了执行任务可能不得不摄入毒品，那些必须加入团伙的人——"

"永久性？"弗莱德问。

"不一定是永久性。我要再次说明，这属于感知混乱，可以在一定时间内自行纠正——"

"阴霾，"弗莱德说，"阴霾笼罩了一切。"

"你有没有出现过串线？"一名医学代理治安官突然问他。

"什么？"他不确定地问。

"在两个大脑半球之间。如果大脑左半球受损，因为语言系统一般位于这里,有时大脑右半球会尽可能代替它工作。"

"我不知道,"他说,"我不了解这个。"

"思想仿佛不是你自己的。仿佛是另一个人或另一个大脑在思考,与你自己习惯的思考方式不同,甚至用的是你根本不会说的外语,来自你记忆中某个时刻对周边事物的感知。"

"没有出现过那种情况。如果有,我会注意到的。"

"应该会的。根据左脑受损的人报告,这种经历显然会给人带来巨大的冲击。"

"嗯,我想我会注意到的。"

"人们以前认为右脑完全没有语言能力,但很多人因为吸毒把左脑搞得一团糟,这就给了它——右脑——挺身而出的机会。它可以填补空白。"

"我以后肯定会注意这种情况。"弗莱德说。他的声音听起来非常机械,就像学校里听话的孩子。服从当权者强加给他的任何无聊命令。那些人地位比他高,可以把他们的权利和意志强加于他,无论是否合理。

服从命令,他想。按他们说的做。

"你在第二张照片里看到了什么?"

"一只羊。"弗莱德说。

"把羊指给我看。"坐着的代理治安官倾身向前,旋转图片,

"如果在布景-背景分辨测试中发现你的大脑存在损伤,你会遇到一大堆麻烦——不是感知不到形态,而是感知到错误的形态。"

就像狗屎,弗莱德想。狗屎肯定会被视为一种错误的形态,无论按照任何标准。他……

资料表明,这个缄默的大脑次半球专门用于完形感知,主要是综合处理信息输入。相反,负责言语的大脑主半球以更有逻辑的、分析式的、像计算机一样的方式运转,这些发现说明:人类会出现大脑偏侧化的原因可能在于,一侧的语言功能和另一侧的综合感知功能存在不相容性。

……感到沮丧而难受,就像他在狮子俱乐部演讲时一样。"图上没有羊,是吗?"他说,"不过我的答案接近正确答案吗?"

"这不是罗夏测验,"坐着的代理治安官说,"接受测验的人可以从很多角度解释混乱的墨迹。在这项测试中,图上已经描绘出一个特定物体,就像这样,有且只有一个。这幅图上是一只狗。"

"一只什么?"弗莱德问。

"一只狗。"

"你怎么知道是一只狗?"他看不出那是狗,"指给我看。"代理治安官……

这一结论通过大脑分裂的动物得到实验验证,这些动物经过训练,两个大脑半球可以独立地感知、思考和行动。对人类来说,大脑侧化的典型表现一个大脑半球是命题思维,另一个大脑半球则专门处理另一种思维方式,可称之为同位思维。命题思维的规则或方法由大脑"这"一侧(说、读、写的一侧)拟定,多年来受到句法、语义、数理逻辑分析等方面的影响。同位思维的规则由大脑另一侧拟定,相关内容未来还需要花费多年时间进行研究。

……把卡片翻过来;背面已经简单画出一只**狗**的外形轮廓,现在弗莱德能认出卡片正面线条中的形状。其实还能看出是哪个品种的狗:一只灵缇,腹部上收。

"我看到的是一只羊,"他说,"那代表什么?"

"可能只是一种心理障碍。"站着的代理治安官一边把重心换到另一只脚,一边说,"你需要完成整套卡片,然后我们还有几项其他测试……"

"这项测试之所以优于罗夏测验，"坐着的代理治安官打断了他，给出下一张图，"是因为这不同于那些可解释的测试。这套测试，你可以想到很多错误答案，但只有一个正确答案。美国心理图形部绘制并认证了每张卡片上的正确物体；这是正确答案，因为是华盛顿正式宣布的。你要么通过，要么不通过，如果你连续几次没有通过测试，我们会帮你治疗感知功能损伤，我们会让你花一段时间戒毒，直到你稍后能通过测试。"

"联邦诊所？"弗莱德说。

"是的。现在，你在这张图中看到了什么？在这些黑线和白线中？"

死亡之城，弗莱德一边研究那张图一边想。那就是我看到的：多种形式的死亡，不只是一种正确形式，而是各种各样的。小车上身高不到一米的联系人。

"先告诉我，"弗莱德说，"是狮子俱乐部的演讲令你们感到警惕吗？"

两名医学代理治安官交换了一个眼神。

"不是。"站着的那个人终于开口，"是因为一次交流——事实上——算是随便聊聊，其实只是你和汉克之间的一些废话。大约两周前……你知道，处理这些无用信息，这些原始输入信息，技术上来说有一定滞后。他们还没看到你的演讲。事实上，之后好几天他们才注意到你的演讲。"

"是因为哪些废话?"

"是关于一辆被偷的自行车,"另一个代理治安官说,"所谓的七速自行车。你们一直想搞明白怎么少了三个速度挡,不是吗?"两名医学代理治安官再次对视了一眼,"你觉得那东西是那辆车被偷时掉在车库地板上了?"

"见鬼!"弗莱德抗议道,"那是查尔斯·弗雷克的错,不是我的错,他搞得所有人都焦虑不安地讨论这个。我只觉得好笑。"

巴里斯:(他站在起居室中间,旁边是一辆崭新的、锃亮的自行车,他看起来很开心)看看我用二十美元买到了什么。

弗雷克:什么?

巴里斯:一辆自行车,一辆10速公路赛车,几乎是全新的。我在邻居院子里看到这个,问了问他们。他们有四辆,所以我开价二十美元现金,让他们卖给我。那些黑人,他们隔着篱笆把它举起来交给我。

拉克曼:真没想到你只花二十美元就能换来一辆几乎全新的十速自行车。你用二十美元能买到这东西真是不可思议。

堂娜:有点儿像住在街对面的女孩一个月前被骗走的那辆。很可能是他们偷来的,那些黑人。

阿克托:肯定是,他们有四辆,而且还卖得那么便宜。

堂娜:如果是她的,你应该把它还给住在街对面那女孩。不管怎么说,你应该让她来看看这是不是她的。

巴里斯:这是一辆男式自行车。不会是她那辆。

弗雷克:它只有七个齿轮,为什么你说这是十速自行车?

巴里斯:(惊讶地)什么?

弗雷克:(走过去指着自行车)看,这里有五个齿轮,链条另一端有两个齿轮。五加二……

如果猫或猴子的视交叉呈矢状分离,右眼的输入只能进入右半脑,左眼也一样,只为左半脑提供信息。如果训练接受了这种手术的动物只使用一只眼睛在两个符号之间进行选择,随后的测试表明,它用另一只眼睛也可以做出正确的选择。但如果大脑半球之间的联合,尤其是胼胝体,在训练前被切断,最初遮住的眼睛及其同侧半球必须从一开始就进行训练。也就是说,如果连合被切断,训练无法从一个大脑半球传递给另一个。这就是梅尔斯与斯佩里的基础大脑分裂实验(1953; Sperry, 1961; Myers, 1965; Sperry, 1967)。

……等于七。所以这只是一辆七速自行车。

拉克曼:是的,但就算是七速赛车也值二十美元。这笔生意依然很划算。

巴里斯:(恼怒地)那些黑人告诉我这是十速自行车。这是个骗局!

(所有人都聚在一起检查那辆自行车。他们又数了一遍齿轮。)

弗雷克:我数到八个。前面六个,后面两个。加起来八个。

阿克托:(很有逻辑头脑)但应该是十个。没有七速或八速自行车。从来没听说过。你觉得齿轮是怎么丢的?

巴里斯:肯定是那些黑人干的,把它拆开时用的工具不对。他们也不懂技术,重新组装自行车时把三个齿轮落在车库地板上。现在很可能还躺在那里。

拉克曼:那我们应该去把落下的齿轮要回来。

巴里斯:(愤怒地思考)但肯定会被敲竹杠。他们应该直接还给我,但他们很可能让我出钱买。不知道他们还破坏了什么。(检查整个自行车。)

拉克曼:如果我们一起去,他们会给我们的;我敢打赌,伙计。我们一起去,怎么样?(环顾四周寻求认可。)

堂娜:你确定只有七个齿轮吗?

弗雷克:八个。

堂娜:不管七个还是八个。我得说,在你去那儿之前,最好找人问问。我的意思是,我觉得把车拆开这种事不像是他们干的。在你去那儿给他们扣屎盆子之前,先搞明白怎么回事。你懂吧?

阿克托:她说得对。

拉克曼:我们应该找谁? 我们认识公路赛车领域的权威人士吗?

弗雷克:就问我们看到的第一个人。我们把它推到外面去,如果有瘾君子路过,我们就问问他。答案一定让我们高兴不起来。

(他们一起把自行车推出前门,马上碰到一个正在泊车的年轻黑人。他们疑惑地指着那七个——或者八个? ——齿轮,问他这里有几个齿轮,虽然他们自己也能看到——除了查尔斯·弗雷克——只有七个:链条一端五个,另一端两个。五加二等于七。他们用自己的眼睛也能看明白。这是怎么回事?)

年轻黑人:(冷静地)你们应该用前面的齿轮数乘以后面的齿轮数。这不是加法而是乘法,因为,你看,齿轮之间链条转动,齿轮比等于五(他指着那五个齿轮)乘以前面两个之一(他指向那里),也就是一乘五等于五;然后当你扳动车把上这个控制杆时

（他示范了一下），链条会跳到前面两个齿轮中的另一个上，和后面同样的五个齿轮配合，所以再加上五。总计是五加五等于十。你们明白它是怎么工作的吗？你看，齿轮比是这样得出的——

（他们谢了他，默默地把自行车推回到房子里。他们以前从未见过那个年轻的黑人，他还不到十七岁，开着一辆破得要命的货车，现在正继续锁车。他们关上房子的前门，站在那里。）

拉克曼：有人有毒品吗？哪儿有毒品，哪儿就有希望。（没有人……

　　所有证据都表明，两个大脑半球分离，会使一个颅骨内，也就是说一个生物体内，出现两个独立的意识领域。有些人将意识视为人类大脑不可分割的属性，这个结论令他们感到不安。另一些人觉得这个结论还不够成熟，他们认为到目前为止，右半脑展现出的能力处于机器人的水平。当然，目前来说两个大脑半球是不平等的，但这很可能是我们所研究的个体的一项特征。如果大脑分离发生在一个非常年轻的人身上，两个脑半球完全可能分别独立发展出正常人身上仅存在于左半脑的高级心智功能。

……笑得出来。)

"我们知道你也是那群人中的一员。"坐着的医学代理治安官说,"具体是谁不重要。你们没有人能观察自行车并感知到怎样通过简单的数学运算确定那个很简单的机械齿轮比。"弗莱德在代理治安官的声音中听到了一种怜悯,带有一定程度的友善。"这种运算是初中学力测验的内容。你们都处于吸毒后的迷幻状态吗?"

"没有。"弗莱德说。

"这种学力测验是给孩子们做的。"另一个医学代理治安官说。

"所以怎么回事,弗莱德?"第一个代理治安官问道。

"我忘了。"弗莱德闭上了嘴,然后他解释道:"听起来像是认知缺陷,而不是感知。这种事不是跟抽象思维有关吗?而不是——"

"也许你会这样想,"坐着的代理治安官说,"但是测试表明认知系统失效是因为它没有接收到准确的数据。换句话说,输入失真,如果你根据自己看到的东西推理,结果肯定是错误的,因为你没有——"代理治安官做了个手势,思考要怎样表达。

"但一辆十速自行车确实只有七个齿轮,"弗莱德说,"我们看到的数目是准确的。前面两个,后面五个。"

"但你们中的任何一个人都没有感知到,它们是怎样互相配合的——后面五个与前面两个中的每一个配合,就像那个黑人告诉你们的。他是个受过高等教育的人吗?"

"不太像。"弗莱德说。

"那个黑人看到的,"站着的代理治安官说,"和你们所有人看到的不一样。他看到的是前后齿轮系统之间有两根互相独立的连接线,他能感知到两根不同的线将前面的齿轮与后面五个齿轮中每一个轮流连接起来……而你们看到的是一根线连接了后面所有的齿轮。"

"但这样是六个齿轮。"弗莱德说,"前面两个齿轮,但只有一根连接线。"

"这属于不准确的感知。没有人教过那个黑人男孩这种事;如果有人教过他的话,他们教他的是从认知角度思考为什么是两根连接线。你们完全漏掉了其中一根,你们所有人都是。虽然你看到前面有两个齿轮,但在你的感知中它们是同质性的。"

"下次我会表现得更好。"弗莱德说。

"下次什么? 下次再买一辆偷来的十速自行车? 还是提炼所有的日常感知输入?"

弗莱德保持沉默。

"让我们继续进行测试吧。"坐着的代理治安官说,"你在这幅图中看到了什么,弗莱德?"

"塑料狗屎,"弗莱德说,"就像他们在洛杉矶地区卖的那些一样。现在我可以走了吗?"这种感觉令他不舒服,就好像狮子俱乐部的演讲又来了一遍。

但两位代理治安官都笑了。

"你知道吗,弗莱德?"坐着的那个代理治安官说,"如果你能保持这种幽默感,也许你能搞定。"

"搞定?"弗莱德回应道,"搞定什么? 团队? 小妞? 好事? 搞懂? 搞成? 搞明白? 搞到钱? 搞到时间? 解释一下这个词。'搞定'的拉丁语是 facere,这总让我想起另一个拉丁语词汇 fuckere,意思是'操'。我最近……"

> 高级动物(包括人类)的大脑是一个双重器官,由左右脑半球组成,通过名为胼胝体的神经组织峡部连接起来。大约十五年前,当时芝加哥大学的罗纳德·E.迈尔斯和R.W.斯佩里发现了一个惊人的现象:如果切断两个大脑半球之间的连接,每个大脑半球会独立运作,就好像它是个完整的大脑。

"……过得一文不值,塑料狗屎或别的,随便什么狗屎。如果你们是心理学家,你们肯定听过我没完没了地跟汉克汇报,见鬼,堂娜到底怎么回事? 我怎样才能接近她? 我的意思是,怎么才能搞定那种甜蜜、独特、倔强的小妞?"

"每个女孩都不一样。"坐着的代理治安官说。

"我是希望光明正大地和她交往。"弗莱德说,"而不是用红酒和烈酒灌醉她,然后趁她醉倒在起居室地板上的时候直接干她。"

"买花送给她。"站着的代理治安官说。

"什么?"弗莱德干扰服后面的眼睛睁得大大的。

"这个季节你可以在杰西潘尼百货店或凯马特大卖场的园艺区买到迎春花,或者杜鹃花。"

"花,"弗莱德喃喃地说,"你是说塑料花还是真花? 我想是真花。"

"塑料的不好,"坐着的代理治安官说,"看起来像是……嗯,假的。反正比较假。"

"我现在可以走了吗?"弗莱德问。

两位代理治安官交换了一个眼神,点了点头。"我们以后再对你进行评估,弗莱德。"站着的那个说,"并不紧急,汉克会通知你下次约定的时间。"

弗莱德自己也说不清为什么，想在离开前和他们握个手，但他没有；他直接离开，什么也没说，有点儿沮丧也有点儿迷惑，也许是因为这件事发生得太突然了，完全是突如其来。他们已经反复研究过我的资料，他想，试图找到我因为吸毒神志不清的迹象，他们确实找到了一些。已经足以让我接受这些测试。

迎春花，他走向电梯时心想。小小的迎春花，长在离地面很近的地方，很多人会踩上去。这种花是野生的吗？还是在特殊的商业栽培桶中或者巨大的封闭农场中生长？我不知道农村是什么样的。田地什么的，有奇怪的气味。他想，我在哪儿能找到那东西？我要去哪儿，怎么去，到了住在哪儿？那会是一趟什么样的旅行？票价多少？找谁买票？

他想，我到那儿去的时候，想带上一个人陪我一起，也许就是堂娜。但我要怎么说？怎么跟一个小妞说这个？我甚至不知道如何接近她，我一直围着她转却一无所获——甚至还没踏出第一步。我们得快点儿，他想，因为他们告诉我，过一段时间所有迎春花都会死掉。

8

鲍勃·阿克托家里那群人经常处于一种脑子不清醒的状态，查尔斯·弗雷克在去那里的路上思索着怎样捉弄巴里斯，报复他之前在三个提琴手咖啡馆里用脾脏开了他的玩笑。他一边巧妙地避开警察到处设置的雷达陷阱（查验司机的警用雷达货车通常会伪装成破破烂烂的大众货车，涂成暗褐色，司机是满脸胡子的瘾君子。他看到这样的货车就会放慢速度），一边在脑海中上演这个玩笑的幻想剧：

弗雷克：(随意地)我今天买了个梅太德林植物(plant)。

巴里斯：(脸上带着鄙夷的表情)梅太德林是一种兴奋剂，就像快速丸。它是大力丸，是冰毒，是安非他命。它是在实验室里合成的。所以它不是大麻那样的有机物。不存在像大麻植物一样的梅太德林植物。

弗雷克:(对他抛出笑点)我的意思是,我从叔叔那里继承了四万美元,买下一个藏在车库里的工厂(plant),那家伙在里面制造梅太德林。也就是说,他在那儿建了个制造冰毒的工厂。Plant是这个意思——

他开车时还没有完全想好怎么说,因为他要把一部分心思放在周围的车辆和交通灯上;但他知道等他抵达鲍勃的房子时,他会完美地骗过巴里斯。而且,尤其是如果一群人都在那里,巴里斯上钩以后,每个人都会觉得他是个不折不扣的大傻瓜。这将是一次绝妙的报复,因为巴里斯是最受不了被嘲笑的那种人。

当他停车时,发现巴里斯在户外修理鲍勃·阿克托的汽车。引擎盖开着,巴里斯和阿克托站在一起,旁边是一堆汽修工具。

"嘿,伙计。"弗雷克说,砰的一声关上车门,漫不经心地走过去。"巴里斯。"他随即很酷地把手搭在巴里斯肩膀上吸引他的注意力。

"等会儿!"巴里斯吼道。他穿着修理服;脏兮兮的布料上又沾了一层润滑油之类的东西。

弗雷克说:"我今天买了个梅太德林植物(plant)。"

巴里斯不耐烦地皱眉说:"有多大?"

"你是什么意思?"

"Plant有多大?"

"呃……"弗雷克不知道要怎么继续接下去。

"你花了多少钱?"阿克托也因修车弄了一身油。弗雷克看到,他们已经拆掉了化油器,还有空气过滤器和软管等等。

弗雷克说:"大概十美元。"

"吉姆本来可以给你便宜些。"阿克托一边干他的活儿,一边说道,"对吗,吉姆?"

巴里斯说:"其实他们会免费赠送冰毒制造装置。"

"见鬼,那是一整个车库!"弗雷克抗议道,"一个工厂! 每天可以制造一百万片——里头有药丸机器和一切东西。**一切!**"

"总共十美元?"巴里斯露出一个大大的笑容。

"在什么地方?"阿克托问。

"不在这附近。"弗雷克不安地说,"嘿,见鬼,伙计们。"

巴里斯暂时停下工作——他干活儿时总是时不时停下来,无论有没有人在跟他说话——他说:"你知道吗,弗雷克? 如果你服用或注射太多冰毒,你会开始像唐老鸭一样说话。"

"所以呢?"弗雷克问。

"那就没人能理解你。"巴里斯说。

阿克托说:"你说什么,巴里斯? 我无法理解你。"

巴里斯乐得眉飞色舞,装出唐老鸭的声音。弗雷克和阿克托也被逗乐了。巴里斯说个不停,最后向化油器做了个手势。

"化油器怎么样了?"阿克托问,现在他的笑容消失了。

巴里斯开始用正常的语调说话,但仍然咧嘴笑着:"阻风门轴变弯了。整个化油器都得重新组装。否则当你在高速公路上开车时,阻风门会关闭,然后发动机会淹缸并熄火,你会被一些混蛋追尾。而且,未净化气体很可能还会冲刷汽缸壁——如果时间足够长——把润滑油冲走,然后气缸会被剐伤并彻底损坏。然后你就需要镗缸。"

"阻风门轴为什么会变弯?"阿克托问。

巴里斯耸耸肩,继续把化油器拆开。他把那个问题留给阿克托和查尔斯·弗雷克,他们对发动机一无所知,尤其是这么复杂的修理工作。

拉克曼走到屋外,穿着一件时髦的衬衫和李维斯高级紧身牛仔裤,戴着墨镜,手里拿着本书,说:"我打了电话,他们正在研究怎么改造化油器才能把这辆车救回来。他们马上就回电话,所以我让前门敞着。"

巴里斯说:"你可以用四腔化油器代替这个二腔的。但你必须换个新的进气歧管。我们可以找个用过但不太旧的。"

拉克曼说:"如果用罗切斯特四腔化油器——你是这个意思

吗？可能会怠速过高，而且无法正确换挡，不能换到高速挡。"

"可以把怠速量孔换成较小的孔，"巴里斯说，"这样就能补偿。通过转速表可以看到车速，不至于超速。如果没能换到高速挡，他看转速表就会知道。一般来说，如果自动连接的变速器没有起作用，放开高速挡的油门就行。我也知道哪儿能搞到转速表。其实我本来就有一个。"

"没错。"拉克曼说，"好吧，如果他在高速公路上遇到紧急情况，突然使劲踩刹车让减速齿轮承受很大扭矩，汽车会换到低速挡，而发动机会加快转速，使汽缸盖衬垫炸掉或者更糟，糟糕得多。整个发动机都会爆炸。"

巴里斯耐心地说："他会看到转速表指针跳动，然后马上就能拉回来。"

"在超车时？"拉克曼说，"当你正想超过一辆该死的半挂卡车，开到一半的时候？见鬼，他只能继续向前飞驰，无论转速是否过高；他都只能炸掉引擎而不是松开油门，因为如果松开油门就完全没法超车。"

"动量，"巴里斯说，"在这么重的汽车里，即使他放开油门，动量也会带他继续前进。"

"上坡路呢？"拉克曼说，"如果你在上坡路超车，没办法依靠动量行驶很长距离。"

巴里斯对阿克托说:"这辆车是什么……"他弯下腰看了看它的铭牌。"这里……"他嘴唇动了动,"奥兹汽车。"

"载重量约四百五十千克。"阿克托说。查尔斯·弗雷克看到他对拉克曼眨了眨眼。

"那你是对的。"巴里斯表示同意,"这么轻的载重量,不会产生多少惯性质量。是这样吧?"他摸出一支笔,又找了些纸。"四百五十千克的质量以每小时约一百三十千米的速度行驶,产生的力等于——"

"应该是四百五十千克,"阿克托插嘴说,"再加上里面的乘客,还有满满的油箱,以及后备厢里一大箱东西。"

"有多少个乘客?"拉克曼面无表情地说。

"十二个。"

"也就是六个在后面,"拉克曼说,"六个——"

"不,"阿克托说,"十一个在后面,司机自己坐在前面。你看,这样后轮承受更多的重量,产生更多的附着摩擦力,从而不会摆尾。"

巴里斯警惕地抬头看他,说:"这辆车会摆尾?"

"除非有十一个人坐在后面。"阿克托说。

"那么,最好用沙袋压住后备厢,"巴里斯说,"三个九十千克的沙袋。然后乘客就可以坐得更均匀,也更舒服。"

"后备厢里放二百七十千克的一盒金子怎么样?"拉克曼问他,"代替那三个九十千克的——"

"别开玩笑了行吗?"巴里斯说,"我想计算这辆车时速一百三十千米时会产生多少惯性力。"

"它开不到一百三十千米。"阿克托说,"气缸坏了。我原本想告诉你的。昨晚我从7-11回家的路上抛锚了。"

"那我们为什么要拆掉化油器?"巴里斯问道,"我们得把整个气缸盖打开。其实比这更麻烦。事实上,气缸可能裂了。嗯,这就是它无法启动的原因。"

"你的车不能启动?"弗雷克问鲍勃·阿克托。

"它不能启动,"拉克曼说,"是因为我们把化油器拆下来了。"

巴里斯困惑地说:"我们为什么要拆掉化油器? 我忘了。"

"换掉所有的弹簧和小零件,"阿克托说,"这样它就不会再出问题,进而害死我们。修车店的机修工建议我们这样做。"

"如果你们这些混蛋不是没完没了地说废话,"巴里斯说,"像一群飞车党似的,我早就计算完毕,可以告诉你们这辆车及其载重量是否适用罗切斯特四腔化油器,可以通过较小的怠速量孔自然调整。"他现在真的很恼火,"所以**闭嘴!**"

拉克曼打开他带来的那本书。然后,他整个人仿佛膨胀起来,块头比平时大得多,胸肌和肱二头肌都鼓了起来。"巴里斯,我要给你念一段东西。"他开始非常流畅地读那本书,"'见到耶稣基督比任何其他现实更真实……'"

"什么?"巴里斯说。

拉克曼继续读下去:"'……比这个世界上任何其他现实更真实,基督无处不在,越来越伟大,基督是整个宇宙的最终裁定和原生信念——'"

"那是什么书?"阿克托问。

"德日进①的作品。"

"天哪,拉克曼。"阿克托感叹道。

"'……那个人确实生活在一个没有多重性会使他感到痛苦的区域,但那里却是最积极地创造宇宙成就的地方。'"拉克曼合上那本书。

查尔斯·弗雷克一脸忧心忡忡的样子,走过来站在巴里斯和拉克曼之间,"冷静点儿,伙计们。"

"让开,弗雷克。"拉克曼说完,放低右臂,准备向巴里斯狠狠地挥出一拳,"来吧,巴里斯,与其跟你废话,不如我一拳让你昏迷到明天。"

---

①法国哲学家、神学家、古生物学家皮埃尔·泰亚尔·德·夏尔丹的中文名。此人在中国工作多年,是中国旧石器时代考古学的开拓者和奠基人之一。

巴里斯不由得惊叫一声,看起来惊慌失措,他丢下笔头和那叠纸,仓皇地朝着房子敞开的前门冲过去,一边跑一边喊:"我听到改造化油器的人回电话了!"

他们目送他离开。

"我只是跟他开玩笑。"拉克曼揉着自己的下嘴唇。

"如果他去拿枪和消音器怎么办?"弗雷克紧张得不得了。他慢慢地踱向自己停着的车。如果巴里斯持枪出来,他打算赶紧藏在那后面。

"来吧。"阿克托对拉克曼说,他们一起回到汽车那儿干活儿,而弗雷克一脸担忧地在自己的汽车周围转悠,心想他为什么偏偏决定今天跑到这里来。今天,这里根本没有平时那种快快活活的氛围,完全没有。他感觉一开始那个玩笑中就藏着奇怪的负面情绪。见鬼,究竟是哪儿不对劲? 他盘算着,然后忧郁地回到自己的车里,启动汽车。

这里的情形是不是也会变得越来越沉重、越来越悲伤,他想,就像过去几周他们在杰瑞·法班家,陪着他时那样? 这里曾经很快活,他想,每个人都放松而兴奋,播放迷幻摇滚乐,尤其是滚石乐队的歌。堂娜穿着皮夹克和靴子坐在这里填装胶囊,拉克曼一边卷大麻烟一边号称自己要在加州大学洛杉矶分校开个关于卷大麻烟和抽大麻烟的研讨会,以及总有一天他会突然卷出一支完美的大麻烟,放在玻璃罩里的氦气中,置于宪法大厅,与其他同样重要的东西一起成为美国历史的一部分。回忆起来,他想,甚至我和吉姆·巴里斯坐在三个提琴手咖啡馆里那一天……即使那时候也比现在要强。是从杰瑞开始的,他想,这里发生的事情,那东西害了杰瑞。原本美好的日子、美好的一件件事、美好的每时每刻,怎么这么快就变得如此丑陋,而且毫无理由,找不到真正的起因?就仅仅是——改变了,无缘无故地变了。

"我正在分裂。"他对拉克曼和阿克托说,他们正看着他启动。

"不,可别,嘿,伙计。"拉克曼带着友好的笑容说,"我们需要你。你是我们的兄弟。"

"不,我正在戒毒。"

巴里斯小心翼翼地从房子里走出来,拿着一把锤子。"是打错的电话!"他喊道,非常谨慎地往前走,时不时停下来观察,仿佛在汽车影院里面像螃蟹一样找位置。

"这个锤子是干什么用的?"拉克曼问。

阿克托说:"修理引擎。"

"我想我应该拿着它,"巴里斯解释道。他小心翼翼地回到奥兹汽车那里,"因为我在屋里注意到这东西。"

"最危险的那种人，"阿克托说，"是害怕自己影子的人。"这是弗雷克开车离开时听到的最后一句话，他琢磨着阿克托是什么意思，如果这针对的是他，查尔斯·弗雷克。他感到羞愧。但是，该死，他想，为什么在这种讨厌的情况下还要留在这里？那些胆小鬼都躲哪儿去了？看见坏事躲远点儿，他提醒自己，这是他人生的座右铭。于是他驱车离开，没有再回头。让他们互相吹嘘吧，他想。谁需要他们？但他感觉很糟，真的很糟。离开他们，目睹了越来越黑暗的变化，他再次开始琢磨，这是为什么？又意味着什么？但他随即想，也许事情又会发生变化，变得更好，于是他振作了一点儿。事实上，这使他一路行驶并躲避隐蔽的警车时，脑海中出现了一幕短暂的幻想剧：

他们都像以前一样坐在那儿。

甚至连死去或发疯的人也一样，比如杰瑞·法班。他们围坐在一起，笼罩在一片清澈的白光中，那不是太阳光，而是一种更好的光，仿佛他们下面和上面都笼罩着一片海。

堂娜和其他几个小妞看上去非常性感——她们穿着露背连衣裙、热裤，或者穿着吊带衫而不戴胸罩。他也听到了音乐声，但分辨不出是哪张唱片里的曲子。也许是亨德里克斯！他想。

是的,亨德里克斯的一首老歌,现在突然变成了J.J.(詹尼斯·乔普林)的。他们这些人:吉姆·克罗齐和J.J.,尤其是亨德里克斯。"在我死去之前,"亨德里克斯低吟浅唱,"让我过自己想过的生活。"幻想剧随即中断,因为他忘记了亨德里克斯已经去世,也忘记了亨德里克斯和乔普林是怎么去世的,更不用说克罗齐了。亨德里克斯和J.J.都因摄入海洛因过量而死,他们两人,两个这么酷的好人,两个棒呆了的人。他记得曾听说詹尼斯的经理只是间歇性地付过她几百块钱,她拿不到自己赚的剩余的钱,因为她吸毒成瘾。然后他在脑海中听到了她的歌,"一切都是孤独",他开始哭了起来。就这样一路开车回家。

鲍勃·阿克托在起居室里和朋友们坐在一起,想确定是否需要一个新的化油器,改造化油器,还是调整化油器和进气歧管,阿克托能感受到全息扫描仪持续不断地默默监视,感受到那种电子设备的存在。这让他感觉很好。

"你看起来挺开心的,"拉克曼说,"要花掉一百美元可不会让我感到开心。"

"我决定到街上走走,找一辆和我这辆一样的奥兹汽车,"阿克托解释说,"然后拆下它的化油器,一分钱不花。就像我们认识的所有人一样。"

"尤其是堂娜,"巴里斯表示同意,"我希望以后哪天我们出门时,她不要进来。堂娜会偷走所有她能带走的东西,如果她拿不动,还会打电话给盗窃团伙里的人,他们会过来跟她一起搬东西。"

"我给你们讲个关于堂娜的故事。"拉克曼说,"有一次,堂娜向自动邮票机里投入二十五美分,那种机器里面有一卷邮票,当时机器仿佛发了疯,一直不断地弹出邮票。后来她装了满满一购物篮邮票。机器仍然不断弹出邮票。最后她——她和她盗窃团伙里的朋友——拿到了一万八千多张十五美分的美国邮票。好,那很酷,但是堂娜·霍索恩拿着这些有什么用呢?她一辈子都没写过信,除了写给律师控告一个在毒品交易中骗她的家伙。"

"堂娜干过那种事?"阿克托问,"她还有个律师处理非法交易的事务?她怎么可能那样做?"

"她可能只是告诉律师那家伙欠她的钱。"

"想象一下,收到一封关于毒品交易、充满怒气的律师函,要么还钱要么上法院!"阿克托赞叹不已,他经常会因堂娜的行为发出这样的感叹。

"无论如何,"拉克曼继续说,"她拿到满满一购物篮,至少一万八千张十五美分的邮票,可是到底拿它们怎么办?你没法再卖给邮局。邮局工作人员过来修机器时,他们就知道机器坏了,如果有任何人带着这些十五美分的邮票,尤其是整整一卷邮票,出现在邮政窗口——见鬼,他们立刻就会知道是怎么回事;事实上,他们会守株待兔等着堂娜出现,对吧?她也会想到这一点——当然,在她把一整篮邮票塞进名爵汽车里开走后肯定会想到的——于是她打电话给更多的盗窃团伙成员,让他们开车运来一把专业级别的手持式风钻,一种奇怪的施工工具,上帝啊,那也是他们偷来的。他们半夜把一台邮票机从混凝土中挖出来,装在一辆福特兰切罗客货两用车的后车厢里带到她那儿。这车可能也是他们偷来的。都是为了那些邮票。"

"你是说她卖掉了那些邮票?"阿克托惊讶地问。

"通过自动售货机?一张一张地卖?"

"他们重新安装了一台售货机——至少我听说是这样——他们从一个车水马龙的繁忙十字路口搬走了一台美国邮票售货机,放在一处邮政卡车不会经过的地方,然后让它正常运转。"

"他们直接拆掉投币盒更省事。"巴里斯说。

"于是他们开始卖邮票,"拉克曼说,"大概几周后,售货机里面的东西卖完了,就像正常情况一样。而接下来是什么?我能想象那几周里堂娜的脑子转来转去,她那节俭农民的大脑……她的家人是来自欧洲某国的农民。反正一卷邮票卖完后,堂娜决定让它改卖不含酒精的饮料，来自邮局的饮料——他们真的很谨慎。如果你不够警惕，迟早会栽跟头。"

"这是真的吗？"巴里斯问。

"什么是真的？"拉克曼反问道。

巴里斯说："那女孩这么做属于扰乱治安。她应该被定罪。你知不知道因为她偷了那些邮票，我们所有的税费都会增加？"他听起来又生气了。

"写信给政府，通知他们。"拉克曼懒得理会巴里斯，一脸冷漠地说，"向堂娜要一张邮票寄信，她会卖给你一张的。"

"以原价卖给我。"巴里斯同样恼火。

全息扫描仪，阿克托想，好几千米昂贵的全息磁带录下的都是这种东西。不是好几千米的无声磁带，而是好几千米的关于毒品幻觉磁带。

这种事不应该发生在鲍勃·阿克托坐在如此重要的全息扫描仪之前的时候，他认为。这种事情应该发生在——至少对他来说……对于谁？……对于弗莱德来说——发生在鲍勃·阿克托不在这里或睡着了，而其他人处于扫描范围之内的时候。所以我应该离开，他想，正如我计划的那样，离开这些家伙，让其他人到这里来。从现在起，我应该允许人们随意出入我的房子。

然后他心中升起一种可怕而丑陋的想法。假设当我回放录音带时,看到堂娜在房子里——她在用勺子或刀刃打开窗户偷偷溜进来——毁坏并偷窃我的财物。另一个堂娜:这个小妞真正的样子,或者在我看不见她时,她的样子。这是个哲学问题,"如果周围没有人能听见,森林里一棵树倒下时是否还会发出声音?"如果没有人在旁边看着,堂娜是什么样子?

他想知道,那个温柔、可爱、机灵、友好、非常友好的女孩,会让自己瞬间变成一个狡猾的家伙吗?我看到的变化会令我大吃一惊吗?堂娜或拉克曼,任何我在乎的人。就像你离开房子时,宠物猫狗的变化……猫倒空一只枕套,把你的贵重物品装进里面:电子钟、床边收音机、剃须刀,以及所有在你回来之前可以塞进去的东西;它在你离开之后完全变成了另一只猫,偷走你的东西送去典当,点燃你的大麻烟,在天花板上行走,或者打电话给远方的人……天晓得还有什么。一场噩梦,镜子里面另一个不可思议的世界,一个万物颠倒的恐怖城市,无法辨认的东西到处爬行;堂娜四肢着地爬行,从宠物的盘子里吃东西……像是某种迷幻药引起的疯狂幻觉,难以理解、令人恐惧。

该死,他想,这么说的话,也许鲍勃·阿克托深夜从熟睡中醒来,行为也会如此奇特。与墙壁发生性关系;或者召唤出他从未见过的神秘怪人,一大群人,都长着可以像猫头鹰一样旋转一周的古怪的脑袋。全息扫描仪会收到信号,他和他们一起策划疯狂的阴谋,打算在标准加油站的男厕所里塞满塑料炸弹炸毁那里,天知道是为了什么精神病的目的。也许这种事情每天晚上都在发生,他只是想象自己睡着了——这种感觉到了白天就会消失。

他推测,鲍勃·阿克托也许了解到更多关于自己的信息,超出了他的心理准备,超出了他想要知道的范围,堂娜穿着她的小皮夹克,拉克曼穿着他那身好笑的衣服,甚至巴里斯——也许在旁边没人时,吉姆·巴里斯只是睡觉,一直睡到他们再次出现。

但他对此表示怀疑。巴里斯更可能突然从他房间里那一大堆乱七八糟的东西中抓出一个秘密发射机——房子里所有其他房间也同样乱七八糟,现在这些房间都处于二十四小时的扫描监控下——然后向另一群神秘的杂种,一群最近跟他一起图谋不轨的人发送神秘的信号,无论他们的阴谋究竟是什么,都该由政府当局的某一个部门负责到底。鲍勃·阿克托陷入沉思。

另一方面,如果鲍勃·阿克托离开他的房子,汉克和市中心的那些人肯定大为不快,在仔细安装了昂贵的监视器之后,却什么也看不到——因为目标再也没有出现在磁带上。所以他不能为了执行自己的监视计划离开,那会影响他们的监视计划。不管怎么说,监视器花的是他们的钱。

在这部电影剧本里,他一直都是主角。阿克托这个姓的意思就是演员,他想,鲍勃·演员,被追踪的对象;他就像游戏里被追赶的猎物。

据说,人们第一次听到自己被磁带录下的声音时,往往都听不出来。如果你在视频上或者这种3D全息图像上看到你自己,你也会认不出自己的外观。你以为自己是一个一头黑发、身材高大肥胖的男人,而实际上却是个根本没有头发的瘦小女人……是这样吗?我敢肯定我能认出鲍勃·阿克托,他想,不靠别的,只靠他穿的衣服也能认出来,或者靠排除法。不是巴里斯或拉克曼,而又住在这里的肯定是鲍勃·阿克托。除非那是猫或狗。我会努力从专业角度训练有素地观察直立行走的对象。

"巴里斯。"他说,"我要出去看看能不能搞点儿毒品来。"然后他假装想起来他没车可用,脸上出现为难的表情,"拉克曼。"他说,"你的福特猎鹰还能开吗?"

"不能,"拉克曼仔细想了想,若有所思地说,"我觉得开不了。"

"吉姆,我能借用你的车吗?"阿克托问巴里斯。

"我不知道……你能不能搞定我的车。"巴里斯说。

如果有人想借巴里斯的汽车,他总是拿这个当借口,因为巴里斯对汽车下列部位进行了不可描述的秘密修改:

(a)悬架;

(b)发动机;

(c)变速箱;

(d)后端;

(e)传动系统;

(f)电气系统;

(g)前端和转向系统;

(h)时钟、雪茄打火机、烟灰缸、仪表盘储物箱。尤其是仪表盘储物箱。巴里斯一直把它锁起来。收音机也经过巧妙的改装（他从未解释过怎么做的或者为什么）。如果你调到一个电台，只会听到间隔一分钟的哔哔声。按下所有的按钮都会播放毫无意义的广播，奇怪的是，它从未播放过摇滚乐。有时候，他们陪巴里斯去买东西，巴里斯停好车后下车离开前，他会把收音机调到一个风格独特的电台，声音很大。如果他们在他离开时换了台，他回来后会语无伦次，回程路上一言不发，也从未解释过为什么。他到现在也没有解释过。很可能他把收音机设置在那个频率是为了把信息发送给：

(a)政府当局;

(b)私人准军事政治组织;

(c)辛迪加;

(d)智商更高的外星人。

"我的意思是，"巴里斯说，"它会行驶在——"

"该死的！"拉克曼粗暴地打断了他的话，"那是辆普通的六缸汽车，你这个蠢货。我们在洛杉矶市中心停车时，停车场的工作人员都能开它。鲍勃为什么不能？你这个混蛋。"

现在，鲍勃·阿克托也有了一些设备，他在自己的汽车收音机里做了一些秘密改动。但他没跟别人提过。事实上，应该是弗莱德做的改动。或者是别的什么人干的，他们动的手脚一部分像是巴里斯声称他的一些电子装置能做到的事情，而另一部分则是那些装置做不到的。

例如，每一辆执法车辆都会发射特定的全谱干扰，普通汽车上的收音机听起来就像那辆警车的火花抑制器失灵，出现点火故障。但鲍勃·阿克托作为卧底警察，他的汽车收音机里安装了一个小装置，可以告诉他很多信息，而其他人——其他大部分人——完全无法从这些噪音中获得任何信息。其他人甚至不会意识到电波干扰可以承载信息。首先，不同的频率声音告诉鲍勃·阿克托，执法车辆距离他自己的车有多近；其次，不同的声音代表了各种不同部门：市级或县级、公路巡逻，或联邦级别，不管哪一种都能知道。他也用间隔一分钟的哔哔声作为停车报时；等在车里的人不需要做出明显手势就能确定他们已经等了几分钟。例如，如果他们商量好在三分钟内抵达一所房子，这个功能就很有用。汽车收音机里嗞嗞嗞的声音可以准确告诉他们三分钟时间已到。

他也知道,一个AM调幅电台会反复播放排行榜前十名的歌曲,中间穿插主持人絮絮叨叨的连篇废话,某种意义上说,有时候那并不是废话。如果调到那个电台,车里会充满喧嚣的音乐,旁边路过的人如果无意中听到,内容都是普通的流行音乐和主持人典型的无聊套话,于是他要么根本不会在附近逗留,要么突然意识到这个所谓的主持人以那种絮絮叨叨的说话风格说道:"现在是献给菲尔和简的节目,猫王的一首新歌,名叫——"偶尔说些像是"蓝车将开向巴斯坦丘里北方一点六千米,其他单位——"诸如此类的话。

他从来没有让任何人注意到这件事——虽然很多小伙子和姑娘坐过他的车,即使他一直不得不听取警方信息指示,例如正在突袭抓捕的时候,或者执行任何与他有关的重大行动的时候。如果他们注意到了,他们很可能认为自己正处于吸毒后的迷幻状态,只是过分疑心,然后忘掉这件事。

而且他也知道,很多不带标记的警车,比如老式雪佛兰,后面加装了吵人的(非法的)排气管和赛车条纹,一群外表狂野时髦的家伙开着这种车飘忽不定地高速驶过——如果有这样的警车从旁边一掠而过,他通过收音机上携带特殊信息的全频电台播放的内容就能知道。他知道哪些应该注意,哪些可以无视。

还有,如果他拨动开关把汽车收音机从 AM 调频转到 FM,就会转到一个特定频率的电台,播放节奏缓慢的穆扎克音乐,但汽车里播放的这些噪音会被收音机里的麦克风-发射器整理过滤,所以当时车里其他人无论说了什么,都会被他的设备接收并传输给当局,而这个电台无论以多大的声音奏乐,都不会影响谈话被窃听,完全不会产生干扰,栅格会把它消除掉。

鲍勃·阿克托作为一名卧底执法人员,确实对他的汽车收音机进行了改装,这和巴里斯声称自己所做的事情具有一定相似之处。但除此之外,其他部件比如悬挂系统、发动机、变速器等,都没有进行任何改动。那样做就太明显、太过头了。再说,几百万汽车迷都会对他们的车进行同样刺激的改装,而他则只是改装了轮胎,进行了强力打磨,其他都保持原样了。任何马力大的汽车都可以轻松超车,把别的车甩到身后。巴里斯对此十分恼火;法拉利的悬挂系统、操纵系统和转向系统都无法进行"特殊秘密的改装",所以去他的。况且警察是不能开跑车的,即使是便宜的跑车,更不用说法拉利了。真正要靠的其实是驾驶员的技术。

不过,他确实还是领取了执法部门配给的一样东西——非常少见的轮胎。不单单像米其林前几年推出的 X 型轮胎那样里面设有钢带。他的这些轮胎是全金属的,磨损很快,但在速度和加速度上优势明显。它们的缺点是成本很高,但他能从配给服务站(并不是发钱的那台胡椒博士售货机)免费拿到。这东西很棒,但他只有在绝对必要时才会去拿配给。他会在没人注意的时候自己安装轮胎,就像自己改装收音机一样。

收音机唯一令人担忧的问题不是被如巴里斯这样的闲人发现,而是被偷走。如果它被偷了,重新更换的费用很高;另一方面,他还必须解释原因。

当然,他也在车里藏了一支枪。吸毒致幻状态下的巴里斯,永远想不到它究竟藏在哪里。巴里斯会在那些奇怪的地方乱翻,比如转向柱或空心腔里面;或者挂在电线上藏在油箱里,就像经典电影《逍遥骑士》里运输可卡因,顺便说一下,在那个地方藏东西是最糟糕的选择。每个看过那部电影的警察马上就会想起遇到这种情况的最佳选择是:抓住那两个摩托车骑手,如果可能的话,杀死他们。其实他的枪就放在汽车仪表盘储物箱里。

巴里斯不断提到他自己的汽车上安装的那些自欺欺人的东西,很可能与现实中阿克托自己的改装车有一定相似之处,因为阿克托那个收音机秘密装置已经开始量产,在深夜电视或网络谈话节目中由电子专家演示宣传,他们有的参与设计这些装置,有的在商业杂志上读过相关资料,有的只是曾经见过,有的被警察实验室解雇后怀恨在心。所以普通市民（或者用巴里斯那种受过高等教育的措辞——典型的小市民）现在也知道，如果一辆加大马力、涂了赛车条纹的′57雪佛兰在公路上飞驰，方向盘后面坐着个喝了尔斯啤酒醉醺醺的十几岁疯狂少年，没有警车会冒风险把它逼到路边停下——然后发现他拦住的是缉毒特工正在追踪的目标汽车。所以现在当卧底特工的汽车尖啸着驶过时，小市民都知道是怎么回事，受到惊吓的老妇人和正派人会愤怒地写信抗议，跟身边的人反复讨论他们的身份……这有什么区别？但如果是朋克青年、高速车改装者、摩托车骑手，尤其是大小毒贩和走私者，打算把这种尖端技术设备装在他们自己的汽车上，又会带来什么影响——可怕的后果。

那样他们就可以逃走，逍遥法外。

"那我就步行。"阿克托说，其实他正想这样。他得把巴里斯和拉克曼留在这里。他只能步行。

"你去哪儿?"拉克曼说。

"堂娜家里。"步行去她那里几乎是不可能的，这么说就能确保没人会跟他一块儿。

他穿上外套，朝前门走去，"晚点见!"

"我的汽车——"巴里斯说话还是犹犹豫豫的。

"如果我开你的车，"阿克托说，"我会按错按钮，它会飞越大洛杉矶市中心区，就像一艘'好日子'小飞艇，他们会让我拿灭火器对付一场油井火灾。"

"我很高兴你能体谅我。"巴里斯在阿克托关上门时喃喃地说。

弗莱德穿着干扰服坐在二号监视器的全息立方体前，面无表情地看着全息图在眼前不断地变化。安全公寓里还有其他监控者在观察来自其他源点的全息图，大部分是回放的录像。但弗莱德看的是当前的实况全息图；虽然有记录，但他跳过了之前保存的磁带，实时接收从鲍勃·阿克托那座破败的房子里传输过来的信息。

在宽波段高分辨率的彩色全息图中，巴里斯和拉克曼坐在一起。巴里斯坐在起居室里最好的椅子上，弯腰凑近一支花了好几天时间制作的浓缩大麻烟斗。他把一圈圈白线缠在烟斗凹处，他的面孔仿佛变成一张专注的面具。拉克曼弓着背坐在咖啡桌边，笨拙地大口大口吃着斯旺森鸡肉速食晚餐，观赏电视里播放的西部片。桌上有四个啤酒罐——都是空的——被他用有力的拳头压扁；现在他伸手去拿刚喝了一半的第五罐啤酒。然后不小心把罐子撞翻，啤酒洒了出来。他抓住罐子咒骂了一句。他骂人时巴里斯抬头看了他一眼，感觉他像是《齐格弗里德》里的矮人米梅，随后又低头去干自己的活儿。

弗莱德继续观察。

"见鬼的深夜电视。"拉克曼嘴里塞满了食物,用喉音咕咕哝哝,然后他突然丢下勺子跳了起来,摇摇晃晃地站立不稳。他转向巴里斯,举起双手,打着手势,什么也说不出来,嚼了一半的食物从他嘴里溢出来,掉到他的衣服上、地板上。猫迫不及待地跑过去。

巴里斯停下手里制作大麻烟斗的工作,看向倒霉的拉克曼。拉克曼处于抓狂的状态,正在发出一种可怕的声音,他一只手扫过咖啡桌上的啤酒罐和食物;所有的东西都掉了下去。猫受到惊吓,飞快地跑掉。巴里斯仍然坐在那儿,目不转睛地盯着他看。拉克曼摇摇晃晃地朝厨房走了几步;扫描仪就在那里,弗莱德惊恐地看着眼前的立方体,上面显示出拉克曼昏头昏脑地在半暗厨房里摸索着找出一只玻璃杯,想要打开水龙头接水。监视器前的弗莱德跳了起来,呆立不动,他在二号监视器上看到巴里斯仍然坐在那里,又开始认真地把一圈圈白线缠在大麻烟斗凹处。巴里斯没有再抬头,二号监视器上显示他又开始专注地干活儿。

音频磁带传出巨大的破碎声、痛苦的撕裂声:人类窒息挣扎的声音和物体掉在地上的混乱喧嚣声,那是拉克曼把水壶、平底锅、盘子和碟子扔到地板上,想要引起巴里斯的注意。巴里斯在一片嘈杂声中继续有条不紊地忙活他的烟斗,没有再抬头看。

在厨房里,一号监视器上,拉克曼突然倒在地板上,不是慢慢地跪到地上,而是扑通一下就呈"大"字形躺在地上。巴里斯继续往大麻烟斗上缠线,一丝讽刺的微笑出现在他的脸上和他的嘴角上。

弗莱德站在那里看着,震惊、激动、麻木的感觉同时涌上心头。他伸手去拿监视器旁边的警务电话,但又停了下来,继续观察。

几分钟后,拉克曼一动不动地躺在厨房地板上,而巴里斯还在没完没了地缠线。巴里斯弯着腰,就像个专心织毛衣的老太太,自个儿面带微笑,一直都在微笑,忙活着一些无聊的小事。这时,巴里斯突然扔下大麻烟斗,站了起来,急促地看向拉克曼倒在厨房地板上的身影,他旁边散落着破碎的玻璃水杯,盘子和碟子一片狼藉。然后巴里斯突然露出一脸惊恐的表情。他扯掉墨镜,可笑地瞪大了眼睛,惊慌无助地挥动手臂到处跑来跑去,然后向拉克曼冲去,停在距离他一米的地方,又气喘吁吁地跑了回来。

弗莱德心想,他只是装模作样。他装出事故后惊慌失措的样子,仿佛刚刚来到现场。在二号监视器的立方体上,巴里斯身体扭曲,悲伤地喘息着,他的脸变成暗红色,接着他跌跌撞撞地走向电话,猛地抓起听筒,又失手将其摔落。他用颤抖的手指抓起听筒……弗莱德意识到,他刚刚发现拉克曼独自一人在厨房里,马上就要被一块食物噎死;没有人能听到他的声音或帮助他。现在巴里斯在拼命寻求帮助。太晚了。

在电话里,巴里斯用一种奇怪的高音慢慢地说:"接线员,可以接通人工呼吸器急救队或复苏急救队吗?"

"先生。"弗莱德的电话扬声器里发出嘎嘎的声音,"有人无法呼吸吗? 你希望——"

"我相信这是一次心脏骤停。"巴里斯现在用紧急、专业、冷静的低音对着电话说,从他的声音中完全能听出情况严重、非常危险、时间紧急,"也可能是无意中吸入了块状物体——"

"先生,请问地址是哪儿?"接线员打断他。

"地址,"巴里斯说,"让我看看,地址是——"

弗莱德站了起来,大声说:"上帝啊!"

突然,拉克曼躺在地上伸展手脚,痉挛着呼出一口气。他开始颤抖,然后把堵住喉咙的东西呕吐出来,他在地上剧烈地扭动,睁开了眼睛,眼神一片茫然。

"呃,他现在似乎没事了。"巴里斯对着电话流畅地说,"谢谢你,我们不需要任何帮助了。"他迅速挂断电话。

"哎呀,"拉克曼坐起来口齿不清地说,"见鬼。"他呼呼喘气,伴随着咳嗽,挣扎着呼吸空气。

"你还好吗?"巴里斯问道,语气很紧张。

"我肯定是窒息了。我昏过去了吗?"

"不完全是,但你确实进入了另一种意识状态,只有几秒钟。可能是阿尔法状态。"

"天哪!我把自己搞得脏兮兮的!"拉克曼努力站起来,一副虚弱无力的样子,他头晕目眩地来回摇晃,最后不由得用手扶住墙。"我真够颓的,"他厌恶地咕哝着,"就像个老醉鬼一样。"他步伐不稳地走到水槽边打算洗一洗。

看着这一切,弗莱德的恐惧消失了。这家伙会没事的。虽然拉克曼已经恢复正常,但是巴里斯!他到底是什么人?太奇怪了,他想。多么古怪的家伙。他就那样束手坐视,究竟在想什么?

"那样死掉也不是不可能。"拉克曼一边说一边把水槽里的水泼到自己脸上。

巴里斯笑了。

"我体质非常强壮。"拉克曼用杯子大口喝水,"我躺在那儿的时候你在干什么?溜之大吉?"

"你也看到我在打电话,"巴里斯说,"呼叫急救人员。我采取行动——"

"胡扯，"拉克曼愠怒地说，继续大口吞下干净的清水，"我知道如果我死掉了你会怎么做——你会偷走我的积蓄。你甚至会来翻我的口袋。"

"这太神奇了，"巴里斯说，"人体构造存在局限性，食物和空气必须共用同一个通道。所以风险——"

拉克曼默默地用手指捅了他一下。

尖厉的刹车声，喇叭声。鲍勃·阿克托在夜晚的车流中迅速扭头看过去。路边停着一辆跑车，引擎还在运转，里面有个女孩在向他招手。

堂娜。

"上帝啊。"他大步走向路边。

堂娜打开名爵汽车的车门说："我吓到你了吗？我在去你家的路上，刚好从你旁边经过，然后突然发现那个同一方向前进的人是你，于是我又掉头回来。上车吧。"

他默默地上了车，关上车门。

"你为什么在外面瞎转悠？"堂娜说，"因为你的车还没有修好吗？"

"我只是出现了奇怪的麻木感，"鲍勃·阿克托说，"不像是吸毒致幻状态。而是……"他颤抖了一下。

堂娜说:"我有你要的东西。"

"什么?"他说。

"一千剂'慢死'。"

"'慢死'?"他重复了一遍。

"是的,高级'慢死'。我最好开车去。"她换到低速挡,开到外面街道上,几乎立即飙升到很高的速度。堂娜总是开得太快,与前车车距太近,幸亏她驾驶技术不错。

"该死的巴里斯!"他说,"你知道他是怎么干的吗? 如果他想让任何人死掉,他不会直接杀死他们。他就只是在旁边转悠,直到他们面临死亡。他就干坐在那里,静待他们死去。事实上,他会安排他们死去,而他自己置身事外。但我不知道他是怎么做到的。无论如何,该死,他们是被他谋杀的。"他沉默不语,陷入深思。"比如说,"他说,"巴里斯不会用塑料炸药引爆你的汽车的点火系统。他所做的事情——"

"你有钱吗?"堂娜说,"买毒品的钱? 真的是高级货,我现在需要钱。我今晚必须买下来,因为我还得去拿别的东西。"

"当然。"他钱包里有钱。

"我不喜欢巴里斯,"堂娜一边开车一边说,"而且我不相信他。你知道,他是个疯子。当你在他身边时,你也会变疯;当你不在他身边时,你就没问题。你现在就疯了。"

"是吗?"他吃惊地问。

"是的。"堂娜平静地说。

"好吧,"他说,"上帝啊。"他不知道该怎么说。尤其是因为堂娜说的话从来没错过。

"嘿,"堂娜充满热情地说,"你能带我去听摇滚音乐会吗? 下星期在阿纳海姆市体育馆? 可以吗?"

"当然。"他机械地说。然后他突然反应过来堂娜刚才说了什么——让他带她出去玩。"好的! 好的!"他高兴地说,整个人又活了过来。他深爱的这个黑发小妞又一次使他找回了心里的爱,"哪天晚上?"

"星期日下午。我会带些浓缩油黑大麻,好好爽一把。他们不会发现有什么不一样。那里会有成千上万的人。"她瞥了他一眼,语气有点儿不满,"但是你必须穿一身整洁的衣服,你有时候穿得过于前卫了。我的意思是——"她的声音变得柔和,"我希望你看起来很帅,因为你本来就很帅。"

"好的。"他已经被她迷住了。

"我带你到我那儿去。"堂娜说边开着她那辆小汽车在夜色中飞驰而过,"你肯定有钱,给我点儿钱,然后我们来上几片毒品,一起放松,享受真正的快乐。也许你愿意再买一瓶金馥力娇酒,我们可以一起喝得醉醺醺的。"

"哇哦!"他真心诚意地感叹道。

"我今晚真正想做的事情,"堂娜一边说一边转弯驶入她家那条街,开进车道,"是去汽车影院看电影。我买了张报纸想看看现在都有什么电影上映,但除了托伦斯汽车影院都没什么有意思的,而且现在已经开始了。五点半就开始了。真是讨厌。"

他看了看手表,"那我们会错过——"

"不,我们还能看到大部分内容。"她对他露出一个热情的微笑,停好车关掉引擎,"是全系列'人猿星球',一共十一部;他们从晚上七点半开始,一直放到明天早上八点。我会直接从汽车影院去上班,所以我现在得换衣服了。我们整夜坐在车里看电影,喝金馥力娇酒。哇,你喜欢吗?"她满怀希望地看着他。

"好啊。"他回应道。

"对,对,对。"堂娜蹦蹦跳跳地走过来帮他打开他那边的小车门,"你最后一次看'人猿星球'系列电影是什么时候? 我今年早些时候看了其中大部分,但放到最后几部时我病了,就断掉了。都是因为汽车影院里卖的火腿三明治。真是气死我了,我错过了最后一部电影,里面透露历史上所有的名人,比如林肯和尼禄,其实暗地里都是人猿,从一开始就操控了整个人类历史。这也是为什么我现在很想再看一遍。"他们朝她家前门走去时,她放低了声音,"他们卖的火腿三明治真是让我火大,所以我

——别出卖我——后来我们又去了拉哈布拉那家汽车影院,我把一枚弯曲的硬币塞进投币口,又往其他自动售货机里也塞了好几枚。我和拉里·泰林——你记得拉里吗?我和他一起去的——用他的虎钳和大扳手弄弯了一大堆二十五美分和五十美分的硬币。当然,我确定所有的自动售货机都是同一家公司的,这显而易见,我们搞坏了一大堆机器,说实话,是几乎所有的机器。"在昏暗的光线中,她用钥匙认真地慢慢打开前门。

"千万不能惹恼你,堂娜。"他们走进她整洁的小家。

"不要踩在地毯上。"堂娜说。

"那我走哪儿?"

"站着别动,或者走在报纸上。"

"堂娜——"

"现在可别跟我抱怨为什么必须走在报纸上。你知道洗地毯要花多少钱吗?"她站起来解开夹克衫。

"节俭,"他也脱下自己的外套,"法国农民的节俭。你扔掉过任何东西吗?你是不是留着所有没用处的短线头——"

"总有一天,"堂娜说,皮夹克从她身上滑下去,她抖动长长的黑发,"我会结婚,到时候这些东西就有用了,我储存的东西。等你结婚时,你会需要所有的东西。就像我们看到隔壁院子里有面大镜子,我们三个人花了一个多小时才把它从栅栏那边搬过来。总有一天——"

"你储存的东西有多少是你买的,"他问,"有多少是你偷的?"

"买?"她不确定地看着他的脸色,"你说的买是什么意思?"

"就像你买毒品一样,"他说,"毒品交易。就像现在一样。"他掏出钱包,"我要给你钱,对吧?"

堂娜点点头,乖巧(其实更多的是出于礼貌)而端庄地看着他,表现得有点矜持。

"然后你交给我一些毒品。"他拿着钞票说,"我说的买,意思就是把我们现在毒品交易的方式,扩展到人类商业交易这个更广泛的世界中。"

"我想我明白了。"她那双大大的黑眼睛温和又机灵。她愿意学习。

"就像那天你紧跟一辆可口可乐卡车——你偷了多少瓶可乐? 有多少箱?"

"足够喝一个月的,"堂娜说,"足够我和我的朋友们一起喝一个月。"

他一脸责备地瞪着她。

"这是一种以货易货的方式。"她说。

"你能——"他开始笑起来,"你能用什么交换?"

"我用我自己交换。"

现在他大声笑了起来，"给谁？那些卡车司机？他们很可能还得找补你点儿——"

"可口可乐公司是一种资本主义垄断。除了他们没有其他公司可以生产可乐，就像你打电话就要通过电话公司。他们都是资本主义垄断。你知不知道——"她的黑眼睛闪了一下，"——可口可乐的配方是个代代流传、仔细保守的秘密，只有那个家族里的少数几个人知道，如果知道配方的最后一个人死去，世界上就再也没有可口可乐了。所以肯定有一份书面备份的配方保存在安全的地方，"她若有所思地补充道，"我想知道在哪儿。"她自言自语，眼睛闪闪发光。

"你和你盗窃团伙的朋友们永远不可能找到可口可乐的配方。一百万年都不可能。"

"如果你能从卡车上偷到可乐，他妈的谁还想生产可口可乐？他们有很多卡车。你看到卡车不断驶过，车速真的很慢。我一有机会就紧跟在后，这会让他们很生气。"她对他露出一个狡猾、可爱、有点儿顽皮、藏着秘密的微笑，仿佛想要引诱他进入她那个奇怪的现实世界。在那里，她一直紧跟一辆缓慢行驶的卡车，变得越来越焦躁、越来越不耐烦，当卡车停下时，她没有像其他司机一样超车飞速驶过，而是同样停下车，偷走卡车上所有的东西。不是因为她是个小偷，甚至也不是为了报复，而是因为卡车终于停下之前，她已经盯着可乐箱看了很久，已经想明白自己能用这些东西做什么。她从不耐烦变回足智多谋。她在自己的汽车里装满板条箱和可乐箱——不是名爵汽车，而是她当时开的一辆比较大的科迈罗汽车，那会儿还没报废——然后她和她所有的狐朋狗友喝了一个月的免费可乐，而在那之后——

她还到不同的商店里用空瓶换回押金。

"瓶盖你是怎么处理的？"他曾经问过她，"把它们用薄纱包起来，藏在雪松木的柜子里？"

"我把它们扔掉了，"堂娜闷闷不乐地说，"可乐瓶盖完全没什么用。没有奖金或别的什么。"现在她消失在另一个房间里，随后拿着几个塑料袋回来。

"你想数一下吗？"她问道，"这里肯定有一千个。我付钱之前用小秤称过了。"

"没问题。"他接过袋子，而她接过钱。

他想，堂娜，我可以把你送进监狱，但无论你做了什么，无论你怎样对我，我永远不会把你送进监狱，因为你身上有一种奇妙、甜蜜、充满活力的东西，我永远不会毁了它。我无法理解它，但它就在那里。

"我能拿十个吗？"她问。

"十个？你要十片？当然可以。"他打开一个塑料袋——那东西很难解开,但他干这个很熟练——数出刚好十个给她。然后又数出十个给自己。他又把塑料袋系好,拿着所有的袋子走向他挂在衣橱里的外套。

"你知道现在他们在盒式磁带商店里是怎么做的吗?"他回来时堂娜充满活力地说。那十片已经不见了,她把它们藏了起来,"针对磁带?"

"他们会逮捕你,"他说,"如果你偷磁带的话。"

"一直都是那样。现在他们的做法——你知道,你把唱片或磁带拿到柜台,店员会去掉粘在上面的小标签。好吧,你猜怎么着,猜猜我是怎么发现这个麻烦的?"她扑通一下在椅子上坐下,满怀期待地咧嘴笑着,拿出一个锡纸包装的小立方体,她还没打开,他就看出那是一小块浓缩大麻。"那不仅仅是粘上去的价格标签。里面还有某种合金碎片,如果柜台的店员没有去掉那个标签,而你想带着那东西出门,警报就会响。"

"你是怎么发现这个麻烦的?"

"我前面有个时髦女孩在外套下面藏了一盒磁带,想带出去,警报响了,他们抓住她叫来了条子。"

"那你的外套里藏了多少?"

"三盒。"

"你车里有毒品吗?"他说,"一旦他们抓住你偷窃磁带,他们会扣押你的车,而你会被带到市中心拘留,你的汽车按惯例会被拖走,然后他们会发现毒品,并为此把你送进监狱。我敢打赌你说的那店不在本地,我敢打赌你动手那地方——"他刚开始想说,你不知道那地方执法部门的什么人会介入。但他不能这样说,因为他指的是自己。万一堂娜被逮捕,如果跟他有任何牵扯,他会拼命想办法帮她。但如果在洛杉矶,他就什么也做不了。如果真的发生了这种事,终究会发生的,最后还是会发生的:他距离太远,什么也听不到、帮不了。他脑海中开始滚动播放一幅场景,一种恐怖的幻想:堂娜,就像拉克曼一样,她死去时没有人知道、没有人关心、没有人为她做什么。也许他们听到了,但他们像巴里斯一样无动于衷、毫无反应,直至她彻底完蛋。她不是真的会死掉,像拉克曼那样——他死了吗? 他的意思是,有可能会死掉。但她对D物质上了瘾,她不仅会被关进监狱,还必须戒毒,突然彻底断掉毒品。而且因为她也贩毒,而不只是吸毒——这也是偷窃的代价——她会被关进监狱很长一段时间,还有很多别的事情,可怕的事情,会发生在她身上。等她出来以后,她会变成另一个堂娜。她那种柔和细腻的表情(他一看就懂)、她那种温暖——都会被变成天知道什么样子;不管怎样,有些东西会被清空,有些会被大量消耗。堂娜会变成一具行尸走肉;他们所有人终有一日都会变成那样,但是堂娜,他希望在她一生中都不要变成那样。所以不要去他帮不上忙的地方。

"很有勇气(Spunky),"他不高兴地对她说,"不会害怕(Spooky)。"

"那是什么?"过了一会儿她明白了,"哦,那个沟通分析治疗。但是当我抽浓缩大麻时……"她拿出自己那个瓷质圆形小烟斗点燃,它看起来像个沙海胆,是她亲手做的。"我会发困(Sleepy)。"她抬起头看向他,眼睛亮亮的很开心,她笑了起来,把那个宝贵的浓缩大麻烟斗递给他。"我给你来一剂强劲的,"她说,"坐下。"

他坐下来,而她站起身,抖擞精神吸了一口大麻烟斗,然后摇摇晃晃地朝他走去,弯下腰。他张开嘴——好像一只小鸟,他想,她这样做的时候总是令他产生这种感觉。她使劲向他吹出一股灰色大麻烟,让他全身充满她那种火辣、大胆、任性的能量,这同时也是一种镇静剂,使他们两人一起放松身心、感到快乐:她把大麻传递给他,鲍勃·阿克托负责接收。

"我爱你,堂娜。"他说。这种传递毒品的过程,仿佛能够代替两人之间的性关系,也许这样更好;如此宝贵,如此亲密,从某个角度看又非常奇怪,因为先是她让那东西进入他体内,然后,如果她愿意的话,他也让那东西进入她体内。甚至彼此交换,来来回回,直到浓缩大麻用光。

"是的,我明白,你爱上我了。"她在他旁边坐下咧嘴一笑,自己从大麻烟斗里吸了一口。

9

"嘿,堂娜,伙计。"他说,"你喜欢猫吗?"

她眨了眨红红的眼睛,"到处撒尿的小东西。在地面上空三十厘米处跑来跑去。"

"上空? 不,应该是在地上。"

"会撒尿,在家具后面。"

"那么,迎春花呢?"他说。

"知道。"她说,"我明白——小小的迎春花,黄色的,开得最早的花。"

"比任何花都早。"他说。

"是的。"她点点头,闭上眼睛,陷入吸毒致幻状态,"在有人踩到它们之前,它们就——消失了。"

"你懂我,"他说,"你可以读懂我。"

她向后靠去，放下大麻烟斗。它已经熄灭了。"不再懂了。"她脸上的笑容慢慢消失。

"怎么了？"他问。

"没什么。"她摇摇头，仅此而已。

"我可以用胳膊搂着你吗？"他说，"我想拥抱你，可以吗？就是，抱抱你，可以吗？"

她睁开疲倦的黑眼睛，瞪得圆圆的，眼神没有焦点。"不，"她说，"不行，你太丑了。"

"什么？"他问。

"不行！"她说，现在她的眼神锐利起来，"我吸了很多可卡因，我必须非常小心，因为我吸了很多可卡因。"

"丑！"他对她大发雷霆，"该死的，堂娜！"

"别碰我的身体！"她瞪着他说。

"当然，"他说，"当然。"他站起来后退了一步，"你最好真的这么想。"他想出去，从汽车仪表盘储物箱里拿出手枪，对着她的脸开枪，把她的头盖骨和眼睛炸成碎片。但浓缩大麻带来的这股仇恨和愤怒随即消失了。"见鬼。"他沮丧地说。

"我不喜欢别人碰我的身体，"堂娜说，"我必须注意这方面，因为我吸了那么多可卡因。总有一天，我会按计划带着两千克可卡因穿越加拿大边境，就把它藏在我的隐私部位。我会说我是个天主教徒,也是处女。你要去哪里?"这时她感到有点儿惊慌,半撑起身子。

"我要走了。"他说。

"你的汽车还在你家那边。我开车送你。"女孩挣扎着站起来,头发乱蓬蓬的,迷迷糊糊、半梦半醒,她走向壁橱去拿她的皮夹克,"我开车送你回去。但你得知道我为什么要保护我的隐私部位。两千克可卡因价值——"

"见鬼,算了吧。"他说,"你这样子开不了三米远,你从不让别人开你那辆小溜冰鞋。"

她面对他疯狂地喊道:"见鬼,那是因为没有任何人能开我的车! 没有人能搞定它,尤其是没哪个男人能! 无论是开车还是别的什么! 你把你的手放在我的——"

后来,他漫步走在外面的夜色中,身上没穿外套,他对城里这一带很陌生。无人相伴,独自一人,他想。然后他听到堂娜匆匆忙忙地跟在后面,想要追上他。她气喘吁吁,因为抽了太多浓缩大麻,这会儿她的肺里有一半地方塞满大麻脂。他停了下来,没有转身,只是站在那里等着,心情真的非常沮丧。

堂娜接近他时放慢了脚步,气喘吁吁地说:"我真的非常非常抱歉,我说的那些话伤害了你的感情。我脑子不清楚。"

"是的,"他说,"太丑了!"

"有时我工作一整天之后,非常非常累,刚刚吸完大麻脑子不清楚。你愿意回来吗? 或者怎么办呢? 你想去汽车影院吗? 还有金馥力娇酒,我买不了……他们不会卖给我的。"她停顿了一下,"我还没成年,对吧?"

"好吧。"他说。他们一起往回走。

"那肯定是很棒的浓缩大麻,不是吗?"堂娜说。

鲍勃·阿克托说:"那是很棒的浓缩黑大麻,也就是说它饱含鸦片生物碱。你吸的其实是鸦片,而不是浓缩大麻——你知道吗? 这就是为什么它这么贵的原因——你知道吗?"他听到自己声音变高,便停下了步子,"亲爱的,你不是在抽大麻。你是在抽鸦片,其代价是终生上瘾……现在五百克'浓缩大麻'卖什么价? 你抽了这东西会打盹,一直打盹,没办法启动汽车,会追尾前面的卡车,你每天上班前都需要它——"

"我现在就需要,"堂娜说,"上班之前先来一口。中午刚到家又要抽一次。这就是为什么我得做这个生意的原因,为了给自己买浓缩大麻。浓缩大麻令人快活无比,它就是这样。"

"这是鸦片。"他重复了一遍,"浓缩大麻现在什么价?"

"大约一万美元五百克,"堂娜说,"高档的。"

"上帝啊! 和海洛因一样贵。"

"我永远不会注射。我以前没试过,以后也绝对不会。如果你开始注射,只能坚持大约六个月,无论你注射的是什么。哪怕是自来水。你会上瘾——"

"你已经上瘾了。"

堂娜说:"我们都一样。你会摄入D物质。所以呢?这有什么区别?我很开心,你不开心吗?我每天晚上回家抽高级浓缩大麻……这是我的迷幻时间。不要想改变我,千万不要试图改变我,无论是我还是我的道德观念。我就是我。我要靠浓缩大麻寻找刺激。这是我的生活。"

"你见过抽鸦片的老烟鬼的照片吗?中国古代那些人?或者现在印度的大麻烟鬼,他们到了晚年看起来都是什么样子?"

堂娜说:"我没打算活太久。那又怎样?我并不想活那么长时间。难道你想吗?为什么?这个世界上都有什么?你是否曾经见过——见鬼,看看杰瑞·法班,看看对D物质严重成瘾的人是什么样。这个世界上究竟有什么,鲍勃?这是我们前往下一站前暂时停留的地方,他们在这里惩罚我们,因为我们生来有罪——"

"你是个天主教徒。"

"我们正在这里接受惩罚,所以,如果我们什么时候可以离开这里进入下一段旅程,见鬼,赶紧动身吧。前几天我开着我的名爵汽车去上班时,差点儿出车祸。当时我开着八轨立体音响,正在抽大麻,没有看到开着1984福特皇帝车的那位老兄——"

"你真蠢，"他说，"太愚蠢了。"

"我呢，你知道，早就走在作死的道路上。总之，不管我干什么都是作死，很可能是在高速公路上超速。我的名爵汽车几乎没刹车，你明白吗？今年我已经收到四张超速罚单。现在我得去驾校了。真是太糟了，要整整六个月。"

"所以终有一日，"他说，"我突然就再也见不到你了。对吗？再也见不到。"

"因为驾校？不，六个月以后——"

"你会躺在大理石墓园里。"他解释道，"根据美国加利福尼亚州的法律，该死的加利福尼亚州法律，在你满了可以购买啤酒或烈酒的年龄之前，你就会从这世上消失。"

"对了！"堂娜惊叫一声，"金馥力娇酒！就现在！我们要不要去买一瓶金馥力娇酒，然后去看'人猿星球'？我们去吧？大概还剩八部，包括那部——"

"听我说。"鲍勃·阿克托抓住她的肩膀。她本能地挣脱。

"不。"她说。

他说："你知道他们应该让你试一次吗？也许只有一次？让你合法地进去，买一罐啤酒，只有一次。"

"为什么？"她惊讶地问。

"作为送给你的礼物，因为你是个好孩子。"他说。

"他们曾经让我试过一次!"堂娜高兴地叫了起来,"在酒吧里! 鸡尾酒女侍者问我——当时我打扮得漂漂亮亮的,好像和一些人在一起——问我要点儿什么,我说'我要一杯伏特加柯林斯。'她就给我端来了。那次也是在拉巴斯,可真是个好地方。哇,你能相信吗? 我是从广告里记住伏特加柯林斯的,所以如果我在酒吧里点这个,听起来会很酷。对吗?"她突然伸出手臂挽着他一起走,她几乎从来没做过这样的事情,"那是我一生中最棒的一次经历。"

"那我猜,"他说,"你已经拿到礼物了。你那唯一的礼物。"

"我明白,"堂娜说,"我能明白! 当然,他们后来告诉我——和我在一起的那些人告诉我——我应该点墨西哥饮料,比如龙舌兰日出,因为,你看,那是拉巴斯的一家墨西哥酒吧。下次我就知道了,我已经把这个录进我的记忆磁带里,如果下次还能再去那里。你知道我以后要做什么吗,鲍勃? 我要搬到北边的俄勒冈州,生活在雪中。我要每天早晨去铲除房子前面人行道上的积雪。我会有个小房子,还有个花园种蔬菜。"

他说:"那你得为了这个攒钱,你需要省下所有的钱。那里的房子很贵。"

堂娜看了他一眼,突然害羞起来,她说:"他会给我的,无论他是谁。"

"谁?"

"你知道。"她用柔和的声音分享她的秘密。她会把这个告诉他,是因为鲍勃·阿克托是她的朋友,她可以信任他。"我命中注定的那个人。我知道他是什么样子——他会开一辆阿斯顿-马丁,带我坐着这辆车去北方。那里会有一座老式的小房子,在雪中,在北方。"她停顿一下说,"雪是很美好的东西,不是吗?"

他说:"你不知道吗?"

"我从来没有见过雪,除了有一次爬到圣伯多禄那些山上,雪里夹杂着一半冰疙瘩和泥巴,见鬼,我还摔倒了。我不是指那样的雪,我是指真正的雪。"

鲍勃·阿克托心情有些沉重,他说:"你对于这一切感到很乐观? 真的能实现吗?"

"会实现的!"她点点头,"这是我命中注定的。"

他们默默地走着,回到她的住处,坐进她的名爵汽车。堂娜还沉浸在自己的梦想和计划中;而他——他回忆起巴里斯,回忆起拉克曼和汉克,还有安全公寓,他回忆起弗莱德。

"嘿,伙计。"他说,"我能和你一起去俄勒冈州吗? 等你出发的时候。"

她对他露出一个微笑,带着满满的温柔,但答案是否定的。

他明白这是她的真心话,他了解她;而且她的心意不会改变。他颤抖了一下。

"你冷吗?"她问。

"是的,"他说,"很冷。"

"我车里有个不错的名爵加热器,"她说,"等我们到了汽车影院……在那儿你会暖和起来的。"她抓起他的手,捏了捏,握住。然后,突然之间,她放开了手。

但她带来的那种真实的触感存在于他内心深处。历久犹存。在他整个一生中,没有她的漫长岁月中,即使再也见不到她的身影,听不到她的消息,了解不到关于她的任何事情,也不知道她是否还活着,是否快乐,是否已经去世或者怎样,只有那次接触就此锁在他心里,封死在他心里,永远不会消失。那是他第一次触到她的手。

那天晚上,他把一个名叫康妮的可爱小妞带回家,她是个注射吸毒的瘾君子,他给了她一包十剂墨西哥麻醉剂,作为交换跟她上床。

那个瘦骨嶙峋、头发稀疏的女孩坐在床边,梳着自己剩下那点儿头发,这是她第一次跟他回来——他是在一个瘾君子聚会上遇见她的——虽然已经拿到她的电话号码好几周,但他对她几乎没什么了解。作为一个注射吸毒的瘾君子,她肯定是性冷淡的,但这并不是一件令人沮丧的事;自己感受不到乐趣使她对于性生活漠不关心,但另一方面,她也不介意是什么样的性行为。

这一点只要看看她就很明显。康妮衣裳半褪坐在那里,鞋子已经脱掉,嘴里叼着个发夹,她面无表情地凝视前方,显然沉浸在自己脑海中的世界。她脸型瘦长、骨骼突出,蕴含着一种力量。他觉得这很可能是因为骨骼线条冷硬,尤其是明显的下颌线。她右脸颊上长了一颗青春痘。毫无疑问,她根本不在乎,甚至都没注意到。就像性行为一样,青春痘对她来说没什么意义。

也许她觉得没什么区别。也许对她来说,对一个长时间注射吸毒的瘾君子来说,性行为和青春痘是类似的,甚至一样的。通过这样的想法,他想,仿佛稍微窥见注射瘾君子的大脑。

"你有牙刷可以给我用吗?"康妮的头开始微微晃动,小声嘟囔,注射成瘾者晚上这个时间都会这样,"啊,去他的——牙齿就是牙齿。我得刷牙……"她的声音变得低沉,他听不见她在说什么,但他从她嘴唇的运动中能看出她还在喋喋不休。

"你知道浴室在哪儿吗?"他问她。

"什么浴室?"

"这座房子里有浴室。"

她打起精神,又开始条件反射地梳头,"这么晚还在外面的那些家伙是谁？卷大麻烟，喋喋不休地说话。我猜他们和你住在一起，肯定的，那种人就是这样。"

"他们两人确实如此。"阿克托说。

她死鱼一样的眼睛转向他，盯着他看。"你是同性恋吗？"康妮问。

"我可不是。这就是为什么你今晚会在这里。"

"你曾经努力抵抗过那种性倾向吗？"

"你最好相信这一点。"

康妮点了点头，"是的，我想我马上就会知道了。如果你是一个潜在的同性恋者，你可能想让我采取主动。躺下，我来做。要我替你脱衣服吗？好吧，你就躺在那里，全都由我来做。"她朝他的拉链伸出手。

后来，他在半明半暗的房里昏昏沉沉地躺着——可以说是因为他自己那剂毒品。康妮在他身边打鼾，她仰面躺着，手臂放在一侧，露在被子外边。他能模模糊糊地看见她。他们睡得就像吸血鬼德古拉伯爵，他想，瘾君子都是这样。他们一直都直挺挺的，然后突然坐起来，就像一台机器从 A 位置转到 B 位置。"肯定——到——白天——了。"瘾君子说，或者他脑袋里的磁带说。播放他的指示，瘾君子的思想就像收音机闹钟传来的音乐……有时候听起来很好听,但它的存在只是为了让你做些事情。收音机闹钟的音乐会把你叫醒;瘾君子的音乐则会把你变成某种工具——为他提供更多垃圾物质的工具,无论你提供的是什么。他,作为一台机器,会把你变成他的机器。

每一个瘾君子,他想,都是收音机闹钟。

他又开始打瞌睡,思考这些糟糕的事情。最终,吸毒者如果是个女人,除了她的身体也没别的东西可卖。就像康妮,他想,这里的康妮。

他睁开眼睛,转向身边的女孩,他看见了堂娜·霍索恩。

他立刻坐了起来。堂娜!他想。他能清楚地认出她的脸,毫无疑问。上帝啊!他想,然后伸手去摸床头灯。灯被他的手指碰倒,掉了下去。但那个女孩还在睡。他仍然盯着她看,然后他逐渐再次认出康妮,瘦削的脸庞,惨白的下颌,瘾君子摄入毒品后迷幻而憔悴的面孔——是康妮,而不是堂娜;是这个女孩,而不是另一个女孩。

他又痛苦地躺回去睡觉,心里琢磨着这意味着什么,在黑暗中反复想了又想。

"我不在乎他臭不臭,"后来旁边的女孩喃喃自语,她在熟睡中说着梦话,"我爱过他。"

他想知道她指的是谁。男朋友?她的父亲?一只猫?童年珍贵的玩具？也许所有的都是，他想。但她说的是"我爱过"，而不是"我仍然爱"。显然，不管那是谁或者是什么，如今已经不在了。也许，阿克托想，他们（无论他们是谁）迫使她把其扔了出去，因为他臭得厉害。

很可能是这样。他心想，这个在他身边沉睡时想起往事的吸毒女孩，不知她当时多大。

10

弗莱德穿着干扰服,坐在一组全息回放视频面前,看着吉姆·巴里斯在鲍勃·阿克托的起居室里读着一本关于蘑菇的书。为什么是蘑菇?弗莱德心想。他加快磁带播放速度,快进到一小时后,巴里斯还坐在那里,专心致志地看书、做笔记。

很快,巴里斯放下书离开房子,超出了扫描范围。他回来时带了个棕色的小纸袋,放在咖啡桌上打开。他从里面拿出一些干蘑菇,然后开始一个个与书中的彩色照片进行比较。他极为慎重地比较了每一颗蘑菇,这种态度对他来说可不常见。最后他把一个很难看的蘑菇放到一边,其他的收回袋子里;他从口袋里掏出一把空的胶囊,然后以同样谨慎的态度开始把那个特殊的蘑菇弄碎,往每个胶囊里塞进一小块,然后依次密封。

之后,巴里斯开始打电话。电话窃听器会自动记录他拨打的号码。

"喂,我是吉姆。"

"怎么?"

"我说,我搞到些东西。"

"不,见鬼。"

"墨西哥裸盖菇。"

"那是什么?"

"南美神秘宗教数千年前使用的一种罕见的致幻蘑菇。吃了它之后,你会飞,你会变成隐形人,能听懂动物的语言——"

"不用了,谢谢。"电话挂掉。

再次拨号,"喂,我是吉姆。"

"吉姆? 吉姆是谁?"

"留着胡子……戴绿色墨镜,穿皮裤。我碰巧在旺达见过你——"

"哦,是的。吉姆。没错。"

"你对有机迷幻药感兴趣吗?"

"嗯,我不知道……"他有些不安,"你真的是吉姆吗? 你听起来不像他。"

"我搞到了一些难以置信的东西,一种稀有的有机蘑菇,来自南美洲,是几千年前印第安神秘宗教中使用的。吃了它之后,你会飞,你会变成隐形人,你能让汽车消失,你能理解动物的语言——"

"如果停放在可能被警察拖走的禁止停车区,我的汽车肯定会消失。哈哈!"

"我可以卖给你大概六粒这种裸盖菇胶囊。"

"多少钱?"

"一粒胶囊五美元。"

"太贵了!不是开玩笑吧?嘿,我在什么地方跟你见一面吧。"然后他有些怀疑,"你知道,我相信我还记得你——你骗过我一次。你从哪儿弄来这些蘑菇的?我怎么知道那不是迷幻剂?"

"它们是被藏在泥制佛像里带到美国的。"巴里斯说,"一批精心保护的艺术品被送到博物馆,这个佛像专门做了标记。海关那些条子从来没有怀疑过。"巴里斯补充道,"如果它们不能让你陷入幻觉,我会退钱给你。"

"好吧,要是我的脑袋被吃掉了,然后我被挂在树上荡来荡去,这玩意儿就没什么用了。"

"两天前我自己吃了一粒,"巴里斯说,"检验了一下效果。那是我最棒的一次迷幻体验——世界五光十色。当然,比致幻剂更好。我不希望我的客户受骗。我总是亲自检验我卖的东西。我可以保证。"

在弗莱德的身后，另一个身穿干扰服的人也正在看着这个全息监视器，"他在兜售什么？他说的是致幻剂？"

"他把蘑菇装进胶囊里，"弗莱德说，"要么是他采的，要么是别的什么人采的，就长在本地。"

"有些蘑菇含有剧毒。"弗莱德身后的干扰服说。

第三个干扰服也暂时离开自己的全息监视器，和他们站在一起，"某些鹅膏菌含有四种毒素，会导致红细胞裂解。食用后会在两周内死去，没有解毒剂，还会带来难以估量的痛苦。只有专家才能确定他从野外采来的是什么蘑菇。"

"我知道。"弗莱德说，为执法部门标出这段磁带的位置。

巴里斯再次拨号。

"这段违反了什么法规？"弗莱德问。

"广告中的虚假宣传。"另外两个干扰服的中一个说，他们两人都笑了起来，回到自己的屏幕前。弗莱德继续看下去。

在四号全息监视器上，房子前门打开，鲍勃·阿克托满脸沮丧地走了进来，"嗨。"

"你好。"巴里斯边说边把胶囊拢到一起，塞进口袋深处，"你跟堂娜怎么样了？"他笑着问，"各个方面，嗯？"

"好了，滚开。"阿克托在四号全息监视器中走过，稍后他会在卧室里进入五号扫描仪的范围。卧室门被踢开,阿克托拿着好几个装满白色药片的塑料袋走进来,他犹犹豫豫地站了一会儿,把它们塞到床上被子下面看不见的地方,然后脱掉外套。他看起来疲倦而忧伤,脸色很难看。

鲍勃·阿克托独自一人在被子没叠的床边坐了一会儿。他终于摇摇头站起来,犹犹豫豫地站在那儿……然后他捋了捋头发,离开这个房间,他走近巴里斯,被中央起居室的扫描仪拍下。在这段时间里,二号扫描仪上可以看到巴里斯把装蘑菇的棕色袋子藏在沙发垫下面,又把那本关于蘑菇的书放回书架上不显眼的地方。

"你在干什么?"阿克托问他。

巴里斯宣称:"搞研究。"

"研究什么?"

"优美的大自然中某些真菌的特性。"巴里斯笑着说,"跟大胸小妞不太搭,对吗?"

阿克托打量了他一会儿,然后走进厨房插上咖啡壶的插头。

"鲍勃。"巴里斯悠闲地跟在他后面说,"如果我的话冒犯了你,很抱歉。"阿克托等着热咖啡,他在周围转来转去,漫无目的地絮絮叨叨。

"拉克曼在哪儿?"

"我想他是去哪儿偷付费电话了。他带上了你的液压轴千斤顶,一般来说这意味着他要去偷公用电话里的钱,不是吗?"

"我的千斤顶。"阿克托重复了一遍。

"你知道,"巴里斯说,"如果你想把那个小妞骗到手,我可以从专业角度帮助你。"

弗莱德高速放映磁带。最后计时器显示已经过了两个小时。

"把你那该死的房租付清,否则就去干你那该死的活儿,修理脑波显像仪。"阿克托生气地对巴里斯说。

"我已经订购了电阻器——"

弗莱德再次快进磁带。又过了两个小时。

现在,五号全息监视器显示阿克托在卧室里躺在床上,隐约能听到调频收音机闹钟在播放民间摇滚乐。起居室里的二号监视器上只能看到巴里斯,他又开始读那本关于蘑菇的书。很长一段时间内,两个人都没做什么事情。有一次,阿克托起身调高收音机的音量,显然正放到他喜欢的一首歌。在起居室里,巴里斯没完没了地看书,几乎一动不动。最后,阿克托又静静地躺回床上。

电话铃响了。巴里斯伸手把话筒举到耳边。

"喂?"

电话窃听器上显示出来电者的号码,一个男人说:"是阿克托先生吗?"

"是的,我是。"巴里斯说。

这个混账胡闹什么,弗莱德心想。他伸手调高电话窃听器的音量。

"阿克托先生。"身份不明的来电者用一种缓慢低沉的声音说,"很抱歉这么晚打扰你,但你那张支票没能——"

"哦,是的,"巴里斯说,"我一直想给你打电话。情况是这样,先生。我患了严重的肠道型流感,伴有体温下降、幽门痉挛,痉挛……我现在无法支付那张小小的二十美元支票,坦率地说,我也不打算支付。"

"什么?"那个男人没有惊慌,声音嘶哑,带有一种不祥的意味。

"是的,先生。"巴里斯点点头说,"你没听错,先生。"

"阿克托先生。"来电者说,"现在那张支票已经被银行退回两次,你描述的这些流感症状——"

"我想是有人把我给传染了。"巴里斯脸上露出一个大大的笑容。

"我想,"那个男人说,"你就是那种人——"他琢磨着怎么说合适。

"再想想你要说什么。"巴里斯仍然咧嘴笑着。

"阿克托先生。"那个男人说,电话里能听见他呼吸的声音,"我正带着那张支票前往检察官办公室,我想在电话里告诉你一些事,我认为——"

"激发热情,内向探索。再见。"巴里斯挂断了电话。

电话窃听单元会自动记录来电者的电话号码,电路一旦接通,就会产生一个听不见的报警信号。弗莱德从记录仪上读出号码,然后停止播放全息扫描仪的磁带,拿起自己的警用电话,查询那个电话号码。

"恩格莱松锁匠,阿纳海姆市1343港口,"警察信息操作员通知他,"可爱的小伙子。"

"锁匠,"弗莱德说,"好的。"他记下这些内容,挂断了电话。锁匠……二十美元,一笔不小的钱:这意味着店外现场服务——很可能是开车过来配钥匙。"房主"把钥匙丢了。

理论上,巴里斯假扮成阿克托给恩格莱松锁匠打电话,非法配制钥匙,可能是房子的或汽车的,或者两个都有。他会告诉恩格莱松,一整串钥匙都丢了……但锁匠进行安全检查时,突然要求巴里斯提供支票证实身份。于是巴里斯回到房子里,偷走阿克托的一本空白支票簿,写了张支票给锁匠。而这张支票还没结清。但为什么没有呢? 阿克托的账户一直保持收支平衡,这么小的支票肯定能结清。但如果结清的话，阿克托会注意到账单中有一项不是他的支出，也会发现吉姆·巴里斯的所作所为。于是巴里斯在阿克托衣橱底下翻到一本旧支票簿——也可能是以前偷的——对应的银行账户现在已经停用。这个账户已经销户了，支票没有结清。现在巴里斯就遇到麻烦了。

但是为什么巴里斯不能直接过去用现金付清支票？现在债主已经气坏了，一直打电话，最后会把支票送到检察官那里。阿克托会发现的。巴里斯会面对一大堆麻烦。而且巴里斯在电话里说的话已经激怒了债主……他狡猾地进一步激起对方的敌意，锁匠做出什么事都不奇怪。更糟的是——巴里斯对于"感冒"的描述，正是海洛因引起的症状，任何了解这方面知识的人都能听出来。巴里斯在电话中的表现相当于直白地暗示他是个重度瘾君子，结果会怎样？人们会以为这一切都是鲍勃·阿克托干的。

现在锁匠已经知道欠他钱的人是个瘾君子，给他开了张空头支票，还表现得毫不在乎，根本没打算弥补过失。那个瘾君子抱有这种态度是因为他吸毒后陷入迷幻、兴奋、眩晕的状态，这事对他来说根本不重要。这是对美国的侮辱。他是故意的，令人厌恶。

事实上，巴里斯挂断电话之前说的那句话，是引用了蒂莫西·利里当初对当权人物和所有不吸毒正派人的最后通牒。这里是橙郡。到处都是保守的极右伯奇主义分子和民兵，都带着枪。专门寻找这种自讨苦吃的无礼之徒、公开吸毒的瘾君子。

巴里斯给鲍勃·阿克托点了个燃烧弹。他至少也会因为空头支票的事被警察搜查，最坏的情况是面对燃烧弹或其他大规模的报复行动，而阿克托完全不知道将要发生什么事。

为什么？弗莱德心想。他在便笺簿上记下这段磁带的识别码，再加上电话窃听代码。巴里斯为什么要报复阿克托？见鬼，阿克托究竟会面对什么？阿克托以前肯定狠狠地骗过他，弗莱德想。这是纯粹的恶意，小小的、卑鄙的、邪恶的敌意。

巴里斯这家伙，他想，真是个混蛋。他会害死别人。

安全公寓里的另一个身穿干扰服的人打断了他的内心反思。"你认识这些家伙吗？"那个干扰服对着弗莱德面前空无一人的全息监视器做了个手势，"你的卧底任务是混进他们这些人里？"

"是的。"弗莱德说。

"最好想办法警告他们，他们可能会接触毒蘑菇，那个戴着绿色墨镜的傻瓜正在兜售胶囊。你能告诉他们这一点而不暴露卧底身份吗？"

附近另一个干扰服坐在转椅上叫道："他们随时会有人感到

严重反胃——有时这是蘑菇中毒的症状。"

"类似于士的宁?"弗莱德问。他在大脑中冷静地思考着,然后回忆起金伯莉·霍金斯那全是狗屎的一天,他在车里感到恶心,之后——

他的车。

"我会告诉阿克托,"他说,"然后就靠他了。他不会怀疑我。他很老实。"

"也很丑。"一个干扰服说,"他就是那个进门后弯腰驼背,看起来因为毒瘾很难受的人?"

"啊。"弗莱德应道,转身回去看他的全息监视器。哦,该死的,他想,那天巴里斯在路边给我们的胶囊——他的大脑开始感到眩晕,进入两段幻觉,然后直接从中间分裂成两半。接下来他只记得,自己在安全公寓的浴室里拿着一个装满水的纸杯,冲洗自己的嘴巴。仔细想想,我就是阿克托,他想,我就是扫描仪上那个人。犯罪嫌疑人巴里斯在搞事,他和锁匠之间那个奇怪的电话,我想知道,阿克托究竟干了什么才会让巴里斯这样对待他?我很迷惑,我一脑袋糨糊。这不是真的。我无法相信,看着我自己,弗莱德——出现在那里的是没穿干扰服的弗莱德;弗莱德不穿干扰服就是那个样子!

某一天弗莱德也可能服下毒蘑菇碎片,他意识到。他从前几乎不怎么到安全公寓来检查这些全息监视器，但现在他必须得来。

现在弗莱德有胜算，但只算勉强有。

他想，他们交给我一份该死的工作。但如果我不做，他们也会让别人做，从而把事情搞砸。他们会陷害他——陷害阿克托。他们会为了报酬出卖他；他们会把毒品栽赃给他。如果必须有人监视那座房子，他想，最好还是由我来做，虽然存在不利之处，就算只为了保护每个人不要被该死的巴里斯害死，那这份工作也势在必行。

如果是别的警官监视巴里斯的行动，看到了我现在看到的内容，他们会得出结论：阿克托是美国西部最大的毒贩，并建议——上帝啊！——动用我们的秘密武装力量暗杀他。那些黑衣人是我们从美国东部借来的，他们总是鬼鬼祟祟，带着配有瞄准镜的温彻斯特803步枪。新型红外狙击手瞄准镜，配上电子生长弹。那些家伙根本拿不到报酬，甚至没有胡椒博士汽水售货机给他们发钱；他们只能抽签，看看他们中哪一位将成为下一任美国总统。我的上帝，他想，那些笨蛋可以击落天上的一架飞机，并让它看起来像是引擎吸入了一大群鸟的事故。那些电子生长弹——为什么他妈的是我，伙计？他想，他们还会在引擎残骸中留下羽毛的痕迹，他们会做得天衣无缝。

他想，这太糟糕了，得思考这种事。不是作为嫌疑人的阿克托,而是作为……无论是什么的阿克托。目标。我会继续监视他;弗莱德会继续执行他的任务,这样会好得多;我可以编辑、解释,还有做一些"让我们等到他真的干了……"之类的事情。意识到这一点后,他扔掉纸杯,走出安全公寓的浴室。

"你看起来脸色很差。"其中一个干扰服对他说。

"嗯,"弗莱德说,"在我去坟墓的路上发生了一件有趣的事。"他脑海中出现的画面是超音速密集射线发射器导致一位一百四十九岁的地区律师发生致命的心脏骤停,当时他即将重新审理加利福尼亚州发生的一次著名的政治暗杀案。"我距离坟墓只差一点!"他大声说。

"差一点终究还是差一点,"干扰服说,"你并不在那里。"

"哦,"弗莱德说,"是的。没错。"

"坐下,"一个干扰服说,"回去工作,否则你以后就没有星期五可休,只有去领公共救济金了。"

"你能想象把这份工作写在简历上作为一项技能嘛——"弗莱德开始说,但另外两个干扰服其实不怎么感兴趣,他们根本没有听。于是他又坐下来点燃一支香烟,然后再次打开全息监视器的电源。

我应该沿着街道走回房子那里,他决定。就现在,在我被别的事情分心之前,我要考虑一下怎样迅速接近巴里斯,然后开枪打死他。

在职责范围内。

我会说："嘿，伙计。我受伤了——你能帮我一把吗？我会付钱给你。"他会同意，然后我就逮捕他，把他拖到我的车边，扔进里面，开到高速公路上，然后用手枪迫使他从汽车里出来。去挡卡车。我能说他肯定会想跳车逃走。这种事情经常发生。

因为如果不这么做，我不敢碰房子里任何打开的食物或饮料，也不能让拉克曼、堂娜或弗雷克碰，否则我们都会死于毒蘑菇粉末；然后巴里斯会解释说，我们到外面树林里随便捡起这些蘑菇就吃，他想阻止我们，但我们不肯听，因为我们都没上过大学。

即使法院精神病专家发现他因为吸毒头脑不清，已经彻底发了疯，把他扔进监狱关上一辈子，但到那时也早有人被他害死了。他想，比如说，也许是堂娜。也许她会走进房子，处于一种刚吸完浓缩大麻恍恍惚惚的状态，她来找我和我说好要送她的迎春花，而巴里斯会给她一碗自制的果冻，十天后她会在痛苦中挣扎着死去，住进重症监护病房也于事无补。

如果发生那种事，他想，我会把他丢进沸腾的通厕剂里。在浴缸里倒满滚烫的通厕剂，把他丢进去煮熟，只剩下骨头，然后把这些骨头寄给他的母亲或孩子，如果他有的话；如果都没有，就把骨头扔给路边的狗。但无论如何,对那个小女孩来说,一切都太晚了。

他的大脑在幻想中高速运转,很想问另外两个干扰服:不好意思,晚上这个时间我在哪儿能买到四十五千克一罐的通厕剂?

我受够了,他想,然后打开全息监视器,试图不要引起安全公寓里的其他干扰服的注意。

在二号监视器上,巴里斯正在和拉克曼说话,他刚从前门跟跟跄跄地走进来,醉醺醺的,肯定喝了丽波尔酒。"美国酒精上瘾的人——"巴里斯跟拉克曼说,他正在摸索自己的卧室门,想进去撑过这段难受的时间,"要比所有其他药物成瘾的人更多。酒精加上杂质造成的脑损伤和肝损害——"

拉克曼根本没注意到旁边的巴里斯,他在监视器上消失了。祝他好运,弗莱德想。但这法子不可行,用不了多久。因为那该死的家伙就在那里。

但现在弗莱德也在这里。可是弗莱德只能当个事后诸葛亮。除非,他想,除非我把全息磁带倒放。这样我会在巴里斯到达之前先到那里。我所做的事情会早于巴里斯所做的。如果我先到,他什么都做不了。

然后他大脑的另一半开始更冷静地跟他对话,就像另一个自己向他传达更简洁的信息,教他怎样处理这件事。

"想办法先解决那个麻烦——锁匠的支票。"它告诉他,"明天第一件事就是早早地到港口去,用现金把支票换回来。在做其他任何事情之前,先把这件事做了。马上去解决那个麻烦。等到搞定那件事之后,再去做其他更重要的事情。好吗?"好的。他想,这样我才能摆脱困境。先从这件事开始。

他把磁带一直向前快进,直到计时器上显示时间已经到了夜里所有人都睡着的时候。这样的话,他就可以停在这里,结束这个工作日。

现在,屋里灯都灭了,扫描仪靠红外线成像。拉克曼在他的房间里躺在床上;巴里斯也在他的床上;阿克托的房间里,他和一个小妞躺在一起,两人都睡着了。

让我们看看,弗莱德想,会发生什么。她会出现在电脑文件中,因为摄入烈性毒品而陷入迷幻状态,还会卖淫、贩毒。一个真正的失败者。

"至少你不用观察你的监视目标性交。"一个穿着干扰服的人在他身后看了看,然后离开。

"这真是让人松了口气。"弗莱德面无表情地看着床上两个睡着的人,他脑子里还想着那个锁匠,以及他必须做的事情,"我一直讨厌——"

"这种事干起来不错,"另一个干扰服表示同意,"但光看着可不怎么样。"

阿克托睡着了，弗莱德想。同时心里盘算着各种计划。好吧，我很快就能结束；毫无疑问他们还会起床，但那是他们的事。

但他还是继续看下去。鲍勃·阿克托睡觉的画面……没完没了，弗莱德想，一小时又一小时。然后他注意到一些之前没有注意的东西。

那个女人看起来明明就是堂娜·霍索恩，不是别人！他想。那个和阿克托一起躺在床上、睡在被子里的女人。

这不对劲，他想，然后伸手关掉扫描仪。他倒带后再次播放。鲍勃·阿克托和一个小妞，但不是堂娜！是那个瘾君子康妮！他的记忆没错。两个人并排躺在一起，都睡着了。

然后，弗莱德看到康妮冷硬的面孔逐渐融化，变得柔软，出现堂娜·霍索恩的脸庞。

他再次停止播放磁带，坐在那里感到迷惑不解。我不明白，他想。这是——他们管这叫什么？见鬼，就像画面淡出淡入一样！一种电影技术。该死的，这是什么？事先编辑的电视节目？导演用了什么特殊的视觉效果？

他又把磁带倒回去，再放一遍；他在康妮的面孔刚刚开始变化时暂停播放，让全息图像定格在这一帧。

他调整放大：删除所有其他立方体；之前的八个立方体现在

构成一个大立方体。这是一幅夜间场景;鲍勃·阿克托一动不动地躺在床上,那个女孩也静静地躺在他旁边。

弗莱德站起来走进全息立方体,走进三维空间投射中,站在床边仔细观察那个女孩的脸。

处于中间状态,他确认,一半还是康妮,一半已经变成堂娜。我最好把这个传送给实验室,他想,这东西被专业人士篡改了。我播放的是伪造的磁带。

是谁干的?他琢磨着。他从全息立方体中走出来,让它拆分成原来的八个小立方体。他坐在那里继续思考。

有人伪造了堂娜的影像,叠加在康妮上面。伪造证据想证明阿克托睡过那个姓霍索恩的女孩。为什么?优秀的技术人员可以编辑音频或视频磁带,现在——他亲眼见证——也能编辑全息磁带。很难做到,但是……

如果这是个打开-关闭的间隔扫描,他想,我们会看到一系列图片显示阿克托和一个女孩躺在床上,而那个女孩其实是他从来没能以后也不可能搞上床的,但在磁带上却成了事实。

他陷入沉思,也许是通过电子信号实现视觉干扰或中断。他们称之为印制。全息印制是把存储磁带的一部分印到另一部分中。如果磁带静止时间够长,如果之前的记录增益足够高,就能进行印制。天啊,他想。这是把之前或之后场景中的堂娜印制过来，也许是起居室里的堂娜。

我希望进一步地了解这方面的技术，他想。我最好先了解更多的背景，不能急于行动。比如另一个AM调频电台滤波，干涉——

串台，他想。就像那种情况，是偶然性的。

就像电视屏幕上的重影。一种功能性故障。主要是转换器导致的。

他再次播放磁带。康妮再次出现，一直是康妮。然后……弗莱德看到堂娜的脸又融了进来，这一次，床上睡在她旁边的那个男人——鲍勃·阿克托——醒了过来。过了一会儿他突然坐起来，摸索着寻找床头灯的开关；灯光洒在地板上，阿克托一直盯着那个睡着的女孩，睡着的堂娜。

康妮的脸一点点恢复原状，阿克托放松下来，最后他躺了回去，再次入睡。但看起来心神不定。

那么，这就打破了"技术干涉"的理论，弗莱德想。无论是印制还是串台，阿克托也看到了。他醒来，看到这幅画面，目瞪口呆，最后放弃了追究。

上帝啊，弗莱德想。他彻底关掉了眼前的设备。

"我想我已经受够了，"他摇摇晃晃地站起来，"我真的受够了。"

"看到了一些变态性行为,是吗?"一个干扰服问道,"你会习惯这份工作的。"

"我永远没法适应这份工作。"弗莱德说,"我敢打赌。"

11

　　第二天早上,他乘坐黄色出租车来到恩格莱松锁匠的店门口。现在不仅他的脑波显像仪需要修理,他的汽车也一样,他身上带着四十美元现金,心里带着一大堆担忧。

　　这家店的装修是古老的实木风格,标牌独具现代气息,锁匠的橱窗里有很多铜制的小玩意儿,华丽时髦的信箱、头颅形状的古怪门把手、铁制的黑色假钥匙。他走进半明半暗的房间里。这里看起来就像瘾君子的住处一样,他想,觉得这个反讽挺不错。

　　柜台上隐约能看到两台巨大的配钥匙机,架子上挂着几千把钥匙毛坯。一位胖胖的老太太跟他打招呼:"先生,早上好。"

　　阿克托说:"我来这里是想……"

你们这些器械自然在对我讥刺，

有筒有环，有轮有齿，

我站在门边，你们应该充当钥匙，

你们的触须虽然卷曲，却未将门闩拔起。①

"……结清一张被银行退回的支票。大概是二十美元，我想。"

"噢。"那位和蔼可亲的老太太拿出一个带锁的金属文件夹，找了一下钥匙，然后发现文件夹并没有锁上。她打开它，马上找到了那张支票。它上面黏了一张便条。

"阿克托先生?"

"是的。"他取出了现钞。

"是的，二十美元。"她把便条从支票上取下来，费劲地在上面写了几个字，说明他已经过来结清了支票。

"我很抱歉，"他告诉她，"我把银行账户错写成已经销户的那个，而不是我目前在用的。"

"嗯。"老太太一边答应一边微笑着继续写。

"还有，"他说，"如果你能把这件事转告你丈夫，我会很感激，他有一天打电话给我——"

---

① 原文为德语，出自歌德的《浮士德》。董问樵译本，复旦大学出版社（1983），后同。

"其实是我弟弟卡尔。"老太太回头看了一眼,"如果卡尔跟你说话……"她微笑着做了个手势,"他有时会因为支票的事过于焦虑……如果他说了某些话……你明白,我会代他向你道歉。"

"告诉他,"阿克托背诵起事先想好的措辞,"他来电时我自己也心烦意乱,对此我也深表歉意。"

"我想他确实提到过这件事,好的。"她递给他那张支票,而他递给她二十美元。

"还有其他费用吗?"阿克托问。

"没有其他费用。"

"当时我心烦意乱,"他草草瞥了一眼支票,塞在口袋里,"是因为我的一个朋友刚刚意外去世。"

"哦,天哪。"老太太说。

阿克托待在那儿磨磨蹭蹭地说:"因为一块肉,他独自一人在他的房间里,窒息而死。没有人听到他的呼救。"

"你知道吗,阿克托先生?死于这种事的人比人们意识到的更多。我听说,如果你和一个朋友一起吃饭,他半天不说话只是坐在那里,你应该靠近点儿问他能不能说话。因为他可能开不了口,他可能正在窒息而没办法告诉你。"

"是的,"阿克托说,"谢谢。确实是这样。支票的事也谢谢你。"

"我为你朋友的事感到难过。"老太太说。

"是的,"他说,"他几乎算是我最好的朋友。"

"太可怕了。"老太太说,"他多大年纪,阿克托先生?"

"三十出头。"阿克托说。这是真的——拉克曼三十二岁。

"哦,太可怕了。我会告诉卡尔的。谢谢你专程前来。"

"谢谢你,"阿克托说,"也代我谢谢恩格莱松先生。非常感谢你们两位。"他离开这里,回到早晨温暖的人行道上,在污浊的空气中和明亮的阳光下眨着眼睛。

他打电话叫出租车回家,在车里他想,这次顺利逃出巴里斯设下的圈套,没遇到什么太糟的场面。情况本来可能更糟,他告诉自己。幸好支票还在店里,我也不用亲自面对那个男人。

他拿出支票看看巴里斯模仿他的笔迹有多像。没错,是已经注销的账户;他通过支票的颜色立即确认,这是个彻底关闭的账户,银行盖章**账户已结清**。难怪那个锁匠气得发疯。然后,阿克托坐在车里研究那张支票,发现签名的笔迹是他自己的。

完全不像巴里斯的。完美的伪造。他根本看不出这不是他的笔迹,但他明明记得自己确实没签过这个。

我的上帝,他想,到目前为止,这种事巴里斯一共干过多少次? 也许他盗用了我一半的收入。

巴里斯是个天才,他想。另一方面,这有可能是临摹复制的,或者用某种机器干的。但我从来没有给恩格莱松锁匠开过支票,怎么可能临摹伪造? 这是一张独一无二的支票。我会把它交给执法部门的笔迹学专家,他决定,让他们研究这是怎么做到的。也许只是靠练习、练习、练习。

至于蘑菇迷幻剂——他想,我就直接走过去跟他说,别人告诉我,他想向他们推销蘑菇毒品。我要阻止这种事。我知道这件事是因为有人对此感到担忧(这也是理所当然的),并向我反映。

但是,他想,这几件事只是他第一次看回放时随机观察到的一些情况。仅仅代表了我遇到的一些事情。天知道他还干过什么:他一直满世界到处晃悠、阅读参考书、思考阴谋诡计,诸如此类……他突然想到,也许我最好现在检查一下我的电话,看看是否被窃听了。巴里斯有一盒电子硬件,里面甚至有索尼的元件,他可以制造出售一种可以用作电话窃听的感应线圈。这个电话里很可能就有那种东西。也许很长一段时间以来一直都有。

我的意思是,他想,除了我自己最近安装的——必要的——电话窃听装置。

出租车晃晃悠悠地向前行驶,他再一次检查那张支票,突然想到,如果这是我自己干的呢? 如果这是阿克托写的呢? 我觉得是我干的,他想,是那该死的疯子阿克托亲自签的这张支票,他写得非常快——文字都是歪的——他不知为何匆匆忙忙,挥笔疾书,拿错了空白支票,然后把这一切都忘了,完全忘记了这件事。

忘记了,他想,当时阿克托……

> 空洞的骷髅,你为什么对我冷笑?
> 你的头脑大约也和我的不差多少,
> 曾经迷惘地寻找光明而陷入模糊的困境,
> 快活地追求真理而悲惨地迷误终身。[①]

……沉浸在从圣安娜市搞来的大量毒品中,他在那里遇到一个金发小妞,牙齿歪歪扭扭,有长长的金发,长了个大屁股,但活力十足且非常友好……他无法启动汽车;他当时刚吸了毒。他不断遇到麻烦——那天晚上有那么多毒品,口服的、注射的、吸入的,几乎一直持续到天明。那么多D物质,而且非常棒,非常非常棒。

他倾身向前说:"停在那个壳牌加油站旁边。我在那儿下车。"

他下了车,付钱给出租车司机,然后走进公用电话亭,查到锁匠的电话号码,打电话给他。

接电话的是那位老太太,"这里是恩格莱松锁匠,早上好——"

[①] 同前注。

"还是我，阿克托。很抱歉打扰你。那次上门服务的地址是什么，用我的支票付款的那一次？"

"嗯，让我看看。请稍等，阿克托先生。"对面传来她把电话放下的声音。

远处传来一个男人含糊不清的声音："是谁？那个阿克托？"

"是的，卡尔。但别再说什么了。他刚来过——"

"让我跟他说。"

声音停了一会儿。然后又传来老太太的声音："嗯，我找到地址了，阿克托先生。"她念出他的家庭住址。

"你弟弟去的就是那个地方吗？去配钥匙的时候？"

"稍等。卡尔？你还记得你开卡车去哪儿给阿克托先生配的钥匙吗？"

远处传来男人低沉的声音："在卡特拉。"

"不是他家吗？"

"卡特拉！"

"在卡特拉的某个地方，阿克托先生。在阿纳海姆市。不，等一下——卡尔说是在圣安娜市，在主街。那是——"

"谢谢。"他挂断了电话。圣安娜市。主街。那个该死的毒品聚会就在那里，那天晚上我肯定上报了三十个人名和同样多的车牌号码；这不是你们那种正常派对。一大批货从墨西哥运来；买家们在讨价还价，就像平时一样，一边试吸一边讨价还价。他们中的一半人现在很可能已经被特工突袭抓捕……哇，他想，我还能回忆——或者永远不能正确回忆——那天晚上的情况。

但这仍然不能成为巴里斯接电话时有预谋地恶意模仿阿克托的借口。除此之外，证据表明巴里斯只是当场瞎编一气——纯属即兴发挥。见鬼，也许巴里斯那天晚上吸了毒过于兴奋，他所做的不过是很多处于这种状态的老兄会做的事情：根本不明白发生了什么。阿克托确实签了这张支票，而巴里斯恰好接了电话。他那神经不正常的脑袋会觉得这是个很酷的玩笑。他只是不负责任，没别的了。

他一边打电话叫黄色出租车一边想，在这么长的时间里，阿克托也没有注意结清支票。那是谁的错？他又一次取出那张支票，查看上面的日期。一个半月。上帝啊，真是不负责任！阿克托的卧底任务可能因为这件事彻底完蛋；卡尔还没去检察官办公室，真是谢天谢地。很可能是他那和蔼可亲的老姐姐劝住了他。

阿克托决定最好小心一点儿，他所做的一些疯狂的事情他自己——我直到现在都不知道。巴里斯不是唯一一个，也许甚至不是第一个干过这种事的人。首先，仍然有必要问清楚巴里斯为什么对阿克托存在强烈的恶意；一个人不会无缘无故地花这么长时间欺骗另一个人。而且巴里斯没有骗过其他人，比如说拉克曼、查尔斯·弗雷克或者堂娜·霍索恩；帮助杰瑞·法班进入联邦诊所时，他出的力比谁都多；他对房子里所有的动物都很友好。

有一次，阿克托想把一只狗——那只小黑狗究竟叫什么来着？波波还是什么的？——送到救助站安乐死，因为那只狗怎么都训不好。巴里斯花了好几个小时，其实应该说好几天时间，和波波一起，温柔地训练它，和它说话，直到它平静下来愿意接受训练，以至于不用被送去安乐死。如果巴里斯对一切都抱有恶意，他不会做出那种事，那种好事。

"黄色出租车。"电话里说。

他报出壳牌加油站的地址。

他等出租车时闷闷不乐地走来走去，同时陷入沉思。如果锁匠卡尔认定阿克托是个重度瘾君子，那不是巴里斯的错；卡尔在凌晨五点开卡车过来为阿克托的奥兹汽车配钥匙。那时阿克托很可能走路就像走在果冻上，还无视旁人怀疑的目光往墙上爬，还干了一堆吸毒后陷入迷幻状态时会做出的事情。卡尔自己就能得出结论。卡尔打磨新钥匙的时候，阿克托可能倒立着四处游走，或者在他旁边蹦蹦跳跳，絮絮叨叨。难怪卡尔不怎么高兴。

事实上,他推测,也许巴里斯是想努力掩饰阿克托越来越古怪的举止。阿克托开车不再像以前那样安全了,他不是故意伪造支票,只是他那该死的大脑因为毒品变成一团糨糊。但这反而更糟。巴里斯尽力了,有这个可能。只是他的大脑也一团糨糊。他们所有人的大脑……

> 我像虫蚁在尘土中钻营,
>
> 以尘土为粮而苟延生命,
>
> 遭到行人的践踏即葬身埃尘。[1]

……都是一团糨糊,在糨糊一般的道路上相互影响。一团糨糊领着另一团糨糊一起走向毁灭。

也许,他猜想,是阿克托在某一天半夜时分切断电线,改接电路,使他的脑波显像仪短路。但原因是什么呢?

这是个难以回答的问题:为什么? 大脑一团糨糊的话,任何事情都有可能发生,各种各样的动机扭曲纠结——就像那些电线一样。他在执行卧底任务期间见过这种事,见过很多很多次。这样的悲剧对他来说不是什么新鲜事;在他们的电脑文件

---

[1] 同前注。

里只是又一个案例而已。这是踏上前往联邦诊所的道路之前总会经历的一个阶段,就像杰瑞·法班那样。

所有这些家伙都走在同一个游戏棋盘上,现在站在与目的地距离不同的格子里,将会在不同的时间抵达。但最终所有人都会抵达那里:联邦诊所。

这一点刻在他们的神经组织中,或者说神经组织剩下的部分里。现在已经没有什么能阻止或者扭转这一点。

而且,他已经开始相信,鲍勃·阿克托尤为如此。这是他的直觉,刚刚开始出现,不是因为巴里斯做的任何事,而是一种全新的、具有专业性的观点。

另外,他在橙郡治安官办公室的上司决定把注意力集中在鲍勃·阿克托身上,肯定有充分的理由,而他对此一无所知。也许这些线索可以互相印证:他们对于阿克托越来越感兴趣——不管怎么说,在阿克托的房子里安装全息扫描仪花掉了部门一大笔经费,还要付工资给他分析输出的信息,并由级别更高的人评判他定期汇报的内容——这与巴里斯对阿克托不寻常的关注互相印证,双方都选择将阿克托作为主要目标。但他本人在阿克托的行为中看到了什么不正常的情况?他掌握了什么这两个利益相关方还无从探究的第一手资料?

出租车一路行驶,他陷入沉思,无论遇到任何事情都要注意观察；监视者不可能一天之内就发现真相。他必须耐心。他必须长期仔细观察，说服自己沉稳等待。

只要他在全息扫描仪上观察到阿克托出现神秘或可疑的行为，就相当于对他进行三点定位，证实存在第三方利益对他存有疑虑。当然，这也将印证所有人投入的费用和时间是有意义的。

我很奇怪，巴里斯究竟知道什么我们不知道的东西，他想。也许我们应该把他抓过来问问。但——最好还是从与巴里斯不同的切入点去了解情况，否则就只是复制巴里斯手上的信息，无论他是谁，或者代表谁。

然后他想，见鬼，我到底在说什么？我一定是疯了。我认识鲍勃·阿克托，他是个好人。他没什么不对劲，至少没干什么坏事。他想，事实上，他为橙郡治安官办公室工作，暗中行事。这很可能就是……

> 在我的心中啊，盘踞着两种精神，
>
> 这一个想和那一个离分！
>
> 一个沉溺在强烈的爱欲当中，
>
> 以固执的官能贴紧凡尘；
>
> 一个则强要脱离尘世，

飞向崇高的先人的灵境。①

……巴里斯会跟踪他的原因。

但是,他想,这并不能解释为什么橙郡治安官办公室会跟踪他——安装了那一堆全息监控设备,还指派专职特工监视他并汇报情况。这没理由。

这不划算,他想。那座房子里发生了很多很多事情,那座破旧的、塞满垃圾的房子,后院杂草丛生,猫砂盆永远不会清理,动物在厨房桌子上走来走去,到处都是垃圾,从来没人打扫。

真是浪费,他想,浪费了这么好一座房子。原本可以用来做那么多别的事情。房子里原本可以住进一家人,包括女人和孩子们。房子就是为此设计的:有三间卧室。真是浪费,见鬼的浪费! 他们应该没收他的房子,他想;进入现场取消原房主赎回抵押品的权利,也许他们正打算这样做。更好地利用这座房子,房子本身也会希望如此。在很久很久以前,这座房子曾经有过美好的时光。时光还可以再回到从前,如果是另一类人拥有并维护这座房子。

尤其是后院,他想。出租车驶入了四处散落着报纸的车道。

他付钱给司机,掏出门钥匙,走进房子里。

---

① 同前注。

他立刻感觉到有什么东西在监视他：全息扫描仪在监视他。他刚一跨过自己家的门槛就开始了。他独自一人——房子里除了他没有人在。太不真实了！他和扫描仪，阴险而无形的扫描仪，监视他并记录下他所做的一切，所说的一切。

就像你在公共厕所小便时看到的墙上的涂鸦，他想。**微笑！你正在被摄像头偷拍！**确实如此，他想，我进入房子后立即就开始了。真是别扭。他不喜欢这样。他感到很不自在。这种感觉自从他们将扫描仪装好那一天之后就越来越明显——他把那天称为"狗屎日"，那段记忆在他脑海中挥之不去。扫描仪给他带来的感受每天都变得越来越强。

"我猜没人在家。"他像往常一样大声地说，意识到扫描仪已经把这句话记录下来。但他必须注意：他不应该知道那些东西的存在。就像摄影机前的演员，他想，你表演时要当摄像机不存在，否则你会搞砸。一切就完蛋了。

而且这个该死的任务，没有第二次拍摄的机会。

你唯一可以做的就是删除。我的意思是，我能做的。不是扫描仪后面的人，而是我。

如果要摆脱这一切，他想，我应该卖掉房子，况且它已经破败不堪。但是……我爱这座房子。不行！

这是我的房子。

没有人能把我赶出去。

不管他们是出于什么原因，或者想做什么。

假设真的存在"他们"。

"他们"在监视我，可能只是我的想象。多疑症。或者更确切地说是"它"，不具人格的"它"。

正在监视我的那东西无论是什么，它都不是人类。

至少以我的标准来说不是。不是我承认的人类。

虽然很傻，他想，但它很可怕。某种东西对我做了某些事情，就在我自己的房子里，就在我眼前。

处于某种东西视线之内，或者处于某种东西监视下。不同于黑眼睛的小堂娜，它从不眨眼。扫描仪会看到什么？他心想。我的意思是，真正看到？看进大脑里面？看进内心里面？他们以前使用的被动红外扫描仪成像，或者如今使用的最新型的立方体全息扫描仪，能不能清楚地或模糊地看到我的内在——我们的内在？我希望它能清楚地看到，他想，因为如今我已经无法看清我自己。我只能看到一片阴霾。外面的阴霾和里面的阴霾。我希望扫描仪能看得更清楚，这也是为了大家好。因为，他想，如果扫描仪像我自己一样只能看到阴霾，我们会感到烦躁不堪，就像我们一直以来那样愈发烦躁，我们将这样一直到死，几乎什么都不了解，就连那一点点了解也是错误的。

他从起居室的书架上随便拿了一本书,然后发现那是一本
《性爱图册》。他随意翻开,内容映入眼帘——上面画着一个男
人开心地咬着一个小妞的右乳头,小妞在喘息——他大声地说
了些话,仿佛是读书给自己听,仿佛在引用一些博学多才的古代
著名哲学家的话,其实并非如此:

"任何人都只能看到全部真相的一小部分,而事实上一般来
说……"

> 唉! 我还要在这监牢里坐待?
>
> 可咒诅的幽暗墙穴,
>
> 连可爱的天光透过有色玻璃也暗无光彩!
>
> 更有这重重叠叠的书堆,
>
> 尘封虫蠹已败坏,
>
> 一直高齐到屋顶,用烟熏的旧纸遮盖;[1]

"……对于这一点点珍贵的碎片他也会自欺欺人,几乎始终
如此。他自己的一部分就像另一个人一样反对他,从内部击败
他。一个人里面的另一个人,那根本不是人。"

他点点头,仿佛为那一页中并不存在的文字中所蕴含的智

---

[1] 同前注。

慧而感动,他合上那本红色封面、烫金书名的厚书《性爱图册》,把它放回书架上。我希望扫描仪不要放大这本书的封面,他想,那就露馅儿了。

查尔斯·弗雷克因为自己认识的每一个人身上发生的那些事情而感到越来越沮丧,最终他决定自杀。在他那个圈子里,自杀不是什么难事;你只需买来一大堆"速可眠"红色胶囊,配上便宜的酒吞下去,时间要选在深夜,并且把电话听筒放到一边,这样就没人会来妨碍你。

还有一件事需要安排,你要考虑好打算让后世的考古学家在你身上发现什么遗物。他们会据此了解你所在的社会阶层,也可以拼凑出你自杀时脑子里的想法。

他花了好几天时间才选定遗物,远比他决定自杀的时间要长得多,和搞到那些"速可眠"胶囊花的时间差不多。被后人发现时,他会仰面躺在自己的床上,身边是一本安·兰德的著作《源泉》(这将证明他是个被大众排斥的、非同一般的人,从某种意义上来说他是被他们的蔑视杀死的),还有一封尚未写完的信,写给埃克森公司抗议注销他的汽油信用卡。这样就可以通过他的死控诉当前制度,达到某种目的,当然还有赴死本身这一目的。

其实,他心里对于要通过死亡达成什么目的,反而不如两件遗物的目的想得那么清楚,但无论如何一切都会合乎情理。他感觉自己已经准备好了,就像一只动物感觉自己大限将至,会做一些本能行为,当不可避免的死期临近时,它们会顺其自然地卧下。

在最后一刻(他即将面对死神),他决定调整一个关键环节:把用来吞下"速可眠"的廉价丽波尔或雷鸟酒换成鉴赏家认可的高级葡萄酒。于是他最后一次开车前往出售高级酒的食品超市,买了一瓶1971年的蒙大维赤霞珠葡萄酒,这花了他将近三十美元——倾囊而出。

他又回到家里,打开酒瓶,让它暴露在空气中醒酒,然后先喝了几杯,花几分钟考虑他最喜欢《性爱图册》中的哪一页,最终选了一幅女上位的图画,然后他把装了"速可眠"胶囊的塑料袋放在床边,带着安·兰德的书和给埃克森的半封抗议信躺下,试着去思考一些有意义的事情,但他做不到,他一直想着那个在上面的女孩,随后他用一杯赤霞珠葡萄酒把所有的"速可眠"一口吞下。该做的都做完了,他躺下来,把安·兰德的书和那封信放在胸口,等待着。

然而,他被骗了。那些胶囊不是标签上写的巴比妥类药物,而是一些古怪的迷幻药,他以前从未吸过这种,也许是一种混合物,市面上的新品。查尔斯·弗雷克没有静静地窒息而死,反而开始产生幻觉。好吧,他从哲学的角度思考,自己一辈子总是遇到这种事——不断被骗。他不得不面对事实,考虑到他吞下了那么多胶囊,他会有很长一段时间处于迷幻的状态中。

接下来,他发现一个来自维度之间的生物站在床边厌恶地看着他。

这个生物有很多眼睛,到处都是,身上超现代的衣服看起来很昂贵,它站起来高达二点四米。而且,它带着一个巨大的卷轴。

"你要把我的罪孽读给我听。"查尔斯·弗雷克说。

那个生物点了点头,打开卷轴。

弗雷克全身无力地躺在床上说:"这要花十万个小时。"

那个来自维度之间的生物用一大堆复眼盯着他说:"我们不再身处世俗宇宙中。'空间'和'时间'这两种物质存在的底层范畴不再适用于你。你已上升到超越人类的境界。现在我要向你宣读你的罪孽,持续不断,循环反复,直至永恒。这个清单永远不会结束。"

要认清毒贩,查尔斯·弗雷克想,希望他生命的最后半小时可以重来一遍。

一千年后,他仍然躺在床上。安·兰德的书和给埃克森的信放在胸口,听着他们向他宣读他的罪孽。他们已经读到他上一年级、六岁的时候。

一万年后,他们读到他上六年级的时候。

他被人发现手淫的那一年。

他闭上眼睛,但他仍然能看见那个高达两米四、长着很多眼睛的生物一直念着那个没完没了的卷轴。

"下面——"它正在说。

查尔斯·弗雷克想,至少我喝到了一瓶好酒。

12

　　两天后,弗莱德迷惑不解地看着三号全息扫描仪,他的监控对象鲍勃·阿克托在起居室里从书架上取下一本书,显然是随便拿的。有毒品藏在后面? 弗莱德琢磨着,把扫描仪镜头放大。还是里面写了电话号码或地址? 他能看出阿克托取下这本书不是为了看;阿克托刚进屋,还穿着外套。他身边笼罩着一种奇怪的氛围:即紧张又无精打采,是一种迟钝的紧迫感。

　　扫描仪的放大镜头显示,书页上是一张彩色图片,一个男人咬着一个女人的乳头,两人都赤身裸体。女人显然正处于高潮中;她的眼睛半闭着,张开嘴发出无声的呻吟。也许阿克托想找点儿刺激,弗莱德一边看一边想。但阿克托根本没注意那幅画,反而嘀嘀咕咕地背诵了一段神秘的内容,部分是德语,显然是想迷惑偷听的人。也许他猜测自己的室友藏在房子里的某个地方,希望引诱他们现身,弗莱德推测。

没有人出现。弗莱德已经盯了扫描仪很长时间,他知道拉克曼吞下一堆"速可眠"混合D物质,在卧室里和衣倒在距离床边几步的地方,陷入昏迷。巴里斯不在房子里。

阿克托在干什么?弗莱德感到纳闷,记下这几段磁带的识别码。他变得越来越奇怪。现在我能明白那个打电话提到他的线人是什么意思了。

或者,他猜想,阿克托说出那几句话,是向房子里安装的一些电子硬件发布语音命令。打开或关闭。甚至可能生成一个防止扫描的干扰场……诸如此类。但他对此感到怀疑。怀疑在除了阿克托之外的人看来,这是否合理,其目的和意义又是什么。

这个家伙疯了,他想。他真的疯了。从他发现他的脑波显像仪被蓄意破坏那天开始——肯定就是那天,他开车回家时汽车出现严重故障,差点儿害死他——从那天起他就疯了。某种程度上来说,早在那之前就已经开始了,弗莱德想。不管怎样,"狗屎日"是个起点,他知道阿克托给那一天起的名字。

事实上,他不能责怪他。弗莱德一边看着阿克托疲惫地脱下外套一边想,那东西能让任何人神志不清,但大多数人都会重新恢复正常。他却没有,他反而变得更糟,用外国话向空气传达一条意味不明的信息。

除非他是在嘲笑我，弗莱德不安地想。他不知怎么发现自己正在被监视，而且……这是为了掩饰他真正要做的事情？抑或只是跟我们钩心斗角？时间会告诉我们答案，他想。

我觉得他是在嘲笑我们，弗莱德判断。有些人会意识到自己正在被监视。第六感，不是多疑症，而是一种原始本能；老鼠就有这种本能，任何被捕猎的生物都有，会知道自己正在被跟踪，这是一种感觉。他是在吊我们的胃口，这对我们不利。但是——还不能肯定。一层又一层伪装，一层又一层掩饰。

阿克托模模糊糊的说话声吵醒了拉克曼，从覆盖他那间卧室的扫描仪中能看得到。拉克曼摇摇晃晃地坐起来，侧耳倾听。然后他听到阿克托挂外套时不小心把衣架掉在地上的声音。拉克曼悄悄地缩回结实的双腿，一把拿起放在床边桌子上的手斧；他站直身子，像动物一样灵活地靠近卧室门。

在起居室里，阿克托拿起咖啡桌上的邮件，开始草草地浏览。他把一封厚厚的垃圾邮件扔向废纸篓，但没扔进去。

拉克曼在他的卧室里听到这个声音。他整个人变得僵硬，抬起头仿佛嗅着空气中的气味。

阿克托读着邮件，突然皱起眉头说："这也太离谱了！"

卧室里的拉克曼放松下来，他"叮当"一声放下斧头，捋捋头发，打开门走了出去，"嗨。发生了什么事？"

阿克托说："我开车路过麦拉微点公司大楼。"

"你在骗我。"

"而且，"阿克托说，"他们正在清点库存，但一名雇员显然用鞋跟把库存带到了室外。所以他们都在麦拉微点公司外面的停车场里，带着一堆镊子和很多很多小放大镜，还有一个小纸袋。"

"有什么奖励吗？"拉克曼打了个哈欠，用手掌拍了拍他又硬又平的肚子。

"他们当然有奖励。"阿克托说，"但他们把那东西也给丢了，那是一个很小的硬币。"

拉克曼说："你开车时会看到很多这种事情吗？"

"只在橙郡才这样。"阿克托说。

"麦拉微点公司大楼有多大？"

"大约二点五厘米高。"阿克托说。

"你估计它有多重？"

"包括员工吗？"

弗莱德开始加速播放磁带。他看着计时器显示过了一小时，于是停下快进。

"——大约四点五千克。"阿克托说。

"好吧，那你从它旁边路过时怎么知道的，如果它只有二点五厘米高，四点五千克重？"

阿克托现在翘起双脚坐在沙发上，说道："他们有个很大的招牌。"

上帝啊！弗莱德想了想，再次快进磁带。这次，出于一种预感，他看着实际时间只过了十分钟就停下来。

"——那个招牌是什么样子？"拉克曼说。他正坐在地板上清理一盒大麻，"霓虹灯之类的？什么颜色？我不知道我有没有见过它。很显眼吗？"

"在这儿，我拿给你看，"阿克托说着，把手伸进衬衫口袋，"我把它带回来了。"

弗莱德再次快进磁带。

"——你知道怎么把微点偷运进一个国家而不被发现吗？"拉克曼正在说。

"想怎样都行，有的是办法。"阿克托吸了一口大麻烟，向后一靠。空气里烟雾腾腾。

"不，我是说有一种办法他们永远都不会发现。"拉克曼说，"巴里斯有一天偷偷地跟我说的。我原本没打算告诉任何人，因为他把这个写进了他的书里。"

"什么书？《一般家用毒品和——"

"不是。《走私进出美国的简单方法——根据你选择的路线》。你把它跟毒品一块儿偷运进来，比如海洛因。把微点藏在包装里。没人会注意到，它们太小了。它们不会——”

“但那样的话，有些瘾君子注射的将是一半海洛因混合一半微点。”

“好吧，那么，他将成为你见过的最他妈有教养的瘾君子。”

“取决于微点上有什么东西。”

“巴里斯还有另一种办法走私毒品越过边境。你知道海关人员会怎么做吗？他们要求你申报携带的物品。你不能说毒品，因为——”

“好吧，那要怎么办？”

“嗯，你看，你先找到一大块浓缩大麻，把它雕刻成一个男人的形状；然后挖空一部分，在里面装上一个类似于发条的发动机以及一盒磁带。你和它一起排队，然后在它过海关之前拧上发条，它会走向海关人员，对方问它‘你有什么东西要申报吗？’浓缩大麻块会说，‘不，没有。’并继续往前走。然后它就来到边境的另一边了。”

“如果你用太阳能电池代替弹簧，它就可以走上很多年，永远地走下去。”

“那有什么用呢？最终它要么走到太平洋，要么走到大西洋。事实上，它会走出地球边缘，就像——”

“想象一下，一个因纽特村庄，以及一块一米八高的浓缩大麻块,价值大约——那值多少钱?”

"大约十亿美元。"

"不止。起码二十亿美元。"

"因纽特人正在咀嚼兽皮、雕刻骨矛,这块价值二十亿美元的浓缩大麻块踏着积雪走来,一遍又一遍地说,'不,没有。'"

"他们不明白那是什么意思。"

"他们永远都会困惑不解。那将成为一个传说。"

"你能想象吗?告诉你的孙子,'我亲眼看见一块一米八高的浓缩大麻块从障目的迷雾中一路走来,那东西价值二十亿美元,一直说着:不,没有'。他的孙子会把他送进精神病院。"

"不,你看,那会成为传说。几个世纪之后,他们会说,'在我们祖先生活的那个时代,有一天,一块高达二十七米、价值八万亿美元、品质极佳的阿富汗浓缩大麻块降临在我们这里,浑身冒火,喊叫道,去死吧,因纽特人!我们用长矛跟它战斗,最后杀死了它。'"

"就算小孩也不会相信这种事。"

"小孩们再也不相信任何事情了。"

"不管跟孩子说什么都令人泄气。曾经有个孩子问我,'第一次看见汽车是什么感觉?'见鬼,伙计。我是1962年出生的,汽车都发明了几十年了。"

"上帝啊，"阿克托说，"我以前认识一个滥用迷幻药而神志不清的家伙，也问过我那个问题。他二十七岁，我只比他大三岁。当时他已经意识混乱了。后来他又注射了更多的迷幻药——或者卖家号称是迷幻药的东西——然后他会在地板上拉屎撒尿，如果你对他说些什么，比如'你好吗，先生?'他只会跟着你重复一遍，就像鹦鹉一样，'你好吗，先生?'"

随后一片寂静。烟雾弥漫的起居室里，两个吸大麻的男人一言不发。一片寂静，时间漫长而阴郁。

"鲍勃，你知道……"拉克曼终于开口说，"我也经历过那个年纪。"

"我想我也一样。"阿克托说。

"我不知道是怎么回事。"

"当然，拉克曼。"阿克托说，"你知道我们所有人是怎么回事。"

"好吧，我们别再说这个了。"他继续发出抽大麻的声音，昏暗的灯光下，他那张长脸显得有些苍白。

安全公寓里的一部电话响了。一个穿着干扰服的人接了电话，然后把它递给弗莱德，"弗莱德。"

他关掉全息监控装置，接过电话。

"记得上星期你来城里的时候吗?"一个声音说,"接受了背景测试?"

弗莱德沉默片刻后回答:"记得。"

"你原本应该再来一趟。"电话那头的人也停顿了一下,"我们已经更新了不少关于你的资料……我负责安排你进行一组完整的标准感知测验以及其他测验。给你安排的时间在明天下午三点,同一个房间。总共需要大约四小时。你还记得房间号吗?"

"不记得。"弗莱德说。

"你感觉如何?"

"挺好。"弗莱德冷冷地说。

"出了什么问题吗? 工作还是生活?"

"我和女朋友吵了一架。"

"有没有出现精神错乱? 你是否感觉难以分辨人或物? 你有没有看到什么东西是颠倒的或反转的? 在我问这些问题的时候,有没有出现任何时空或语言失调?"

"没有。"他闷闷不乐地说,"以上问题都没有。"

"我们明天在203号房间等你。"医学代理治安官说。

"你在我的哪些资料中发现了——"

"我们明天再讨论。到这里来,好吗? 还有,弗莱德,不要灰心。"咔嗒。

好吧,我也给你一个咔嗒,他想。随后挂断电话。

他很恼怒,感觉他们强行要求他做一些讨厌的事情,他再次打开全息监控装置,进入输出模式;彩色三维场景的立方体浮现出来,栩栩如生。音频磁带中传来更多漫无目的、令人沮丧(对弗莱德来说)的胡言乱语。

"这个小妞,"拉克曼低声说,"被人搞大了肚子,她申请堕胎,因为她大概四个月没来月经,肚子也明显鼓了起来。她除了抱怨堕胎的花费之外什么也没做;不知为何她无法获得公共援助。有一天我到她家里去,她的一个女性朋友也在那里,正在跟她说这只是一次臆想的怀孕。'你只是**想要**相信自己怀孕了,'那姑娘对她喋喋不休,'这属于因吸毒内疚而产生的幻觉。堕胎以及艰难的生计,会让你花掉一大笔钱,这是自我惩罚式的吸毒幻觉。'于是这个小妞——我真的很中意她——她平静地抬起头来说,'好吧,如果这是一次臆想的怀孕,我会接受一次臆想的堕胎,用臆想的钞票支付。'"

阿克托说:"我想知道那张臆想的五美元钞票上是谁的脸。"

"我们最会臆想的总统是谁?"

"比尔·法尔克斯。他只是自以为他是总统。"

"他认为自己是什么时候当上总统的?"

"他想象自己在1882年左右连任两届总统。后来经过多次治疗，他开始想象自己只担任过一次——"

弗莱德怒气冲冲地把全息监控装置调到两个半小时之后。这些垃圾对话要持续多久？他心想。一整天？永远？

"——你把你的孩子带到医生那里去，告诉一位心理医生，你的孩子一直尖叫，总是发脾气。"拉克曼面前的咖啡桌上放着两盒大麻和一罐啤酒，他正在检查那些大麻，"还有撒谎，这孩子会撒谎、编造夸张的故事。心理学家给孩子做了检查，他的诊断是'夫人，你的孩子属于臆想。你有个患臆想症的孩子。但我不知道为什么。'然后你作为孩子的母亲，刚好知道是怎么回事，于是你跟他实话实说，'我知道为什么，医生。因为我是臆想怀孕。'"拉克曼和阿克托都笑了起来，吉姆·巴里斯也一样；在聊天过程中他已经回来了，正和他们待在一块儿，拿着他那该死的浓缩大麻烟管缠白线。

弗莱德又把磁带向前快进了整整一个小时。

"——这家伙，"拉克曼正弓着身子修剪满满一盒大麻，阿克托坐在他对面心不在焉地看着，"出现在电视上，自称是个举世闻名的骗子。他告诉采访的记者，他曾经冒充过约翰斯·霍普金斯医学院的优秀外科医生、在哈佛大学领取联邦拨款研究亚分子高速粒子的理论物理学家、获得诺贝尔文学奖的芬兰小说家，以及阿根廷一位被废黜的总统,他娶了——"

"他都能顺利脱身?"阿克托问,"从来没有被抓住过?"

"那家伙根本没有冒充过这些人。他除了冒充举世闻名的骗子之外没有冒充过任何人。后来《洛杉矶时报》经过调查揭露了真相。那家伙原本在迪斯尼乐园挥扫帚,后来他读到这个著名骗子的一本自传——真的有这么一本书——他说,'见鬼,我也可以像他那样假扮成那些稀奇古怪的家伙,并且逃脱处罚。'然后他又决定,'见鬼,为什么要去做那些事?我只需冒充另一个骗子。'他靠这个赚了不少钱,《泰晤士报》上写的。几乎和那个真正的著名骗子一样多,而且他说自己的做法要容易得多。"

巴里斯自个儿待在角落里缠线,他说:"在我们的生活中,时不时会遇到骗子。但他们不会冒充亚分子物理学家。"

"卧底,你指的是。"拉克曼说,"是的,卧底。我想知道我们认识多少卧底。卧底看起来是什么样子?"

"这就像问,骗子看起来是什么样子?"阿克托说,"我曾经和一个大毒贩谈过,他被捕时身上有四点五千克浓缩大麻。我问他,逮捕他的那个卧底看起来是什么样子。你知道,那个——他们怎么叫来着?——购买毒品的特工假扮成一个朋友的朋友,让他卖给他一些浓缩大麻。"

"看起来,"巴里斯一边缠线一边说,"就和我们一样。"

"不仅如此。"阿克托说,"那个卖浓缩大麻的兄弟——他已经被判刑,第二天就要入狱——他告诉我,'他们的头发比我们长'。所以我从中得到的经验教训是,远离那些看起来和我们一样的人。"

"也有女卧底。"巴里斯说。

"我想见见卧底,"阿克托说,"我是说,在知道他身份的情况下。这样我就能肯定了。"

"好吧,"巴里斯说,"等他给你戴上手铐时你就能肯定了,等那一天来临的时候。"

阿克托说:"我的意思是,卧底有朋友吗? 他们的生活是什么样? 他们的妻子知道吗?"

"卧底没有妻子,"拉克曼说,"他们住在洞穴里。当你路过时,他们会从停着的汽车下面窥视,就像住在地下的侏儒。"

"他们吃什么?"阿克托问。

"人。"巴里斯说。

"怎么会有人那样做?"阿克托问,"冒充卧底?"

"什么?"巴里斯和拉克曼一起说。

"见鬼,我有点儿心不在焉。"阿克托说着咧嘴一笑,"'冒充卧底'——哇哦!"他摇摇头,做了个鬼脸。

拉克曼盯着他说:"**冒充卧底? 冒充卧底?**"

"今天我脑子里乱糟糟的。"阿克托说,"我最好去睡一觉吧。"

弗莱德坐在全息监控装置前面,停止播放磁带;所有立方体都停下不动,声音消失。

"休息一下,弗莱德?"另一个穿干扰服的人对他说。

"是的,"弗莱德说,"我累了。这堆垃圾看一会儿就让人心烦。"他站起来掏出香烟。"他们说的话我起码有一半听不明白,我太累了。"他补充道,"听烦了他们说的那些东西。"

"你在那里和他们待在一起的时候,"一个干扰服说,"感觉没那么糟,你知道吗?比如我猜你——直到现在一直在那个场景里面,用的是假身份。对吗?"

"我绝不会跟那些讨厌的家伙厮混。"弗莱德说,"翻来覆去重复同样的话,就像喋喋不休的囚犯。他们为什么要做那种事,坐在那儿吹牛瞎扯?"

"那我们为什么要做这种事?做这些无聊的事需要什么理由?"

"但我们是必须得做,这是我们的工作。我们别无选择。"

"就像囚犯一样,"一个干扰服指出,"我们别无选择。"

冒充卧底,弗莱德想。这是什么意思?没有人知道……

冒充骗子,他想。住在停着的汽车下面吃土的骗子。不是举世名的外科医生、小说家或政客,而是一些无名小辈,没人会有兴趣在电视上看到他。任何大脑正常的人都不会想过这种生活……

> 我就像尘埃中爬行的蠕虫，
>
> 生活在尘埃中，吞食尘埃，
>
> 直到被路人的脚碾碎。

是的，就是这个意思，他想。那首诗。肯定是拉克曼给我读过，或者我在学校里读过。大脑中突然跳出来的东西真是有趣。那是记忆。

阿克托那些古怪的话仍然萦绕在他的脑海中，即使他已经关掉磁带。我希望能忘掉它。他想，我希望能暂时忘掉它。

"我有一种感觉，"弗莱德说，"有时候在他们开口之前，我就知道他们要说什么。一字不差的原话。"

"这就是所谓的既视感。"其中一个干扰服表示同意。"让我告诉你个诀窍。把磁带快进到更长的时间间隔之后，比如说不是一小时，而是六小时。如果没什么东西的话再后退，直到你抓住关键。你看，是后退而不是往前。这样你就不会被他们的节奏带跑。快进到六小时甚至八小时之后，然后再退回来……你很快就能找到窍门，你能感觉到，什么时候是看了很久很久但却没意义的东西,什么时候能抓住一些有用的东西。"

"你根本不用认真去听,"另一个干扰服说,"直到你确实抓住了什么东西。就像母亲睡着的时候——没有什么能把她吵醒,哪怕一辆卡车开过,除非她听到孩子的哭声。这个声音会唤醒她——把她惊醒,无论哭声多么微弱。潜意识会做出选择,它知道应该倾听什么。"

"我知道。"弗莱德说,"我有两个孩子。"

"男孩?"

"女孩,"他说,"两个小女孩。"

"那可真好!"一个干扰服说,"我也有个女孩,一岁。"

"别说名字。"另一个干扰服说,他们都笑了起来,短暂的笑。

不管怎么说,这是个重点,弗莱德心想,需要从整个磁带中提取出来上报。那个意味不明的说法——"冒充卧底"。和阿克托一起待在房子里的其他人——他们也对此感到惊讶。我明天下午三点过去时,他想,我会带上一份输出材料——只要音频就行——跟汉克讨论一下这件事,以及我这段时间了解到的其他事情。

虽然这就是我能上报给汉克的全部内容,他想,但这只是个开始。说明对阿克托进行二十四小时昼夜不停地扫描不是浪费时间,他想。

这将说明我是对的,他想。

那句话是个口误。阿克托搞砸了。

但他还不知道这意味着什么。

但我们会搞明白的,他心想。我们会继续盯着鲍勃·阿克托,直到他失手,虽然不得不一直看着和听着他和他的朋友们干那些事令人讨厌。他那些朋友和他一样坏。他想,我怎么可能一直跟他们一起坐在那座房子里?这是一种什么样的生活啊;就像刚才另一个警官说的,翻来覆去说那些无意义的东西。

就在那里,他想,在阴霾中。内心的阴霾,外部的阴霾;到处都是阴霾。也就他们那种人受得了。

他带着烟走回洗手间,关上门锁好,然后从香烟盒里面取出十片"慢死"。他拿了个纸杯倒满水,把那十片全部吞下。他真希望自己身上还有更多药品。好吧,他想,我下班回家后可以再服几片。他看了一眼手表,想算算还有多长时间。他的大脑一片混乱,究竟还有多久?他心想,不明白自己的时间感是怎么回事。一直盯着全息监控设备导致时间感完全乱套了。他意识到,我完全搞不清现在是什么时间。

我感觉自己好像服了迷幻药之后遇到一次车祸,他想。很多沾满肥皂泡的大刷子旋转着朝我涌来;我被一条链子拖进满是黑色泡沫的隧道。都是为了生计,他想,打开洗手间的门——

很不情愿地——打算回去工作。

他再次开始播放磁带，阿克托正在说："——就我理解，上帝死了。"

拉克曼回答说："我不知道他病了。"

"现在我那辆奥兹汽车彻底抛锚了。"阿克托说，"我已经决定把它卖掉，买个亨韦。"

"亨韦是什么？"巴里斯问。

弗莱德心想，大约一点四千克。

"大约一点四千克。"阿克托说。

第二天下午三点，两名医学代理治安官——不是上次那两个人——对弗莱德进行了几次测试，他感觉比前一次更糟。

"你会看到很多熟悉的物体接二连三地在你眼前依次通过——首先是你的左眼，然后是右眼。同时，你面前有一块光板，上面会同时出现与那些通过你眼前的物体相同的轮廓，你要用打孔笔选出那一瞬间与你看到的实际物体相对应的正确轮廓。这些物体在你眼前移动很快，所以不要犹豫太久。我们除了根据准确性打分，也会根据时间打分。明白了吗？"

"明白了。"弗莱德准备好打孔笔。

然后，一大堆熟悉的物体在他眼前缓缓地飘过，而他在下方的光板上做出选择。首先是他的左眼,然后用右眼完成同样的流程。

"接下来,你的左眼会被遮住,一张常见物体的照片会闪现在你的右眼前。你要用左手,重复一遍,左手,从一堆物体里面找出你看到的照片上的物体。"

"好的。"弗莱德说。一个骰子的照片出现在他的眼前;他用左手摸索放在周围的一堆小东西,直至找到一个骰子。

"在下一项测试中,你的左手会摸到用几个字母拼出的一个单词,但你看不见,摸到以后,再用右手写下这些字母拼出的单词。"

他照做了。拼出来是HOT(热)。

"现在把这个词读出来。"

于是他说:"热。"

"接下来,把手伸进这个全黑的盒子里,你的两只眼睛都会被遮住,用你的左手触摸一个物体并辨认。然后告诉我们这个物体是什么,不能用眼睛看。之后,你会看到三个相似的物体,你要告诉我们这三个中哪一个最接近你用手摸到的物体。"

"好的。"弗莱德说,然后照做。还有另一些测试,持续了差不多一个小时。摸索,描述,用一只眼睛看,选择。摸索,描述,用另一只眼睛看,选择。写下来,画出来。

"在下面这项测试中,你的眼睛再次被遮住,两只手分别摸到一个物体。你要告诉我们,你左手的物体与右手的物体是否一样。"

他照做了。

"各种三角形的图片会接连不断地出现在不同位置。你要告诉我们是同一个三角形还是——"

两个小时后,他们让他把形状复杂的积木填进形状复杂的孔洞,并记下完成时间。他感觉好像又回到了一年级,然后把一切都搞砸了,做得比自己当年还差。弗林克尔小姐,他想,弗林克尔老小姐。当年她就站在旁边瞪着我做这些讨厌的事情,向我发送"去死!"的信息,就像他们在交流分析中描述的那样。"去死! 不要!"这是来自老太婆的信息。一大堆信息,直到我终于搞砸了一切。也许弗林克尔小姐现在已经死了。可能有人把"去死!"的信息反弹给她,然后成功了。他希望如此。也许就是他反弹的信息。就像现在和心理测试人员在一起,他也会反弹这种信息一样。

看来这次没什么效果。测试继续进行。

"这幅图有什么问题? 其中有一个物体不应该出现在这里。你要标出——"

他照做了。接下来是一些真实的物体,其中有一个格格不入,他要伸手把这个异常物体挑出来;然后,在这项测试结束后,整理来自各种不同"集合"的异常物体,并说出它们有什么共同的特征(如果有的话):它们是否也能构成一个"集合"。

他们说时间到的时候,他还在努力完成。这一系列测试终于结束了,他们让他去外面喝杯咖啡等通知。

休息片刻后——对他来说这段时间长得要命——有个测试员过来对他说:"还有一件事,弗莱德——我们需要你的血样。"他给了他一张纸:一份实验室申请书。"沿着走廊到'病理实验室'那个房间去,把这个交给他们,他们取了血样后再回到这里等着。"

"好的。"他闷闷不乐地说,拿上申请书拖着脚步离开。

血液中的微量物质,他意识到,他们是要检测这个。

他从病理实验室回到203号房间,找到一个测试员问:"等待你们的结果时,我能不能到楼上跟我的上司商量些事?他今天马上要下班了。"

"当然可以。"心理测试员说,"因为我们加了血液化验,得出评估所需的时间会更长。好的,去吧。等我们准备好,我们会打电话给楼上让你回到这里。汉克,是吗?"

"是的。"弗莱德说,"我要到楼上去见汉克。"

心理测试员说:"你今天看起来比我们第一次见到你的时候

更消沉了。"

"什么?"弗莱德问。

"你第一次来的时候,上周。当时你还会开玩笑,露出笑容。虽然很紧张。"

弗莱德盯着他,意识到这是他上次见到的两位医学代理治安官之一。但他什么也没说,只是嘟哝了一句就离开了他们的办公室,走向电梯。整件事多么令人沮丧,他想。我想知道他是那两位医学代理治安官中的哪一位,他想。留着八字胡的那位还是另一位……我猜是另一位。这个人没有胡子。

"用你的左手摸这个物体,"他心想,"同时用右眼看它,然后用你自己的话告诉我们——"他想不出比这更无聊的事了。真是服了他们。

他走进汉克的办公室,发现还有另一个没穿干扰服的人坐在房间另一头的角落里,面对汉克。

汉克说:"这就是那位用栅格打电话的线人,他提供了鲍勃·阿克托的消息——我跟你提到过他。"

"是的。"弗莱德一动不动地站在那里。

"这个人又一次打电话来,说是有更多关于鲍勃·阿克托的消息;我们告诉他,他必须亲自现身,证实自己的身份。我们要求他到这里来,他就来了。你认识他吗?"

"当然。"弗莱德盯着吉姆·巴里斯,他坐在那里咧嘴一笑,手里把玩着一把剪刀。巴里斯看上去局促不安,十分丑陋。极为丑陋,弗莱德带着几分厌恶想。"你是詹姆斯·巴里斯①,对吗?"他问,"你曾经被捕过吗?"

"他的身份证上写的是詹姆斯·R.巴里斯,"汉克说,"这也是他自称的身份。"他又补充道,"他没有被捕记录。"

"他想要什么?"弗莱德又转头对巴里斯说,"你有什么消息?"

"我有证据。"巴里斯低声地说,"那位阿克托先生属于一个地下秘密组织,一个很有钱的大组织,军火库里有一大堆武器,使用密码文字,很可能致力于推翻——"

"那些只是猜测,"汉克打断了他的话,"只是你想象的东西。你的证据是什么?现在不要给我们任何不是第一手材料的东西。"

"你曾经进过精神病院吗?"弗莱德问巴里斯。

"没有。"巴里斯说。

"关于你提供的证据和消息,你是否愿意在检察官办公室签署一份宣誓公证的声明?"弗莱德继续说,"你是否愿意在法庭上

---

① 吉姆(Jim)是詹姆斯(James)的昵称。

宣誓——"

"我已经告诉过他了。"汉克插进来说。

"我的证据,"巴里斯说,"今天大部分都没随身携带,但我可以上交,包括鲍勃·阿克托电话交谈的磁带录音。我是说,我偷偷录下的他和别人的谈话。"

"那是个什么组织?"弗莱德问。

"我相信那是——"巴里斯开始说,但汉克挥手打断他。"是政治方面的。"巴里斯汗流浃背,微微颤抖,但看起来很高兴,"那个组织反对这个国家,它来自外部。是一个反对美国的敌人。"

弗莱德说:"阿克托和D物质的源头有什么关系?"

巴里斯眨了眨眼,舔了舔嘴唇,然后做了个鬼脸说:"那是在我——"他中断了话语,"等你们检查我所有的消息时——我是说,我的证据——你们肯定会得出结论,D物质是由一个决心推翻美国政府的海外势力生产的,阿克托先生与这个组织牵扯很深——"

"你能告诉我们这个组织里其他人的姓名吗?"汉克问,"阿克托曾经见过的人? 你要知道,向执法机构提供虚假信息也是犯罪,如果你这样做,你会被传讯。"

"我知道。"巴里斯说。

"阿克托有同谋吗?"汉克问。

"一位叫堂娜·霍索恩的小姐。"巴里斯说,"他经常会找各种借口到她的住处去,跟她勾结。"

弗莱德笑了,"勾结。这是什么意思?"

"我曾经跟踪他,"巴里斯慢慢地、清晰地说道,"开着我自己的车。他不知道。"

"他经常去那儿吗?"汉克问。

"是的,先生。"巴里斯说,"非常频繁。就像——"

"她是他的女朋友。"弗莱德说。

巴里斯说:"阿克托先生也——"

汉克转向弗莱德说:"你认为这些有什么实质意义吗?"

"我们肯定得看看他的证据。"弗莱德说。

"把你的证据带来,"汉克告诉巴里斯,"所有的。首先我们想要姓名——姓名、车牌号码、电话号码。你曾经见过阿克托深入参与大量毒品交易吗?超过吸毒者自己使用的量?"

"当然。"巴里斯说。

"哪种?"

"有好几种,我有样品。我很小心取的样……我也可以把它们带来,提供给你们进行分析。有不少,好几种。"

汉克和弗莱德对视一眼。

巴里斯目不转睛地看着前方,露出微笑。

"这次你还有什么要说的吗?"汉克对巴里斯说。然后他转向弗莱德,"也许我们应该派个警官跟他一起去拿证据。"这很重要,确保他不会慌张和告密,不会改变想法打退堂鼓。

"还有一件事我想说,"巴里斯说,"阿克托先生是个瘾君子,D物质瘾君子,现在他已经精神错乱了。在一段时间内慢慢地变得精神错乱,他很危险。"

"危险。"弗莱德重复了一遍。

"是的。"巴里斯说,"他已经出现D物质引起大脑损伤的迹象。视交叉肯定退化了,因为同侧神经元组功能不良……而且,"巴里斯清了清嗓子,"胼胝体也发生了退化。"

"这种没有证据支持的猜测,"汉克说,"就像我之前告诉过你、警告过你的,是毫无价值的。不管怎样,我们会派一名警官跟你去取证据。好吗?"

巴里斯咧嘴一笑,点了点头,"但当然——"

"我们会安排便衣警官。"

"我可能——"巴里斯做了个手势,"会被阿克托先生谋杀,就像我说的——"

汉克点点头,"好的,巴里斯先生。我们很感谢你,你冒了这么大的风险。如果一切顺利,如果法庭定罪量刑时你的消息起到重要作用,那么自然——"

　　"我到这里来不是因为这个。"巴里斯说,"那个人病了,脑损伤,因为D物质。我到这里来的原因——"

　　"我们不关心你为什么到这里来,"汉克说,"我们只关心你的证据和材料是否有价值。其余都是你自己的问题。"

　　"谢谢你,先生。"巴里斯咧嘴笑了又笑。

13

弗莱德回到203号房间的警察心理测试实验室,兴致缺缺地听着两名心理学家给他解释测试结果。

"你表现出的问题,在我们看来更像是一种对抗现象,而非损伤。请坐。"

"好的。"弗莱德冷静地坐了下来。

"对抗,"另一位心理学家说,"你的大脑左半球和右半球之间的对抗。你的大脑不是一个存在缺陷或受到污染的信号源;倒更像是有两个不断产生冲突信息的信号源,从而彼此干扰。"

"正常情况下,"另一位心理学家解释说,"一个人会使用大脑左半球更多一点儿。自我或自我系统,或者说意识位于这一半。左半脑占据优势,因为语言中心一般在这里;更确切地说,双侧分化中涉及语言能力的在左半脑,空间能力在右半脑。左半脑相当于数字计算机,右半脑则是类推比拟。因此双侧的功能并不仅仅是复制,两个半脑感知监控系统和处理输入信息的方式区别很大。但对你来说,两个半脑都不占优势,也不会互相弥补。一个半脑跟你这么说,另一个半脑跟你那么说。"

"这就好像汽车上有两个油表,"另一个人说,"一个显示你的油箱是满的,另一个显示是空的。两边互相冲突,不可能都是正确的。但是——在你的这种情况中——并不是说一个功能正常,一个发生故障,而是……我来解释一下。两个油表衡量的是完全一样的油量—— 一样的汽油,一样的油箱。其实它们检测的是同一个东西。作为司机,只能通过仪表间接了解油箱的情况,你这种情况是两个仪表。事实上,油箱可能彻底耗尽而你完全不知道,除非仪表盘显示或者发动机停转。不应该有两个油表显示互相冲突的信息,因为这反而会使你根本无法确定实际情况。这不同于油表和备用油表,只有当原本的油表出现故障时,备用油表才会起作用。"

弗莱德问:"这意味着什么?"

"我相信你已经知道了,"左边的心理学家说,"你已经体验过那种感觉,但不知道为什么或怎么回事。"

"我的两个大脑半球在对抗?"弗莱德说。

"是的。"

"为什么?"

"D物质经常会导致大脑功能出现这种问题。这在我们预料之中,也正是我们要通过测试确定的问题。正常的优势半球,即左半球发生损伤,右半球试图弥补损伤。但两侧功能尚未融合,因为这是一种异常状况,人体对此没有准备,原本不该出现这种情况。我们称之为交叉提示,与脑分裂现象有关。我们可以进行大脑右半球切除术,但——"

"那问题会消失吗?"弗莱德打断他说,"或者我戒掉D物质?"

"很可能。"左边的心理学家点头说,"这是一种功能损伤。"

另一个人说:"有可能是器官损伤。也许是永久性的。时间长了就知道了,只有在你戒掉D物质很长一段时间,必须达到彻底戒除的程度之后,才能知道。"

"什么?"弗莱德说。他没有理解他们的回答——是肯定的还是否定的?他这是不是永久性损伤?他们说的是哪个意思?

"即使是脑组织损伤,"一位心理学家说,"现在正在进行一些实验,从每个大脑半球中切除一小部分,可以阻止两个脑半球互相对抗,使它们最终相信左半脑能重新成为优势半球。"

"然而问题在于,这个人可能以后一辈子只能接收**部分**感官印象——仅输入部分的感觉信息。他只能接收到半个信号,而不是两个信号。在我看来，这同样令人沮丧。"

"是的，但拥有一部分不对抗的功能总比完全没有功能要好，因为两个互相对抗的交叉提示相当于接收内容为零。"

"你看，弗莱德。"另一个人说，"你不能再——"

"我再也不会摄入D物质了，"弗莱德说，"为了我的下半辈子。"

"你现在会摄入多少?"

"不多。"他停顿片刻说，"最近比较多，因为工作压力大。"

"他们确实应该减轻你的工作量。"一位心理学家说，"你应该放下一切工作。你已经出现脑损伤了，弗莱德。而且这还将持续一段时间。至少一段时间。没有人能确定之后会怎样。你也许能完全恢复，也许不能。"

"怎么会?"弗莱德抱怨道，"即使我的两个大脑半球都是优势半球，它们接收的不是同样的刺激吗？为什么它们两个不能同步，像立体声那样?"

一片沉默。

"我的意思是，"他做了个手势，"左手和右手，如果抓住一个物体，同一个物体，应该——"

"比如说，左撇子和右撇子，这两个术语的意思就是，嗯……在镜像——也就是说，在镜像中左手'变成'了右手……"心理学家俯身看向低着头的弗莱德，"如果有个人对这两个术语一无所知，你怎么跟他解释左手手套和右手手套的区别才能让他明白你说的是哪一个？而他不会错认成另外一个？成镜像的那个？"

"左手手套……"弗莱德停了下来。

"**这就好像你的一个大脑半球感知的是镜子映出的世界。镜像世界。你明白吗？左右颠倒，就是这个意思。而我们还不知道像这样翻转过来看待世界意味着什么。从拓扑角度来讲，拉到无限远，左手手套就是右手手套。**"

"镜子里面。"弗莱德说。一面黑暗的镜子。他想，黑暗的扫描仪。就像圣保罗说的，镜子里面，不是玻璃镜——当时还没有这种东西——他看到金属锅光滑的底面上映出的自己。这是拉克曼读那些神学书籍时告诉他的。他不是通过望远镜或放大镜观察，那不会使画面翻转，他看到锅底上反射出自己的脸是翻转的——拉到无限远。就像他们告诉我的。不是透过玻璃而是被玻璃镜反射回来。你看到反射的画面：这就是你，这就是你的脸，但其实又不一样。以前没有照相机的时代，这是人们能看到自己的唯一办法：翻转的脸。

我已经看到翻转的自己。

从某种意义上来说，我开始看到翻转的整个宇宙。用我的另一半大脑！

"拓扑学，"一位心理学家说，"一种鲜为人知的科学或数学。就像宇宙中的黑洞，怎样——"

"弗莱德从内向外看待这个世界，"另一个人同时说，"包括从前面和从后面，我猜。我们很难搞明白他眼中的世界是什么样子。拓扑学是数学中研究几何性质或其他结构性质的分支，如果事物是一对一的连续变换群，任何方面都进行转换，那整体性就是不变的。但在心理学中……"

"如果针对的是物体，谁知道它们看起来会是什么样子？无法识别。原始人第一次看到自己的照片时，他认不出那是他自己。即使他已经从溪水中、从金属物体中见过自己很多次。因为他的反射映像是翻转的，而照片不是，所以他认不出那是同一个人。"

"他只习惯翻转后的反射图像，认为自己看起来就是那样。"

"人们经常听到自己的声音被播放出来——"

"那不一样。那和正弦共振有关——"

"也许这些都是胡说八道的理论。"弗莱德说，"谁能看到翻转的宇宙，就像镜子里一样？也许我看到的宇宙没问题。"

"你是从两个方向去看的。"

"哪个——"

一位心理学家说："他们曾经讨论过，会不会出现只看到现实的'反射映像',而非现实本身。反射映像的主要问题不在于它不是真实的,而在于它是翻转的。我猜测……"他脸上有种奇怪的表情,"两者是等同的。拥有等同的科学原理。宇宙及其反射图像,出于某种原因,我们把后者当作了前者……因为我们没有实现双侧大脑等同。"

"然而,照片可以弥补双侧大脑半球等同的问题——它不是那个物体,但它也不是翻转的。所以物体的照片不是反射的图像,而是它真实的样子。翻转的翻转。"

"但是照片也可能无意中变成翻转的,如果底片放反了——冲洗时弄反了;一般只有当图上有文字时才能判断是不是放反了。而人脸不行。你看到一个人的两张照片,一张是翻转的,另一张不是。从未见过他的人不知道哪张是对的,但他能看出两张照片不能完全重合。"

"弗莱德,你是否意识到,这个描述左手手套和右手手套之间区别的问题有多复杂?"

"那么,《圣经》上写的那句'死亡被得胜吞灭'是否会实现?"一个声音说。也许只有弗莱德听到了。"因为,"那个声音说,"如果文字是翻转的,你就会知道哪个是幻觉,哪个不是。混乱结束,死亡,最后的敌人,死亡物质,D物质,被吞灭,不是被身体吞灭,而是被得胜吞灭。你看,我现在告诉你们一个神圣的秘密,并不是所有人都会死后长眠。"

他想着,一个传说,他寻求着,一个解释。一个秘密的解释。一个神圣的秘密。我们不会死。

反射映像会消失。

而且会发生得很快。

我们都将改变,通过他所说的反射突然改变。就在一瞬间!

他一边看着警察心理学家写下结论并签名,一边闷闷不乐地想,因为我们现在是翻转的。见鬼,我猜,我们每个人都是;每一个人和每一件该死的事,包括距离,甚至时间。但需要多长时间? 他想,冲洗照片时,如果摄影师发现底片放反了,需要多长时间能把它再翻过来? 再次翻转让它恢复原状?

一瞬间。

他想,我明白,通过黑暗的镜子,《圣经》里那段话意味着什么。但是我的感知系统和往常一样混乱。就像他们说的。我已明白,但我帮不了我自己。

也许,他想,因为我同时从两个角度观察,正确的和翻转的。我是人类历史上第一个同时看到翻转和非翻转状态的人,从而我既得以目睹正确的状态是什么样子,也能看到另一种——常规的状态。可到底哪个是哪个呢?

哪个是翻转的,哪个不是?

我什么时候看见的是照片,什么时候看见的是反射映像?

还有,我戒毒期间能拿到多少病假工资、退休工资或残疾补偿?他心想。他已经开始感到恐惧,到处都是深深的恐惧和冷漠。**这地下多么寒冷!那是自然,它多么幽深。**①我必须远离这些垃圾。我曾见过其他人经历这种事情。上帝啊,他想。他闭上了眼睛。

"也许听起来像是玄学,"其中一个人正在说,"但有数学家说我们可能正处于一种全新宇宙学的边界——"

另一个人兴奋地说:"无穷无尽的时间,仿佛永恒,不断循环!就像循环播放的磁带!"

他还要再等一个小时,才能回到汉克的办公室听取并检查吉姆·巴里斯的证词。

大楼里的自助餐厅吸引了他的注意力,于是他跟着人流走向那边,那群人有的穿着制服,有的穿着干扰服,有的穿着宽松裤、打着领带。

同时,心理学家的调查结果大概也会报告给汉克。他过去时他们也会在那里。

这让我有时间思考一下。他走进自助餐厅排队,同时陷入

---

① 原文为德文。

沉思。时间。他想，假设，时间是圆的，就像地球一样。你向西航行前往印度。别人会嘲笑你，但最终印度会出现在前方，而不是后面。在时间中——也许耶稣受难就在前方，而我们所有人在航行中都以为那是在后面的东方。

他前面有个女秘书，穿着蓝色紧身毛衣，没戴胸罩，裙子短得几乎可以无视。感觉不错，大饱眼福，他一直盯着她看。最终她注意到他，拿着托盘稍微挪远了点儿。

基督的第一次和第二次降临是同一个事件，他想；时间就像循环播放的磁带。难怪他们敢肯定这件事会发生。他会再次归来。

他看着秘书的后背，但随即意识到，她不可能注意到他在盯着她看，因为他穿着干扰服，他没有脸，也没有屁股。但她能感觉到我对她有意思，他想。腿这么漂亮的小妞都会经常体验到这种感觉，来自每一个男人。

你知道，他想，穿着这身干扰服，我可以击打她的脑袋，强奸她，谁知道是什么人干的呢？她怎么能认出我？

他琢磨着人们身穿干扰服可以犯下什么样的罪行。只是一些小小的幻觉，没有真正的犯罪，你从未做过那种事；你一直想做但从未真正做过。

"小姐，"他对身穿蓝色紧身毛衣的女孩说，"你的腿很漂亮。不过我想你自己也很清楚这一点,否则你不会穿这么短的迷你裙。"

那个女孩屏住呼吸。"啊!"她说,"哦,现在我知道你是谁了。"

"是吗?"他惊讶地说。

"皮特·威卡姆。"女孩说。

"什么?"他问。

"你不是皮特·威卡姆吗?你总是坐在我对面——不是你吗,皮特?"

"你觉得,"他说,"我是那个总是坐在旁边打量你的腿,对你有意思的人?"

她点点头。

"我们有希望吗?"他说。

"嗯,这要看情况。"

"以后我能带你出去吃晚饭吗?"

"我想可以。"

"能给我你的电话号码吗?我打电话给你?"

女孩小声说:"把你的给我。"

"我会给你的。"他说,"现在你能不能和我坐一块儿,这里,和我一起吃点儿东西,随便什么,我买了三明治和咖啡。"

"不,我有个女伴在那边——她在等我。"

"我可以和你们一起坐,你们两个。"

"我们要讨论一些隐私问题。"

"好吧。"他说。

"嗯,那我们以后见,皮特。"她拿着托盘、餐具和餐巾纸排队往前走。

他拿上咖啡和三明治,找到一张空桌子独自坐下,把三明治掰成小块扔进咖啡里,低头看着。

该死的,他们想让我离开阿克托,他想。我会被送到"西纳农""新路径"或类似的地方隐居,他们会指派另一个人去监视并评估他。某个对阿克托一无所知的混蛋——他们只能全部从头开始。

至少他们会让我评估巴里斯的证据,他想。而不是把我架空,直到那些不知道是什么的证据被检查完毕。

他陷入沉思,如果我真的强奸了她,而且她怀孕了,孩子——没有脸,只有一片模糊。他开始颤抖。

我知道我肯定会被调走。但为什么必须是现在?如果我还能再做一些事……分析巴里斯提供的消息,参与决策。哪怕只是坐在旁边了解下他到底知道什么,搞明白阿克托究竟是怎么回事。这可以让我自己安心。他有问题吗?还是没有?他们欠我的,他们应该给我足够的时间寻找答案。

如果我能听、能看,我就什么也不说。

他一直坐在那里,后来他注意到那个穿着蓝色紧身毛衣的女孩和她一头黑色短发的女朋友从桌边站起来,打算离开。她那个没什么魅力的女朋友犹豫了一下,向弗莱德走过来。他弓着背坐在那里,看着眼前的咖啡和三明治碎块。

"皮特?"短发女孩说。

他抬起头。

"嗯,皮特。"她紧张地说,"我只有一丁点儿时间。嗯,爱伦想告诉你一件事,但她又临阵退缩了。皮特,她本来很久以前就想跟你一起出去约会,大概一个月前,三月的时候。如果——"

"如果什么?"他说。

"嗯,她想让我告诉你,这段时间以来她一直想暗示你,如果你用一些,比如说,斯科佩牌漱口水,会比现在好得多。"

"我要是早知道就好了。"他冷淡地说。

"好吧,皮特。"那个女孩现在松了一口气,打算离开,"以后见。"她咧嘴一笑,匆匆离开。

见鬼,可怜的皮特,他心想。那是真的吗?抑或只是那两个满脑子恶意的家伙看到他——我——独自一人坐在这里,心血来潮想奚落他两句。只是个不怀好意的小小挖苦——哇哦,见鬼去吧,他想。

也有可能是真的,他想。他擦了擦嘴,把餐巾纸揉成一团,慢腾腾地站起来。不知道圣保罗是不是也有口臭。他漫步走出自助餐厅,手插在口袋里。先是干扰服的口袋,然后是里面真正衣服的口袋。也许那就是为什么圣保罗后半生一直被关在监狱里的原因。他们因为他有口臭就把他扔进监狱。

这种时候,你总是会摊上类似的倒霉事,他离开自助餐厅时想。今天她在所有的讨厌鬼里选了我来奚落——我这个关键人物,在这个心理测验被当作神谕和集体智慧产物的时代。那样然后又是这样。该死的,他想。现在他的感觉甚至比之前更糟,他几乎无法走路,无法思考;他脑子里一片混乱,困惑而绝望。无论如何,他认为,斯科佩牌漱口水不怎么样,拉沃瑞司牌更好——除了吐出来时,颜色看起来像血。也许应该用米克林牌,他想,那可能是最好的。

如果这座大楼里有药店就好了,他想,我可以在上楼去见汉克之前先买一瓶试试。这样——也许我就能更自信。也许我就能更好地抓住机会。

他心想,我愿意试一试,任何能带来帮助的东西,任何东西都行。任何暗示,任何建议,比如来自那个女孩的。他感到沮丧而害怕。见鬼,他想,我该怎么办?

如果我彻底完蛋，他想，我就再也见不到他们了，我所有的朋友，我认识的那些人。我会被调走，也许下半辈子就此退休——不管怎么说，我别想再见到阿克托、拉克曼、杰瑞·法班和查尔斯·弗雷克，最重要的是堂娜·霍索恩。我从此再也见不到我的任何一位朋友，永远见不到。一切都结束了。

堂娜。他想起自己的叔祖父很多年前唱过的一首德语歌。"Ich seh', wie ein Engel im rosigen Duft/Sich trötend zur Seite mir stellet."他的叔祖父告诉他，歌词的意思是："我看到，她穿得像天使一样，站在我身边给予我安慰。"他爱的那个女人，拯救他的那个女人，在歌曲中，不是在真实的生活中。他的叔祖父已经去世，他已经很长时间没听过那几句歌词了。他出生在德国的叔祖父会在房子里唱歌或者大声朗读。

上帝，这里多么黑暗，而且寂静无声。

只有我活在这里的真空中……

他意识到，即使他的大脑没有被毒品搞得神志不清，总有一天还会回警局上班，另一些人会被派来监视他们。也许他们会死掉，或者被关进监狱或联邦诊所里，或者只是彼此分开，从此四散。变得神志不清，被彻底毁掉，就像我一样，搞不清楚到底发生了什么见鬼的事情。无论如何，对我来说，一切都结束了。我还不知道怎么回事，就已经到了说再见的时候。

到时候我唯一能做的，他想，就是回放全息磁带，回忆往事。

我应该去安全公寓……他环顾四周，陷入沉思。我应该现在就去安全公寓把磁带偷走，他想。在我还能办到的时候。以后他们可能会擦除内容，而再往后我可能进都进不去了。该死的，他想，部门应该付清他们欠我的薪水。不管从哪个角度来说，记录那座房子和里面的人的磁带都是属于我的。

现在，那些磁带，这生活给我留下的只有那些磁带；我希望带走的只有那个。

但他很快想到，我还需要那间安全公寓里的整套全息传输立体投影分辨系统，才能回放磁带。我得把它拆开，一点一点运出去。我不需要扫描和记录组件，只需要传输和播放组件，尤其是整个立体投影设备。我可以慢慢来，我有那间公寓的钥匙。他们会收走我的钥匙，但在把它上交之前，我可以再配一把，这是一把常见的西勒奇门锁钥匙。我能做得到！意识到这一点，他感觉好多了。他下定决心，感觉这样做理所当然。然而他又觉得有点生气，对所有人感到生气；而对于自己能搞定这件事感到开心。

另一方面，他想，如果我偷走扫描仪和摄像头之类的东西，我可以继续监控。我自己来干。就像我之前的任务一样，继续监视。至少可以持续一段时间。但我想，生活中一切都只会持续一段时间——我们将见证这一切。

监视有必要继续进行，他想，如果可能的话，由我来做。我应该一直监视下去，监视、思考，即使对于我所看到的事情不会采取任何措施；即使我只是坐在那里静静地观察：这很重要，我作为一个观察者，观察所发生的一切事情，我应该坚守岗位。

不是为了他们，而是为了我。

不对，也是为了他们，他又改变了想法。万一发生什么事，比如拉克曼窒息的时候。如果有人正在监视——如果我正在看——我就能注意到并找人帮忙。打电话寻求帮助。马上找到合适的人来帮助他们。

否则，他想，他们可能默默无闻地死去。不但没人知道，甚至根本没人在乎，见鬼！

那些不幸的小人物的生活，应该有人介入。或者至少让他们悲哀的一生留下痕迹。痕迹，如果可能的话，留下永久的记录，从而让他们能被人们记住。以后到了更好的时代，人们才会明白。

在汉克的办公室里,他跟汉克以及一名穿着制服的警察坐在一起。除此之外,还有满头大汗、咧嘴笑着的线人吉姆·巴里斯。他们面前的桌子上正在播放巴里斯的一盒磁带。旁边另一盒磁带把播放的内容录下来,作为部门的备份。

"……哦,嗨。听着,我不能说话。"

"那什么时候能行?"

"我给你回电话。"

"我等不了。"

"好吧,怎么了?"

"我们打算——"

汉克伸手做了个手势让巴里斯暂停播放磁带。"你能认出这是谁的声音吗? 巴里斯先生?"汉克说。

"是的,"巴里斯急切地回答,"那个女人的声音是堂娜·霍索恩,男的是鲍勃·阿克托。"

"好的。"汉克点点头,然后瞥了弗莱德一眼。他正在浏览摆在面前的弗莱德的医疗报告,"继续播放磁带。"

"……加利福尼亚南部的一半,明天晚上,"线人声称是鲍勃·阿克托的那个男人的声音继续说,"范登堡空军基地的空军兵工厂将被自动和半自动武器击中——"

汉克停下来不再看医疗报告,而是仔细倾听,干扰服中模模糊糊的脑袋抬了起来。

巴里斯咧嘴一笑,对他自己,也对房间里的所有人;他的手指摆弄着从桌上捡的回形针,扭来扭去,仿佛在用金属丝编织,编织、扭曲、出汗、编织。

那个据说是堂娜·霍索恩的女人说:"那些摩托骑手给我们偷来的令人产生定向障碍的迷幻药怎么办?我们什么时候能把这些垃圾带到河边——"

"组织首先需要武器,"那个男人的声音解释说,"那是步骤B。"

"好吧,但现在我得走了,有客人来。"

咔嗒。咔嗒。

巴里斯在椅子上挪动了一下,大声地说:"我能认出他们提到的摩托党。之前也提到了,在另一个——"

"你还有更多这类材料吗?"汉克问,"以便我们理清背景?还是说这一盒磁带基本就全部包含了?"

"还有很多。"

"都是同一类事情?"

"没错,它们提到了同一个阴谋组织及其计划,是的。就是这个阴谋。"

"这些人是谁?"汉克问,"什么组织?"

"他们是全世界——"

"说出他们的名字。我不要听你的猜测。"

"罗伯特·阿克托,堂娜·霍索恩,主要是他们。我这里也有密码记录……"巴里斯摸出一本脏兮兮的笔记本,正想打开,却差点掉在地上。

汉克说:"我会扣押所有这些材料,巴里斯先生。磁带和你拿来的其他东西暂时由我们保管。我们会自行审查。"

"我手写的内容,还有加密材料,我——"

"如果我们遇到问题或需要解释,你要随时为我们解释说明。"汉克做了个手势,那个穿制服的警察,而非巴里斯,关掉了磁带。巴里斯朝磁带伸出手。那名警察立刻制止他,把他拦下。巴里斯眨了眨眼,环顾四周,仍然保持微笑。"巴里斯先生,"汉克说,"在我们研究这些材料期间,你不会被释放。为了把你留在这里,你会受到指控,罪名是向当局提供虚假信息。当然,这只是个借口,做做样子,目的在于保障你的人身安全,这一点你我都很清楚,不过我们还是会提出正式指控。诉状将呈递给检察官办公室,但标明暂时搁置。你觉得可以吗?"他没有等对方回答就做了个手势让穿制服的警察把巴里斯带出去,那些证据或垃圾或随便什么东西仍然留在桌子上。

那名警察把笑嘻嘻的巴里斯带出去。汉克和弗莱德面对面坐在那张乱糟糟的桌子两边。汉克什么也没说,他正在读心理学家的报告。

过了一会儿,他拿起电话拨了个内部号码。"我这里有一些未经评估的材料——我希望你们仔细检查一下,看看有多少是伪造的。告诉我结果,然后我会告诉你们接下来怎么办。大约五千克重,你们需要拿个三号尺寸的纸板箱。好的,谢谢。"他挂断了电话。"电子学和密码实验室。"他告诉弗莱德,然后接着读下去。

两名穿着制服、全副武装的实验室技术员出现,带着一个上锁的钢制容器。

"我们只找到这个。"其中一人表示歉意,他们小心翼翼地把桌子上的东西装进去。

"谁在下面?"

"赫尔利。"

"告诉赫尔利今天一定要检查这些,得出伪造指数后报告给我。必须今天完成,转告他。"

实验室技术员把金属箱锁上,拖出办公室。

汉克把医学报告扔到桌子上,向后靠去,说道:"你呢——好吧,目前对于巴里斯的证据,你有什么想法?"

弗莱德说:"那是我的医学报告,对吗?"他伸手想拿起来,然后又改变了主意，"我觉得他交出来的，他播放的那些东西，听起来像是真的。"

"那是假的。"汉克说，"毫无价值。"

"也许你是对的，"弗莱德说，"但我不同意。"

"他们所说的范登堡的兵工厂很可能是 OSI 兵工厂。"汉克伸手拿起电话，大声地自言自语，"让我们来看看——当时在 OSI 跟我谈过的那家伙是谁……星期三他带了一些照片……"汉克摇摇头，放下电话转身面对弗莱德，"再等会儿，等到初步伪造鉴定报告出来。弗莱德？"

"我的医学——"

"他们说你彻底疯了。"

弗莱德耸耸肩（尽可能表现得不在乎），"彻底？"

这地下多么寒冷！

"也许有两个脑细胞还亮着。但也就那么一点点。大部分都短路和冒火花了。"

那是自然，它多么幽深。

"你是说两个？"弗莱德说，"一共多少个？"

"我不知道。大脑有很多细胞，据我所知——几万亿。"

"它们之间可能出现的连接数量，"弗莱德说，"比宇宙中的星星还要多。"

"如果是这样的话,现在你的击球成功率可不怎么样。大约只有两个细胞还能成功——而总共大概是六十五万亿个细胞?"

"更可能是六十五万亿兆。"弗莱德说。

"这比当年康尼·马克执教费城运动家队还糟糕。曾经,他们的击球率在赛季结束时才——"

"既然这是在执行任务期间发生的,"弗莱德说,"我能得到什么补偿?"

"你可以坐在候诊室里免费看一大堆《周六晚间邮报》和《时尚》杂志。"

"在哪儿?"

"你想去哪儿?"

弗莱德说:"让我考虑一下。"

"让我告诉你我会怎么做。"汉克说,"我不会进入联邦诊所,我会买六瓶上等波旁威士忌或哈帕牌威士忌,然后到山里去,登上湖边的圣贝纳迪诺山,独自一人待在那里,直到这一切结束。不让任何人找到我。"

"但也许永远不会结束。"弗莱德说。

"那就再也不要回来了。你认不认识什么人,拥有一栋山间小屋的?"

"不认识。"弗莱德说。

"你驾驶技术怎么样?"

"我的——"他犹豫了一下,一股梦幻般的力量笼罩了他,使他放松下来昏昏欲睡。房间里的一切空间关系仿佛天翻地覆,这种变化甚至影响了他的时间意识,"那是……"他打了个哈欠。

"你不记得了。"

"我记得,不太好。"

"我们可以找人开车送你上去。至少这样比较安全。"

开车送我上哪里?他心想。上什么?上路,山路,小径,步行,仿佛走在果冻上,就像一只被链子拴住的公猫,只想回到屋里或者被放开。

他想,一个天使,一个妻子,同样的,将带领我在天国获得自由①。"当然。"他笑着说,松了一口气。被牵引绳牵着向前走,拼命想要挣脱,然后躺下。"你觉得我现在怎么样?"他说,"既然事实证明我已经变成这样——神志不清,也许是暂时性的,也许是永久性的。"

汉克说:"我认为你是个很好的人。"

"谢谢你。"弗莱德说。

"带上你的枪。"

"什么?"他说。

---

① 原文为德文。

"等你带着那瓶哈帕牌威士忌出发去圣贝纳迪诺山时,带上你的枪。"

"你是说为防万一我无法恢复吗?"

汉克说:"哪种情况都有可能。他们说你服用了大量毒品,试图戒掉……过去的时候带上它。"

"好吧。"

"等你回来的时候,"汉克说,"给我打电话。告诉我。"

"见鬼,那时候我就没有干扰服了。"

"无论如何都要打电话给我,不管有没有干扰服。"

于是他又说:"好吧。"显然那也没什么关系了。显然到时候一切都结束了。

"你下一次领薪水时,数目可能不一样,和以前会有明显区别。"

弗莱德说:"因为我遇到的事情,我会拿到一些奖金?"

"不,看看你那本《刑法》。警察自愿成为瘾君子且未能及时报告,应被判行为不检——罚款三千美元和/或监禁六个月。你很可能只会被罚款。"

"自愿?"他惊讶地说。

"没有人拿枪对着你的脑袋,威胁要开枪打死你。没有人在你的汤里放了什么东西。你心甘情愿摄入一种会导致上瘾的药物,大脑受到破坏、神志不清。"

"我必须这样做！"

汉克说："你本来可以假装一下。大多数警察都是那么做的。他们说,根据你摄入的量,你肯定已经——"

"你把我当罪犯看待。我不是罪犯。"

汉克拿起写字板和钢笔,开始计算,"你一个月的薪水一共多少？我可以现在算出来,如果——"

"我能不能以后再付罚款？也许可以在两年内每月分期付款？"

汉克说："说吧,是多少弗莱德。"

"好吧。"他说。

"每小时多少钱？"

他不记得了。

"那么,多少个小时？"

这个他也不记得。

汉克扔下写字板。"想抽支烟吗？"他把烟盒递给弗莱德。

"我也正在戒掉那东西,"弗莱德说,"一切东西,包括花生和……"他无法思考。他们两人坐在那里,两个人都穿着干扰服,两个人都沉默不语。

"我就是这么跟我的孩子讲的。"汉克开始说。

"我有两个孩子,"弗莱德说,"两个女孩。"

"我不相信你有孩子,你不应该有。"

"也许吧。"他试着计算自己会在什么时候开始戒毒,然后默默地计算他在各处藏了多少片D物质,以及他拿到薪水时会有多少钱,以便算个总数。

"也许你希望我继续计算你的工资?"汉克说。

"好,"他说,使劲点了点头,"算吧。"他坐下来等着,紧张地敲着桌子,像巴里斯一样。

"每小时多少钱?"汉克重复了一遍,随即伸手去拿电话,"我打电话要工资表。"

弗莱德什么也没说。他低头凝视下方,等待着。他想,也许堂娜能帮助我。堂娜,他想,现在请帮帮我。

"我猜你不会到山里去。"汉克说,"即使有人开车送你。"

"不会。"

"你想去哪里?"

"让我坐下来想一想。"

"联邦诊所?"

"不。"

他们坐了下来。

他在想"不"应该是什么意思。

"到堂娜·霍索恩那儿去怎么样?"汉克问,"根据你和其他人提供的所有消息,我知道你们很亲密。"

"是的。"他点点头,"我们是很亲密。"然后他抬起头问,"你怎么知道?"

汉克说:"排除法。我知道你不是谁,况且这群人里也没几个可怀疑的对象——其实就那么几个。我们以为他们能带我们找到更上一层的人,也许巴里斯能。我和你花了很长时间一起讨论。我很久以前就拼凑出结论了,你是阿克托。"

"我是谁?"他瞪着眼前汉克的干扰服,"我是鲍勃·阿克托?"他完全无法相信。他根本想不明白。这与他所做的、所想的事情完全不一致,太怪诞了。

"没关系。"汉克说,"堂娜的电话号码是多少?"

"她可能正在上班。"他的声音有些颤抖,"在香水商店。电话是——"他无法保持声音平稳,也想不起来电话号码。真是见鬼,他想,我不是鲍勃·阿克托。但我是谁? 也许我是——

"给我堂娜·霍索恩工作地点的电话号码。"汉克对着电话飞快地说。"这个,"他把电话递给弗莱德说,"我会让你跟她说。不,也许最好别这么做。我让她来接你——在哪儿见? 我们开车送你,不能在这里见她。在什么地方比较好? 你一般在哪儿见她?"

"送我去她家，"他说，"我知道怎么进去。"

"我会告诉她你去那儿了，而且你正在戒毒。我就说我认识你，你让我打的电话。"

"太好了，"弗莱德说，"我明白。谢谢，老兄。"

汉克点点头，开始拨打外线号码。在弗莱德看来，他拨打每一个数字的动作越来越慢，仿佛永远不会结束。他闭上眼睛，深呼吸，开始思考：哇哦，我真的疯了。

你确实疯了，他承认。恍惚、迷幻、神志不清、虚弱无比、彻底完蛋，彻彻底底地完蛋。他感觉有点儿想笑。

"我们会把你带到她那儿——"汉克说完，把注意力转移到电话上，"嘿，堂娜。我是鲍勃的朋友，你认识他吧？嘿，伙计。他情况不太好，我不是在骗你。嘿，他——"

我能搞明白，两个声音在他脑海中协调一致地思考，他听着他的同事跟堂娜喋喋不休。别忘了告诉她给我带点儿东西来，我真的很痛苦。她能不能让我赊账？也许她会给我来一剂强劲的，就像以前那样？他伸出手想碰一下汉克，却够不着；他的胳膊仿佛变短了。

"换了是你，我也会为你这么做的。"汉克挂断电话后，对汉克说。

"坐这儿等车来。我现在要打个电话。"汉克又打了个电话，这次他说，"车辆管理处？我想要一辆没标志的车，由便衣警察驾驶。现在有吗？"

他们两人穿着干扰服，在一片模糊中闭着眼睛等待。

"也许我应该把你送到医院去，"汉克说，"你身体状况很差，也许吉姆·巴里斯给你下了毒。我们注意的其实是巴里斯，而不是你；扫描房子主要是为了监视巴里斯。我们希望把他引诱到这里来……我们也做到了。"汉克沉默下来，"这就是为什么我很清楚他的磁带和其他材料都是伪造的原因。实验室会确认这一点。但是巴里斯还牵涉一些严重问题。情况糟糕而且令人恼火，跟枪械有关。"

"那我算什么？"他突然说，声音很大。

"我们必须接触到吉姆·巴里斯，才能陷害他。"

"你们这些混蛋。"他说。

"按照我们的安排，巴里斯——如果那真是他的名字——会对你越来越怀疑，担心你是卧底特工，想要给他定罪或者利用他接触更高层的人物。所以他——"

电话铃响了。

"好吧，"汉克随即说，"坐下，鲍勃。鲍勃，弗莱德，随便哪个名字。令人感到欣慰的是——我们确实逮到了那个狡猾的家伙，他是个——嗯，你刚才说我们的那个词，混蛋。你知道这是值得的,不是吗? 一切都是为了让他落进圈套。无论他干了什么,我们做到了。"

"当然,值得。"他几乎说不出话来,机械地咬紧牙关。

他们一起坐下。

开车前往"新路径"的路上,堂娜在路边找了个地方停下,他们可以看到山下的灯光。但他现在已经开始感到痛苦,她能看得出来,而且他们剩下的时间不多了。她原本希望能够再一次和他在一起。好吧,她已经等得太久了。眼泪顺着他的脸颊流下,他开始恶心呕吐。

"我们坐几分钟。"她带他穿过灌木丛和杂草,走过沙土地,到处都是废弃的啤酒罐和垃圾,"我——"

"你带了大麻烟斗吗?"他费劲地说。

"带了。"她说。他们必须离马路远点儿,才不会被警察注意到。至少要保证如果有警察过来,他们来得及把大麻烟斗扔掉。她会看到警车悄悄地在远处停下,关掉车灯,警察步行走过来。时间来得及。

她想,时间足够了。有足够的时间保证不被警察抓住。但鲍勃·阿克托没有时间了。他的时间——至少以人类的标准来测量——已经用完了。他现在已经进入另一种时间。她想,就像是老鼠的时间:来回奔跑,徒劳无功。做着毫无计划的动作,来来回回,来来回回。但至少他仍然能看到山下的灯光。虽然那对他来说也许毫无意义。

他们找到一个隐蔽的所在,她取出用铝箔包着的碎大麻,点燃烟斗。鲍勃·阿克托在她旁边,似乎完全心不在焉。他全身脏兮兮的,但她知道他不是故意的。事实上,他很可能根本没有意识到。他们在戒毒期间都是这个样子。

"这里。"她朝他俯下身去,给他来一剂强劲的。但他还是没注意到她。他只是蜷曲着身子坐在那里,忍受胃痉挛的痛苦,全身都是呕吐物,颤抖着拼命呻吟,听起来像是在唱歌。

她想到以前认识的一个人,那家伙见到了上帝。他当时就像这样,呻吟、哭泣,虽然没把自己身上弄脏。他见到上帝是因为吸毒后出现幻觉,他一直在试用大剂量的水溶性维生素。人们希望这种配方能够改善大脑中的神经放电,使之加快速度。但在那家伙身上的效果不仅仅是让他变得更聪明,而是让他见到了上帝。这对他来说纯属惊喜。

"我想,"她说,"我们永远不知道我们会遇到什么事。"

鲍勃·阿克托在她旁边呻吟着,没有回答。

"你认识托尼·阿姆斯特丹那家伙吗?"

没有回答。

堂娜吸了一口大麻烟斗,观察下方零散的灯光,她闻着空气里的气味,侧耳倾听。"他见到上帝后,大约有一年时间感觉很好。然后他又开始感觉非常糟糕,比之前一辈子都糟。因为有一天他突然开始意识到,他不可能再次见到上帝了;他的整个余生,好几十年,也许五十年时间里,除了他眼前一直看到的这些东西,旁人也都能看到的那些东西,再也看不到别的。他觉得还不如从来没有见过上帝。他告诉我,之前有一天他真的发了疯;他情绪失控,在公寓里大声咒骂、乱摔乱砸。他甚至把立体音响都砸坏了。他意识到自己只能一直像之前那样生活下去,什么也见不到。没有任何目标,只是一具肉体重复乏味的生活,吃饭、喝酒、睡觉、工作、玩乐。"

"就像我们其他人一样。"这是鲍勃·阿克托说出的第一句话,每个字都伴随着艰难的干呕。

堂娜说:"我也是那么跟他说的。我向他指出这一点。我们都在同一条船上,我们其他人并没有因此发疯。而他说,'你不知道我看到了什么,你不知道'。"

一阵痉挛传遍鲍勃·阿克托全身。他不断抽搐,然后哽噎着勉强说:"他……有没有说那是什么样子?"

"火花。阵阵彩色的火花,就像电视机坏了一样。火花在墙上出现,火花在空气中闪烁。整个世界都是一个活生生的生物,无论他看向哪儿。没有任何不和谐的存在:一切都融合统一,是为了实现某种目的而发生的——为了达成某种未来的目标。然后他看见了一扇门。大约一个星期,他在哪儿都会看见这东西——在公寓里会看见,步行或开车去商店时在户外也会看见。而且总是同样的尺寸,很窄。他说那东西非常——令人快乐。这是他的原话。他从未尝试穿过那扇门;只是看着它,因为它非常令人快乐。他说门的轮廓是鲜艳的红色,带着金色的光芒。仿佛火花聚集成线条,再构成几何形状。那之后,他整个一生中再也没见过它,就是这一点最终使他发了疯。"

过了一会儿,鲍勃·阿克托说:"另一边是什么?"

堂娜说:"他说另一边是另一个世界。他能看得见。"

"他……从来没有去过吗?"

"这就是为什么他在公寓里看见什么砸什么的原因;他从未想过要穿过那扇门,只是在门口欣赏赞叹,然后有一天他再也看不见那扇门了,想做什么也来不及了。它为他打开了几天,然后就关上了,彻底消失。他一次又一次地服用大量LSD致幻剂,还有那些水溶性维生素,但他再也没有见过那扇门,再也没能找到正确的方法。"

鲍勃·阿克托说:"另一边是什么?"

"他说那边总是晚上。"

"晚上!"

"月光和水,始终不变。没有什么会移动或变化。黑色的水,就像墨水一样,还有海岸,海岛的沙滩。他敢肯定那是希腊,古希腊。他认为那扇门是时间的一个薄弱点,他看到的是过去。之后,当他再也看不见那扇门的时候,他仿佛行驶在高速公路上,周围都是卡车,他抓狂得要命。他说他受不了那些喧嚣和躁动,各种东西来来回回地运动,充斥着叮叮当当和砰然作响的声音。不管怎样,他永远想不明白他们为什么要给他看那东西。他真的相信那是上帝,那是通往下一个世界的大门,但分析这一切最终把他的脑子搞得一团糟。他无法承受,他束手无策。他每次见到什么人,过不了一会儿就会告诉他们,他失去了一切。"

鲍勃·阿克托说:"我也是这样。"

"岛上有个女人。这么说也不准确——更像是个雕像。他说那是塞伦西亚人的阿弗洛狄忒。她站在月光下,苍白而冷漠,是大理石制成的。"

"他应该穿过那扇门,在他有机会的时候。"

堂娜说:"他没有机会。这是一种期待。未来会发生某种事情,未来很久之后会发生某种更好的事情。也许在他——"她停顿了一下,"在他死去时。"

"他错过了机会。"鲍勃·阿克托说,"你只有一次机会,事情就是这样。"他闭上眼睛忍受疼痛,脸上流下一道道汗水。"无论如何,被迷幻剂控制的脑袋能知道什么? 我们有谁能知道什么? 我说不出。算了吧。"他转身离开她,走进黑暗中,颤抖着不断抽搐。

"他们现在给我们看了前景。"堂娜伸出双臂紧紧地抱住他,来回地摇晃他,"那我们就坚持下去。"

"这就是你正在努力做的事。现在陪着我一起。"

"你是个好人。你受到了不公平的对待,但你的生活并没有结束。我非常关心你。我希望……"她默默地继续抱着他,一片黑暗从内向外吞噬他。即使她紧紧地抱住他,黑暗仍然占据了优势。"你是个善良的好人。"她说,"这不公平,但事情已经发生了。我们只好等待最终结局来临。有时候,在很长一段时间之后,你看到的世界会变回以前那样。你会恢复的。"恢复原状,她想。终有一日,所有被不公正夺走的东西,都会恢复原状。也许需要一千年,或者更长的时间,但那一天总会到来,所有的天平都将恢复平衡。也许,就像托尼·阿姆斯特丹,你看到上帝的幻象只是暂时消失;只是撤退,她想,而不是终结。也许,你脑子里面那些已经烧毁和正在燃烧的电路,烧焦的程度越来越严重,即使在我抱住你的这一刻,也有闪亮的彩色火花出现,奇奇怪怪的样子难以辨认,那会填满你的记忆,带你走过接下来几年可怕的岁月——听到的话语无法完全理解,看见一些小东西却不知是何物,星星的碎片混合着这个世界的垃圾,反射映像引领着你,直到那一天……但那太遥远了。其实连她自己都无法想象。也许来自另一个世界的东西融入日常平凡事物中,在消失之前被鲍勃·阿克托看到。现在她能做的只有紧紧地抱着他,抱着希望。

但如果幸运的话,他再一次看到那东西时,范式识别将再度发生。大脑右半球会进行正确比照,即使是在大脑皮质水平的反应以下。而这段经历,对他来说如此可怕,令他付出了如此高昂的代价,却明显毫无意义的这段经历,也应该结束了。

一束光射向她的眼睛。一名警察拿着警棍和手电筒站在她面前。"你们能站起来吗?"那名警官说,"请出示你们的证件。你先来,小姐。"

她放开鲍勃·阿克托,他滑了下去,躺到地上;他没有意识到警察来了。那家伙从下面一条小路悄悄上山接近他们。堂娜从手提包里拿出钱包,示意那名警官走远点,来到鲍勃·阿克托听不见的地方。那名警官借助手电筒微弱的光线花了几分钟时间研究她的身份证,然后说:"你是联邦警察卧底?"

"小声点儿。"堂娜说。

"对不起。"警察把钱包还给她。

"见鬼,快点儿离开。"堂娜说。

那名警官用手电扫了一下她的脸,然后转身走开;他离开时就像走近时一样,无声无息。

她回到鲍勃·阿克托那里,显然他根本没有意识到警察来过。现在他几乎什么都不知道。几乎连她也注意不到,更不用说别的什么人或事物。

堂娜能听到远处传来的声音,警车沿着他们没注意的那条坑坑洼洼的侧路开走。几只虫子,也许是蜥蜴,从他们周围的干草上爬过。远处能看到91号高速公路的灯光闪烁,但没有声音传来,那里太远了。

"鲍勃。"她温柔地说,"你能听见我说话吗?"

没有回答。

所有的电路都焊死了,她想。熔到一起了。没有人能解开它们,无论怎样努力尝试。但他们会去试的。

"来吧,"她拽着他试图让他站起来,"我们必须开始了。"

鲍勃·阿克托说:"我不能做爱。我的东西不见了。"

"他们正等着我们,"堂娜坚决地说,"我必须让你去登记。"

"但如果我的东西不见了,我该怎么办? 他们还会让我进去吗?"

堂娜说:"他们会的。"

需要最伟大的智慧,她想,才能知道什么时候会出现不公正。公正怎么会变成所谓正确的牺牲品?怎么会发生这种事?她想,因为这个世界受到了诅咒,一切都证明了这一点;证据就在这里。在某个地方,在最深的层面上,构造,事物的结构,土崩瓦解,仍然处于天旋地转的状态,犯下各种不知所谓的错误,最明智的选择促使我们行动起来。这肯定从几千年前就开始了。现在,它渗入一切事物的本质。而且,她想,也渗入了我们每个人。不这样做,我们就不能转身或张嘴说话,完全不能做出决定。我甚至不在乎这是怎么开始的,什么时候或者为什么会开始。她想,我只希望有一天这一切能结束。就像托尼·阿姆斯特丹,我只希望有一天,一阵阵明亮的彩色火花能回来,而且这次我们所有人都能看到。还有那扇窄门,门的另一边是平静安宁,是雕像、大海,还有看起来像是月光的东西。没有动荡嘈杂,没有什么会打破这种平静。

很久很久以前,她想。在诅咒出现之前,在每个人和每件事都变成这样之前。那是黄金时代,她想,那时智慧和公正是一样的,在一切都破裂成碎片之前。如今一切都变成了无法拼回去的碎片,我们再怎么努力也无法拼回原状。

下方,在黑暗和星星点点的城市灯光中,警笛响起。一辆警车正在全力追击,听起来像一只疯狂的野兽,急欲捕杀猎物,并且知道自己很快就能得手了。她颤抖了一下,夜晚的空气变得很凉。是时候离开了。

现在不是黄金时代,她想,黑暗中还存在那样的声音。我是否也曾发出过那种贪婪的声音?她心想。还是说我是那个猎物?包围,还是被包围?

已经抓到了?

她帮助旁边那个男人起身,他一边颤抖一边呻吟。她帮他站起来,扶着他,帮他一步一步往前走,回到她的车里。在他们下方,警车的警笛声突然停了下来,追捕结束。它的任务完成了。她让鲍勃·阿克托靠在她身上,心想,我的任务也完成了。

"新路径"的两名工作人员站在那里打量地板上的一堆东西,它躺在那里呕吐、颤抖,浑身脏兮兮的,双臂抱住自己,搂着它的身体仿佛想让自己停下来,抵御使它剧烈颤抖的寒冷。

"这是什么?"一位工作人员说。

堂娜说:"一个人。"

"D物质?"

她点点头。

"那东西吃掉了他的脑袋。又一个废物。"

她对他们两人说："要赢也很容易。任何人都可以赢。"她朝鲍勃·阿克托俯下身，默默地说，"再见。"

她离开时，他们正给他披上一条旧军毯。她没有再回头。

她上了车，立刻驶到最近的高速公路上，进入交通最繁忙的车流中。她从车上的磁带盒里拿出卡洛尔·金的《挂毯》放进录音机，这是所有的磁带里她最喜欢的一盘；同时，她费劲地从仪表盘下面看不见的地方拿出用磁铁固定的一把鲁格手枪。她开到最高车速，紧跟前面一辆载着瓶装可口可乐木箱的卡车。卡洛尔·金在立体音响中唱歌，她对着前面几米远的可乐瓶射空了手枪的弹夹。

卡洛尔·金唱出柔和的曲调，这首歌唱的是一个人坐下来变成了蟾蜍，堂娜在射空弹夹之前击中了四个瓶子。玻璃瓶碎片和可口可乐溅到她汽车的挡风玻璃上。她感觉好多了。

公正、诚实和忠诚不属于这个世界，她想。然后，天哪，她猛地撞上她的老对手，她的宿敌，那辆可口可乐卡车，对方完全没有注意到，就那么开走了。撞击使她的小汽车整个转了一圈；前灯灭了，挡泥板和轮胎发出尖锐可怕的声音，她离开高速公路驶入紧急车道，车头朝着相反的方向，水从散热器里流出来，路过的司机们放慢速度，目瞪口呆地看着。

回来，你这个混蛋，她心想。可口可乐卡车早已驶远，仿佛完全没有受到任何影响。也许有那么一两道擦痕。好吧,这迟早会发生的,她的战争,她挂了彩,还要面对难以承受的现实。现在我的保险费率会上升,她从车里爬出来时意识到。在这个世界上,你干点儿坏事就要付出代价,冷冰冰的现金的代价。

一辆老式的福特野马放慢速度,里面的男司机对她叫道:"你想搭便车吗,小姐?"

她没有回答。她只是继续往前走。一个小小的人影走向迎面而来的无限光芒。

14

美国加利福尼亚州圣安娜市,"新路径"的住宿楼撒马尔罕住宅里,休息室的墙上用图钉钉着杂志上剪下的纸页:

> 如果老年患者早上醒来时问及他的母亲,提醒他,她早已去世;他已经八十多岁了,住在疗养院里;现在是1992年,而不是1913年。他必须面对现实,事实上——

有个住户把余下的部分撕掉了,文字就在这里戛然而止。这显然是从专业护理杂志上剪下来的,纸质较厚且光滑。

"在这里,你首先要做的事情,"工作人员乔治带他穿过走廊时告诉他,"是打扫盥洗室。清洗地板、洗脸盆,尤其是马桶。楼里共有三个盥洗室,每层一个。"

"好的。"他说。

"这是拖把,还有一个水桶。你知道该怎么做吧?打扫盥洗室?开始吧,我会看着你干,给你提建议。"

他把水桶拿到后门廊的洗涤盆那里,往里面倒了一些清洁剂,然后是热水。他能看到的只有眼前的水冒出泡沫,泡沫和咆哮。

但他能听到乔治的声音,从视线之外传来:"不要倒太满,因为你会拿不动。"

"好的。"

"你有点儿搞不明白自己在哪儿。"过了一会儿,乔治说。

"我在'新路径'。"他把桶放在地上,里面的水洒了出来;他站在那里低头看着。

"'新路径'在哪儿?"

"在圣安娜市。"

乔治拿起桶给他看,告诉他怎样握紧金属把手,并在走路时来回摆动,"我想以后我们会把你转移到岛上,或者一家农场里,但首先你必须搞定这个洗脸盆。"

"我能做得到,"他说,"洗脸盆。"

"你喜欢动物吗?"

"当然。"

"还是耕种?"

"动物。"

"我们来看看,等我们更熟悉你的时候再说。不管怎样,要过一段时间,每个人在洗脸盆上都要花掉一个月。走进这扇门的每一个人。"

"我喜欢住在乡下。"他说。

"我们有好几种机构。我们会决定你去哪儿最合适。你知道,你在这里可以吸烟,虽然也不鼓励这样做。这里不是'西纳农',那儿可不会让你吸烟。"

他说:"我没烟了。"

"我们每天会给每个住户一包烟。"

"钱呢?"他完全没有钱。

"不用付钱。这里从来不用付钱。你的费用已经付过了。"乔治拿起拖把,放进桶里,给他示范怎么拖地。

"为什么,我完全没有钱?"

"你没有钱包,也没有姓氏,出于同样的原因,以后会还给你的,所有的东西都会还给你。我们要做的就是把从你这里拿走的东西还给你。"

他说:"这双鞋不合脚。"

"我们的物资主要靠商店捐赠,但都是新的。也许晚点儿我们可以找找你的尺码。你试过纸箱里所有的鞋子了吗?"

"是的。"他说。

"好,这里是一楼盥洗室,先打扫这里。然后,等做完以后,要确保做得很好、很完美之后,到楼上去——带着拖把和水桶——我会指给你那里的盥洗室,然后是三楼盥洗室。但你必须得到允许才能上三楼,因为那是小妞们生活的地方,所以先问问工作人员,未经允许千万不要擅自上去。"他拍了拍他的背,"好吧,布鲁斯?明白了吗?"

"好的。"布鲁斯开始拖地。

乔治说:"你要干这个活儿,打扫这些盥洗室,直到你想明白,可以把事情做好。一个人做的是什么事情并不重要,关键是要想明白,从而才能够把事情做好,并为此感到自豪。"

"我会变回以前那样吗?"布鲁斯问。

"是你以前的样子,把你带到了这里。如果你变回以前那样,迟早会再次被带到这里来。下一次,也许你甚至来不了这里。对吗?你能来到这里很幸运,你差点儿就来不了。"

"别人开车送我来的。"

"你很幸运。下次他们可能不会这样做。他们可能把你扔在高速公路上,让你见鬼去吧。"

他接着拖地。

"最好先清洁洗脸盆,然后是洗涤盆,再然后是马桶,最后是地板。"

"好的。"他说着把拖把放到一边。

"这活儿有诀窍。你会掌握的。"

他聚精会神地看着眼前的搪瓷洗脸盆上面的裂痕;他把清洁剂滴进裂缝里,用热水冲洗。蒸汽缓缓升起,他一动不动地站在里面。蒸汽越来越浓。他喜欢这种味道。

午饭后,他坐在休息室里喝咖啡。没有人跟他说话,因为他们知道他正在戒毒。他坐在那里喝着杯子里的东西,能听到他们交谈。他们大家都互相认识。

"如果你从一个已死的身体里面向外看,你仍然能看见,但你无法控制眼部肌肉,所以无法集中视线。你不能转动脑袋或眼球。你唯一能做的就是等待,直到有什么东西经过。你会被定住,只能一直等着。那是种很可怕的情况。"

他低头凝视冒着热气的咖啡,热气缓缓上升,他喜欢这种气味。

"嗨。"

一只手碰了他一下。是个女人。

"嗨。"

他微微转头看了一眼。

"你干得怎么样?"

"不错。"他说。

"感觉好些了吗?"

"我感觉不错。"他说。

他看着咖啡和上面的热气,没有看向她,或者他们中任何人;他一直低头看着咖啡。他喜欢那种温暖的气味。

"如果有人直接从你面前经过,你能看到那个人,只有这种时候才能看到。无论你怎么看都看不到别的。如果一片叶子或别的什么东西飘落到你的眼睛上,你看到的就是它,永远是它。只有那片叶子。没有别的,因为你不能转头。"

"没错。"他双手端起咖啡杯。

"想象一下,有知觉但不是活的。能看到,甚至能分辨,但不是活的。仅仅是向外看。能识别但不是活的。一个人可以死后仍然继续存在。有时,从一个人的眼睛里向外看的那个东西,也许早在童年时就死了。死去的部分还在向外看。不仅仅是里面什么也没有的尸体在看着你;那里面仍然有什么东西存在,但它已经死去,只是继续看着,一直看着;它无法停下不看。"

另一个人说:"死亡就意味着这样,无法不去看出现在你面前的任何东西。一些讨厌的东西直接出现在那里，你什么也做不了，无法选择什么或改变什么。你只能接受出现在那里的东西。"

他们在餐厅里吃晚餐前，有一段**思想教育**时间。不同的工作人员在黑板上写了几条**思想**，进行讨论。

他坐下来，双手交叉放在膝盖上，低头看着地板，听着大咖啡壶加热时发出的嗡嗡声，那声音使他感到害怕。

"有生命的和无生命的东西交换了特性。"

大家坐在四周的折叠椅上，一起讨论这个问题。他们似乎对于思想很熟悉。这显然是"新路径"的一种思考方式，也许他们甚至会记下来，然后反复思考。嗡——嗡。

"无生命的东西，驱动力比有生命的更强。"

他们讨论这个话题。嗡——嗡。咖啡壶的声音变得越来越吵，使他更加害怕，但他没有动也没有去看；他就一直坐在那里听着。很难听清他们在说什么，因为咖啡壶太吵。

"我们把太多无生命的驱动力吸收到我们体内。交换——有人去看看那个该死的咖啡壶吗？怎么回事？"

讨论中断了一会儿，有人在检查咖啡壶。他坐在那儿低头看着地板，等待。

"我再写一遍。'我们用太多不活动的生命交换我们之外的现实。'"

他们讨论这个话题。咖啡壶安静下来,一群人围过去倒咖啡。

"你想喝点儿咖啡吗?"他身后传来一个声音,有人碰了碰他,"奈德? 布鲁斯? 他叫什么名字——布鲁斯?"

"好的。"他站起来跟着他们走向咖啡壶。他排队等着。他们看着他把奶油和糖放进杯子里,他们看着他走回椅子那里,同一张椅子;他确定这是原来的位置,他再次坐下来,继续听。温热的咖啡冒出蒸汽,让他感觉很好。

"活动并不一定意味着生命。类星体是活动的。一个静坐冥想的和尚不是无生命的。"

他坐在那里看着空杯子,一个瓷杯。他把杯子倒过来,看到底部的印字和裂开的釉层。杯子看起来很旧,当年是底特律制造的。

"循环运动是宇宙中最致命的形式。"

另一个声音说:"时间。"

他知道答案。时间是圆的。

"是的,我们现在要休息一下,不过有人想最后简单说说吗?"

"嗯,跟随阻力最小的路线,这就是生存的规则。跟随,而非引领。"

另一个更为苍老的声音说:"是的,追随者比引领者活得更久,比如耶稣基督;反之则不然。"

"我们最好先吃饭吧,因为瑞克,现在五点五十后就不供应晚餐了。"

"等游戏时间再讨论,而不是现在。"

椅子纷纷发出嘎吱声。他也站了起来,和其他人一起把那个旧杯子放在托盘上,跟着他们排队出去。他能闻到周围衣服寒冷的气味,挺好闻的,但是很冷。

听起来他们是在说不活动的生命是好的,他想。但不存在所谓不活动的生命。这是矛盾的。

他想知道生命是什么,意味着什么;也许刚才他没有理解。

有人搬来一大堆捐赠的花里胡哨的衣服。一些人抱着手臂站在一边,另一些人试着穿上衬衫,看似挺满意。

"嘿,迈克。你真是个时髦的家伙。"

休息室中间站着一个矮胖的男人,一头鬈发,脸长得像哈巴狗;他一边整理皮带一边皱起眉头。"这个是怎么弄的? 我不明白你是怎么让它固定住的。它为什么不会松开?"他拿着一条八厘米宽的皮带，上面没有搭扣只有金属环，他不知道怎么系上这皮带。他目光闪烁环顾四周，说道，"我想他们给我的这玩意儿没人能搞定。"

布鲁斯从他身后向他走来，把腰带扣在环上绕了一圈系牢。

"谢谢。"迈克说。他整理了几件衬衫，噘起嘴唇对布鲁斯说，"等我结婚时，我就从这里面找一件穿。"

"挺好。"他说。

迈克朝休息室另一端的两个女人走去，她们露出微笑。迈克把一件深紫红色的衬衫往身上比了比，说："我要到城里去。"

"好了，进去吃晚饭吧！"常务主管精神饱满、声音洪亮地喊道。他朝着布鲁斯眨了眨眼，"你怎么样，伙计？"

"很好。"布鲁斯说。

"你听起来像是感冒了。"

"是的，"他表示同意，"确实。我能不能吃点儿感冒药或者——"

"这里没有药物，"常务主管说，"完全没有。赶快进去吃饭。你胃口怎么样？"

"还行。"他跟着走进去。他们坐在桌边对他微笑。

晚餐后，他在一二楼之间宽阔的楼梯中间坐下。没有人跟他说话,他们正在开会。他一直坐在那儿直到会议结束,所有人都出现在走廊里。

他觉得他们看见他了,也许会有人跟他说话。他坐在楼梯上,蜷成一团,手臂搂住自己,一直看啊看。他眼前只有黑色的地毯。

现在没有别的声音。

"布鲁斯?"

他没有动。

"布鲁斯?"一只手碰了他一下。

他什么也没说。

"布鲁斯,到休息室来。你应该在房间里睡觉,但是,你看,我想和你谈谈。"迈克招手让他跟上。他和迈克一起下楼走进休息室,里面空无一人。当他们进入休息室之后,迈克把门关上。

迈克坐在一把椅子上,示意他在自己对面坐下。迈克看起来很疲倦,他那双小眼睛周围能看到黑眼圈,他揉了揉自己的额头。

"我今天早上五点半就起床了。"迈克说。

有人敲门,门被打开了。

迈克大声喊道:"我不想让任何人进来! 我们正在谈话! 听到了吗?"

有人嘟哝了一句。门关上了。

"你知道,你最好每天换几次衬衫,"迈克说,"因为出汗时会有难闻的气味。"

他点了点头。

"你来自哪个地方?"

他什么也没说。

"从现在开始,如果你感觉不太好就来找我。我有过同样的经历,大约一年半以前。不同的工作人员曾经开车送我到处跑。你见过埃迪吗? 那个又高又瘦、给每个人做记录的家伙? 他有八天时间开车带着我到处兜圈子。从来不让我独自一人待着。"迈克突然喊了起来,"你能离这儿远点儿吗? 我们正在这里谈话。去看电视吧!"他看着布鲁斯,声音又沉下来,"有时候你不得不这样做。永远不要让某个人独自待着。"

"我明白了。"布鲁斯说。

"布鲁斯,小心不要自杀。"

"是的,长官。"布鲁斯眼睛盯着下方。

"别叫我长官!"

他点点头。

"你坐过牢吗,布鲁斯? 是那么回事吗? 你是在监狱里接触到那东西的?"

"不是。"

"你是注射还是口服?"

他没有出声。

"'长官',"迈克说,"我自己就曾经坐过牢,在监狱里待了十年。有一次,我看到我们那排牢房里有八个人在同一天割喉。我们睡觉时要把脚放在厕所里,牢房只有这么点儿地方。监狱就是这样,睡觉时脚只能放在厕所里。你从没进过监狱,对吗?"

"没有。"他说。

"但另一方面,我看到八十岁的犯人仍然很高兴能活着,也想要继续活下去。我记得当年吸毒时,我是注射的;我从十几岁就开始注射毒品。我就没干过别的什么事情。我注射毒品,然后在监狱里待了十年。我注射过很多——混合海洛因和D物质——我就没干过别的什么事情;我就没见过别的什么东西。现在,我戒掉了,我出狱了,我来到这里。你知道我最关注的是什么吗? 你知道我发现现在的生活和以前最大的区别是什么吗? 现在我可以来到外面,走上街头,看见一些东西。我们去森林里,我能听到水流声——以后你会看到我们的另一些机构,农场之类的。我沿着街道一路走过普通的街道,看到小狗和小猫。以前我从来都看不见它们,我只能看见毒品。"他看了看手表。"所以,"他接着说,"我能理解你的感受。"

"很难，"布鲁斯说，"彻底戒掉。"

"这里每个人都戒掉了。当然，有些人会复吸。如果你离开这里，又会变回老样子。你知道。"

他点了点头。

"这地方没有谁活得轻松惬意。我不是说你的生活很轻松。埃迪倒是会这样说。他会告诉你，你的烦恼不值一提。但烦恼就是烦恼，总会困扰你。我知道你感觉有多糟，我也曾经有过这样的感受，而现在我感觉好多了。你的室友是谁?"

"约翰。"

"哦，没错。约翰。那你肯定去过地下室。"

"我喜欢那里。"他说。

"是的，那里很暖和。你可能感冒很严重。我们大部分人都是，我记得我也有过;我一直浑身颤抖，把屎拉在裤子里。好吧，让我告诉你，如果你留在'新路径'，你就不用再次经历这一切。"

"多长时间?"他说。

"一辈子。"

布鲁斯抬起头。

"我不能离开，"迈克说，"我如果出去的话，又会开始吸毒。我在外面有太多的朋友。我会再次回到黑暗的角落里，购买毒品并注射，然后回到监狱里再待二十年。你知道——嘿——我三十五岁了,即将第一次结婚。你见过劳拉吗,我的未婚妻?"

他不太确定。

"那个漂亮女孩,很丰满,身材很好的。"

他点点头。

"她害怕出门。必须有人陪她一起。我们要去动物园……下周我们要带常务主管的小男孩去圣地亚哥动物园,劳拉害怕死亡。比我更害怕。"

一片沉默。

"你听到我说的话了吗?"迈克说,"我害怕去动物园。"

"是的。"

"在我的记忆里,我从来没有去过动物园。"迈克说,"人们在动物园里都做些什么? 也许你知道。"

"看看不同的笼子,还有围栏封起来的露天场地。"

"他们有什么动物?"

"各种各样的都有。"

"野生动物,我猜。一般是野生动物,还有外国动物。"

"圣地亚哥动物园能看到几乎每一种野生动物。"布鲁斯说。

"他们有那个……叫什么来着? 树袋熊。"

"是的。"

"我在电视上看过一个广告,"迈克说,"里面有只树袋熊。

一蹦一跳。它们就像毛绒玩具。"

布鲁斯说："孩子们玩的那个泰迪熊，就是二十世纪照着树袋熊的样子做出来的。"

"是吗？我猜你得去澳大利亚才能看见树袋熊。也许它们现在已经灭绝了？"

"澳大利亚有很多，"布鲁斯说，"但禁止出口。无论是活的还是它们的毛皮。它们几乎要灭绝了。"

"我从来没去过任何地方，"迈克说，"除了把货从墨西哥运到不列颠哥伦比亚省温哥华的时候。我一直都是走同样的路线，所以没见过什么风景。我只会把车开得很快，搞定这活儿。我开的是那种普通汽车。如果你喜欢的话，当你感觉很糟的时候，我可以开车带你四处转转。我来开车，我们可以谈谈。我不介意。现在埃迪和其他人不会为我做这种事了。我不介意。"

"谢谢。"

"现在我们两人都该上床睡觉了。他们有没有让你早上去干厨房里的活儿？布置餐桌或者上菜？"

"没有。"

"那你就跟我一样去睡觉。我们早餐时再见。你来我这桌一起坐，我会把你介绍给劳拉。"

"你们什么时候结婚？"

"一个半月以后。如果你能来的话我们会很高兴的。当然，就在这座大楼里，所有人都会参加。"

"谢谢你。"他说。

他坐在**游戏**的包围圈里，他们对他尖叫。面孔，到处都是，一直在尖叫，他低头凝视下方。

"你知道他是什么吗？接吻狂！"一个尖锐的声音使他抬起头来。在那些扭曲到可怕的尖叫面孔中，一个中国女孩在咆哮，"你是个接吻狂，你就是那样！"

"你能见鬼去吗?! 你能见鬼去吗?!"其他人对他反复喊叫，他在地板上蜷缩成一团。

常务主管穿着红色喇叭裤和粉色拖鞋，露出微笑。闪闪发光的小眼睛，就像幽灵一样。他来回摇晃，细长的双腿蜷缩在身下，底下没有坐垫。

"见你的鬼去吧！"

常务主管感到有东西被打破，他似乎很喜欢这个；他的眼睛闪闪发光，看得出非常快活。就像古老的戏院里装腔作势的舞台伶人，极具天分，十分善变，他环顾四周，欣赏这一切。后来，他时不时发出一种颤音，单调刺耳，就像金属的噪声，机械铰链刮擦的声音。

"接吻狂!"那个中国姑娘对他吼叫,旁边另一个女孩抓住她的手臂,鼓起脸颊。"这里!"中国姑娘叫道,转过身撅起屁股对着他,指着那里对他喊,"吻我的屁股,然后,接吻狂! 他还想亲吻别人,吻这个,接吻狂!"

"见你的鬼去吧!""家人"们反复喊叫,"你自己去打手枪,接吻狂!"

他闭上眼睛,但他的耳朵仍然能听见。

"你这个告密者。"常务主管慢慢地对他说,声音单调,"你这杂种,你这混账,你这狗屎,你这臭老二,你——"没完没了。

他的耳朵仍然能听到声音,但是全都混杂在一起。有一次声音暂时平息下来,他分辨出迈克的声音,抬头看了一眼。迈克面无表情地看着他,脸上有点儿红,脖子周围的衬衫领子绷得太紧。

"布鲁斯。"迈克说,"怎么了? 你怎么会到这里来? 你想告诉我们什么? 你能告诉我们任何关于你自己的事吗?"

"告密者!"乔治尖叫着,像个橡胶球一样跳来跳去,"你以前是干什么的,告密者?"

中国女孩跳了起来,尖声叫道:"告诉我们,你这白痴妖怪妓女皮条客,你这亲吻屁股的家伙,你这该死的!"

他说:"我是个眼线。"

"你这臭老二。"常务主管说,"你这懦夫,你这恶心鬼,你这马屁精,你这歹徒。"

现在他什么也听不到。忘记了词语的意思,最终忘记了这些词语本身。

他只能感觉到迈克在看着他,看着、听着,什么也听不到;他不知道,他不记得,他几乎感受不到,他感觉很不好,他想离开。

他体内的真空逐渐增加。他其实有点儿高兴。

天色已晚。

"看这儿,"一个女人说,"我们把陷入幻觉状态的人都放在这儿。"

她打开门时,他感到有些害怕。门开了,声音从房间里飘出来,房间的大小令他感到吃惊;但他看到很多小孩子在玩耍。

那天晚上,他看到两个老人坐在厨房附近一个单独的小厅里,把牛奶和儿童食品喂给孩子;厨师瑞克先把孩子们的食物交给那两个老人,虽然所有人都在餐厅里等着。

一个中国女孩拿着盘子去餐厅,对他微笑着问:"你喜欢孩子吗?"

"是的。"他说。

"你可以和孩子们坐在一起,和他们一起吃饭。"

"哦。"他说。

"以后你也可以喂他们吃饭,大概一两个月以后。"她犹豫了一下,"处于正常状态时,你就不会打他们。我们有一条规定:无论孩子们做了什么事情,都不能打他们。"

"好的。"他说。看着孩子们吃饭,他感受到生活中的温暖。他坐下来,一个小孩爬上他的膝盖。他开始把食物舀给孩子吃。他想,他和孩子两人都同样感到温暖。那个中国女孩对他微笑了一下,然后拿着盘子继续走向餐厅。

很长一段时间里,他坐在孩子们中间,抱起一个孩子,然后又是另一个。两个老人和孩子们吵吵闹闹,批评对方喂食的姿势。饭桌和地板上满是食物的碎屑和污迹,他吃惊地发现孩子们都已经被喂饱了,要去他们的大游戏室看电视上播放的动画片。他笨拙地俯身清理洒落的食物。

"不,那不是你的活儿!"一个老人尖声地说,"应该我来干。"

"好吧。"他没什么意见,站起身时脑袋撞到了桌边。他手里抓了些洒落的食物,若有所思地盯着看。

"去帮忙打扫餐厅吧!"另一个老人对他说。他有轻微的语言障碍。

厨房里的一个帮手,站在洗碗盆旁边的一个人顺口对他说:

"你需要得到许可才能和孩子们坐在一起。"

他点点头，困惑不解地站在那里。

"那是老家伙们干的，"洗碗盆旁边那家伙说，"保姆。"他笑了起来，"他们反正也干不了别的。"他继续说。

还有一个孩子。她那双大眼睛仔细地打量他，然后对他说："你叫什么名字？"

他没有回答。

"我说，你叫什么名字？"

他小心翼翼地摸了摸桌上的一点儿牛肉。现在已经凉掉了。但是，看到身边这个孩子，他仍然能感受到温暖；他轻轻地摸了摸她的头。

"我叫塞尔玛。"那个孩子说，"你忘记了你的名字吗？"她拍了拍他。"如果你忘了你的名字，你可以把它写在手上。要不要我告诉你怎么做？"她又一次拍了拍他。

"不会被洗掉吗？"他问她，"如果你写在手上，做什么事情或者洗个澡的话，它就会被洗掉。"

"哦，我明白了。"她点点头，"嗯，你可以把它写在墙上，头顶的墙上。在你睡觉的房间里。写在高处，洗不掉。然后，如果你想知道自己的名字，你可以——"

"塞尔玛。"他嘟哝了一句。

"不,那是我的名字。你应该是另一个名字,而且'塞尔玛'是个女孩的名字。"

"让我想想。"他说,陷入沉思。

"如果我还能再见到你,我会给你一个名字,"塞尔玛说,"我会给你想一个。比如,凯?"

"你不住在这儿吗?"他问。

"我住这儿,但我妈妈可能会离开。她在考虑要不要带我们离开,我和我弟弟。"

他点点头。他失去了一些温暖。

突然,他看到那个孩子莫名其妙地跑掉了。

无论如何,我应该给自己想个名字,他下了决心;那是我的责任。他端详着自己的手,想知道为什么他要这样做;手上什么也看不到。布鲁斯,他想,那是我的名字。但应该有比那更好的名字,他想。残存的温暖渐渐消失,就像那个孩子一样。

他感到孤独、陌生,又一次陷入茫然。不是很开心。

有一天,迈克·韦斯特韦尔被派到外面工作,去拿当地超市捐赠给"新路径"的一车几乎腐烂了的产品。但在确定没有工作人员跟着他之后,他打了个电话,然后在麦当劳快餐店和堂娜·霍索恩见面。

他们一起坐在外面,两人中间的木桌上放着可口可乐和汉堡包。

"我们真的能搞定他吗?"堂娜问。

"能。"韦斯特韦尔说。但他想,那家伙脑子这么混乱,我怀疑这有没有意义,我不知道我们是否达成了什么目标。但只能这样做。

"他们并不怎么怀疑他?"

"不怀疑。"迈克·韦斯特韦尔说。

堂娜说:"你确信他们正在生产那些东西吗?"

"不是我。不是我相信,是他们。"付钱给我们的那些人,他想。

"那个名字是什么意思?"

"本体论。灵魂的死亡。身份。自然本质。"

"他还能恢复吗?"

韦斯特韦尔看着路过的汽车和行人,一边狼吞虎咽地吃东西一边闷闷不乐地看着食物。

"我真的不知道。"

"永远无法知道,直到这种事真的发生。依靠一段记忆,几个变成焦炭的大脑细胞突然又亮了起来,就像本能反应。反应,而不是行动。我们可以抱有希望。记不记得保罗在《圣经》中所说的：信心、希望、捐出你的钱。"他打量着对面那个年轻漂亮的黑发女孩，从她那张聪明伶俐的面孔上可以感受到，为什么鲍勃·阿克托——不，他想，我必须把他当作布鲁斯。否则我会逃避，不想知道太多：我不应该知道不能知道的事情。布鲁斯为什么总是在想她。当他有能力思考时总是在想她。

"他顺利深入内部了。"堂娜说，在他听来她的声音异常凄凉。同时，她脸上掠过一种悲伤的表情，面孔紧绷而扭曲。"付出了这么大的代价。"她像是自言自语地说道，然后喝了口可乐。

他想，但没有别的办法，如果想进入那里。我进不去。这一点毫无疑问，想想我尝试了多久。他们只会让布鲁斯那样被毒品烧坏大脑的躯壳进去。安全无害。他必须变成……他现在这样。否则他们不会冒风险的，这是他们的方针。

"政府索取太多。"堂娜说。

"生活索取太多。"

她抬起头，面对他，双眼怒火中烧。"在这个案例中，联邦政府索取得尤其多。从你这里，从我这里，从——"她中断了话语，"从我朋友那里。"

"他还是你的朋友。"

堂娜凶狠地说："他还剩下什么呢？"

他脑子中还剩下的东西，迈克·韦斯特韦尔想，仍然在寻找你,以他的方式。他也感到悲伤。但是天气很好,行人和汽车令他心情振奋,空气清新。最令他振奋的是,还有成功的希望。他们已经走了这么远。他们可以走完余下的路程。

堂娜说:"我想,真的,没有什么比这更可怕了,牺牲某个人或某个东西,一个活生生的东西,而他甚至都不知道。如果他知道,如果他有所了解,并且是自愿的。但是——"她做了个手势,"他不知道,他从来都不知道。他不是自愿的。"

"他当然是。这是他的工作。"

"他不知道,他直到现在都完全不知道,因为他现在什么都不知道了。你和我一样清楚这一点。他一生中再也不会有任何想法,他的一辈子都会这样。只有本能反应。这不是偶然发生的,这是必然发生的。所以我们身上有了……恶业。我能感觉到它压在我背上,就像一具尸体。我身上带着一具尸体——鲍勃·阿克托的尸体。即使从技术角度来说他还活着。"她的声音越来越高,迈克·韦斯特韦尔做了个手势,她很明显在努力控制自己冷静下来。坐在另一些木桌旁边的人吃着汉堡包、喝着奶昔,好奇地看了过来。

韦斯特韦尔停顿了片刻,说道:"好吧,从这个角度来看,他们不能审讯无法思考的某个东西、某个人。"

"我得回去上班了。"堂娜看了看她的手表,"我会告诉他们一切都没问题。你告诉我的那些事,按你的意见来。"

"等到冬天。"韦斯特韦尔说。

"冬天?"

"得等到那时候。别管为什么,反正就是这样;要么冬天能搞定,要么完全搞不定。到时候我们要么成功,要么压根儿不行。"就在冬至,他想。

"很合适的时间。一切都死去,埋葬在雪下。"

他笑了起来,"在加利福尼亚?"

"灵魂的冬天。**本体论**。当灵魂死去时。"

"只是睡着了。"韦斯特韦尔说。他站了起来,"我也得走了,我得去拿一大堆蔬菜。"

堂娜带着一种悲伤、苦恼的神情看向他。

"给厨房的,"韦斯特韦尔温和地说,"胡萝卜和莴苣。那些东西是麦考伊市场捐赠给我们'新路径'的穷人的。很抱歉我这么说。这不是开玩笑。没有任何说笑的意思。"他拍拍她穿着皮夹克的肩膀。他做出这个动作时,突然想到,很可能是鲍勃·阿克托在以前更美好、更快乐的日子里给她买了这件夹克作为礼物。

"这项任务,我们一起干了很长时间,"堂娜用温和平稳的声音说,"我不想再干这个了。我希望赶紧结束。有时候,晚上我睡不着时，我会想，该死的，我们比他们更冷酷无情。比我们的对手。"

"在我眼中，你不是一个冷酷的人。"韦斯特韦尔说，"虽然我想，我其实不太了解你。我所看到的，清清楚楚看到的，你是我见过的最温暖的人之一。"

"我的外表是温暖的，人们看到的地方。温暖的眼睛，温暖的脸，该死的温暖的假笑，但我的内心一直是冷酷的，充满了谎言。我不是表面看上去的样子，我很可怕。"女孩的声音一直保持平稳，她一边说话一边露出微笑。她大大的瞳孔中只有温柔，毫无诡诈，"但是，没有别的办法。有吗？我很久以前就想明白了这一点，让自己变成这样。但其实也没那么糟。这样你能得到你想要的东西。在一定程度上，所有人都是这样。我是什么样子，最讨厌的一点是——我是个骗子。我骗了我的朋友，我一直对鲍勃·阿克托撒谎。有一次我甚至告诉他，不要相信我说的任何话，当然，他以为我只是在开玩笑；他没有认真听。但我这样说之后，如果再跟他说些什么，他就有责任不要听我说的话，不要再相信我。我警告过他。但我刚一说完，他就忘了，然后马上就走了。一路向前。"

"你做了你不得不做的事情，你所做的都是你必须做的。"

女孩准备离开。"好吧，那么到目前为止，我确实没什么要汇报的。除了你的秘密。他进去那里,他们接受了他。他们还没有从他身上得到任何东西,在那些——"她颤抖了一下,"那些粗俗的'游戏'中。"

"是的。"

"稍后见。"她停顿了一下,"联邦政府恐怕不想等到冬天。"

"但必须是冬天,"韦斯特韦尔说,"冬至。"

"为什么?"

"等待,"他说,"以及祈祷。"

"那是胡说八道,"堂娜说,"我说的是祈祷。我很久以前也会祈祷,经常祈祷,但如今再也不干了。如果祈祷有用,我们就不必这样做了。对于我们现在所做的事情,祈祷是毫无意义的。"

"大多数事情都是这样。"他跟着那个准备离开的女孩走了几步。他很喜欢她,被她的魅力吸引,"我不觉得是你摧毁了你的朋友。在我看来,你也和受害者一样被摧毁了。只是在你身上没有表现出来。不管怎么说,没有其他选择。"

"我要下地狱了。"堂娜突然笑了起来,很孩子气地咧嘴大笑,"我是在信奉天主教的环境中长大的。"

"在地狱里,他们会卖给你一些镍质的袋子,你回家以后发现里面是M&M快餐。"

"M&M是用火鸡肉做的。"堂娜说,然后立即就走了,消失在来来往往的人群中。他眨了眨眼睛。鲍勃·阿克托的感受就是这样吗?他心想。肯定是。她就在那里,很安定,仿佛永远都是那样;然后——转眼就不见了,就像火焰或空气一样消失,或者像土地中的元素又回到土地中。融入络绎不绝的人流,消失在他们中间。消失的女孩,他想。变换。她随心所欲,来去自由。没有什么人,没有什么东西,能抓住她。

我这是竹篮打水,他想。阿克托也一样。纯属徒劳,他想,想要用手牢牢地抓住一名联邦政府的缉毒特工。他们行踪诡秘,汇报完任务之后就像影子一样化为乌有。仿佛他们从未真正出现在之前那个位置。阿克托,他想,爱上的是一个警方幽灵,一个全息图像,普通人可以从全息图像中穿过,出现在另一端。只剩下他独自一人。他不可能抓住对方——抓住那个女孩本身。

上帝的做法,他想,是把恶转化为善。如果袍出现在这里,那也会是这样做的,虽然我们的眼睛看不见;这个过程隐藏在现实的表面之下,以后才会浮现出来。也许,我们的后代能等到那一天。渺小的人类不知道我们经历过多么可怕的战争,我们承受了怎样的损失,这对他们来说只是历史书脚注中的一些概念。泛泛提及,没有阵亡者名单。

应该在什么地方立个纪念碑,他想,——列出为此献身的人,以及更惨的、那些没能死去的人。那些必须活下去,遭遇比死亡更甚的人,比如鲍勃·阿克托那样的人。这是最悲哀的。

我有种感觉,堂娜像是拿钱办事的雇佣兵,他想,而不是拿薪水的公职人员。他们是最像幽灵的。他们会彻底消失,然后拥有新的名字,出现在新的地点。你心里会想,她现在在哪儿?答案是——

哪儿都没有。因为她已经不在之前的地方。

迈克·韦斯特韦尔又在木桌边坐下,吃掉了汉堡包,喝掉了可乐。因为这些东西比"新路径"提供的膳食好吃得多。即使汉堡是用牛臀肉做的。

想要把堂娜叫回来,想要找到她、拥有她……我现在追求的东西就是鲍勃·阿克托曾经追求的,所以,也许从这方面来说,他现在倒比之前强点儿。悲剧已经存在于他的生命中。爱上一个空气般的幽灵,那才是真正的悲哀,本身就毫无希望。她的名字完全不会出现在纸页上,完全不会出现在年报中:没有本地住处,没有姓名。有些女孩就是那样,他想,你最爱的那些女孩,毫无希望,因为就在你伸出双手想搂住对方的那一刻,她已经躲开了。

也许我们把他从更糟糕的事情中拯救出来了,韦斯特韦尔得出结论。与此同时,把他余下的部分加以利用,在好的方面、有价值的方面加以利用。

如果我们运气好的话。

"你会讲故事吗?"有一天塞尔玛问。

"我知道一个关于狼的故事。"布鲁斯说。

"狼和祖母那个故事?"

"不是,"他说,"黑白狼的故事。它爬上树,一次又一次扑下来杀死农夫的牲口。终于有一天,农夫把他所有的儿子,以及儿子们的朋友都叫来,站在四周等待黑白狼从树上扑下来。最后,那只狼扑到一只脏兮兮的棕色动物身上,它披着那身黑白相间的毛皮被所有人一起开枪击中。"

"哦,"塞尔玛说,"那太糟了。"

"但他们把狼皮保存了下来。"他继续说,"他们把那只从树上扑下来的黑白狼剥了皮,把漂亮的狼皮保存好,让后代能看到它曾经的样子,对它的力量和体型惊叹不已。后代谈起农夫,关于他的英勇和威严有很多故事,人们会为他的死流泪。"

"他们为什么要开枪打死它?"

"他们不得不这样做,"他说,"对于那么一只狼,你只能这样做。"

"你还知道别的故事吗？更好的故事？"

"没了。"他说，"这是我知道的唯一一个故事。"他坐在那里回忆，那只狼怎样利用强大的跳跃能力，矫健的躯体一次又一次跳下来，但现在，那具躯体消失了，被人们射杀了。那些瘦弱的动物会被宰杀和吃掉。没有力量的动物永远无法跳跃，也不会对自己的躯体感到骄傲。但无论如何，从好的方面来说，那些动物还能挣扎着活下去。黑白狼从不抱怨，即使在他们击中它的时候，它也什么都没说。它的爪子仍然狠狠地抓住猎物。不为什么，那就是它的风格，它喜欢那样做。它唯一的风格。它唯一的生活方式。它只会这样生活。然后他们抓住了它。

"狼来了！"塞尔玛尖叫着，笨拙地跳来跳去，"哇哦，哇哦！"她想抓住什么东西却又抓不住。他惊慌地发现，她是有问题的。他第一次发现这一点，十分忧虑，不知道怎么会发生这种事，她的大脑存在损伤。

他说："你不是狼。"

尽管如此，她仍然四处摸索、跌跌撞撞，时不时绊倒；他意识到，大脑损伤还在继续影响她。他想知道怎么会……

> 我这个倒霉的阿特拉斯，身背一个世界，
>
> 我必须背上这充满了痛苦的整个世界。

我背的东西压得我难以忍受，

我胸中的心脏快要被压碎啦！①

……存在这么悲哀的事情。他转身离开。

在他身后，她仍然在玩。她摔倒在地上。那是怎样一种感觉？他想知道。

他沿着走廊一路走过去，寻找真空吸尘器。他们告诉他必须用吸尘器仔细打扫大游戏室，孩子们大部分时间都在那里玩。

"沿走廊向右拐。"有个人给他指路。是厄尔。

"谢谢，厄尔。"他说。

他找到一扇关着的门，先是敲了敲，然后直接打开门。

一个老妇人站在房间里，手里拿着三个橡胶球，正在玩杂耍。她转向他，乱乱的灰发垂在肩上，她对他咧嘴一笑，嘴里几乎已经没有了牙齿。她穿着白色的短袜和网球鞋。他看到，一双凹陷的眼睛；凹陷的眼睛，空洞的嘴巴咧嘴笑着。

"你会这样吗？"她喘着气说，把三个球一起抛到空中。它们掉了下来，打在她身上，又落到地板上。她弯下身子，吐了口唾沫，开始大笑。

---

① 原文为德文，出自声乐套曲《天鹅之歌》，严宝瑜译。

"我不会。"他站在那里沮丧地说。

"我会。"那个瘦弱的老妇人说。她走路时胳膊发出嘎吱嘎吱的声音。她捡起球,眯起眼睛,想搞明白怎么做。

另一个人出现在门口,站在布鲁斯旁边,和他一起看着。

"她练了多长时间了?"布鲁斯问。

"好长时间了。"那个人喊道,"再试一次! 你快要成功了!"

老妇人咯咯笑起来,弯下腰摸索着又一次把球捡起来。

"有一个在那边,"布鲁斯旁边的人说,"床头柜下面。"

"哦!"她喘着气说。

他们看着老妇人试了一次又一次,球掉在地上,再捡起来,小心做好准备,保持自己身体平衡,把几个球高高地抛到空中,然后那些球落在她身上令她弓起背,有时还会打中她的脑袋。

布鲁斯旁边的人嗅了嗅说:"堂娜,你最好把你自己弄干净点儿。你身上不干净。"

布鲁斯震惊地说:"那不是堂娜! 那是堂娜?"他抬起头看着那个老妇人,感到非常害怕;老妇人反过来看向他时,眼中似乎含着泪,但她在笑,笑着把那三个球朝他扔过来,想打中他。他躲开了。

"不,堂娜。不要那样做,"布鲁斯旁边的人对她说,"不要打人。接着练,就像你在电视上看到的那样,你知道,球掉下来时抓住它们,然后再把它们扔上去。但现在去把你自己弄干净,你臭气熏天。"

"好吧。"老妇人答应了,匆匆离开,弯腰驼背,看起来只有小小一团。那三个橡皮球还在地板上滚动。

布鲁斯旁边的人关上门,他们沿着走廊离开。"堂娜来这里多久了?"布鲁斯问。

"很长时间了。比我来得早,我是六个月以前来的。她大概一周前开始练那个杂耍。"

"那不是堂娜,"他说,"如果她在这里已经待了那么久……我可是一个星期前刚来这儿。"他想,堂娜开着她的名爵汽车把我送到这里。我记得这件事,因为我们不得不中途停下,等她给散热器加水。当时她看起来不错。用悲伤的、安静的黑眼睛看着我,穿着她的小皮夹克和她的靴子,还拿着她的钱包,上面有只兔子的脚晃来晃去。她也总是那样晃荡双脚。

然后他继续寻找真空吸尘器。他感觉好多了,但他不明白为什么。

15

布鲁斯说:"我能干点儿和动物相关的工作吗?"

"不,"迈克说,"我想我会把你安排到我们的一家农场里。我想这几个月先让你试试种地。在户外,你可以接触土地。已经有太多的火箭太空探测器尝试触碰天空,我希望你试着接触——"

"我想和活的东西在一起。"

迈克解释说:"土地就是活的。地球依旧活着。在那里,你可以得到最好的帮助。你接触过农业吗?播种、耕作和收获?"

"我以前在办公室工作。"

"从现在开始你会在户外工作。如果你的大脑想恢复正常,就只能依靠自然。你不能让自己再去思考。你只能不断地干活儿,比如在我们的蔬菜种植园里播种,耕地,或者杀虫。这种活儿很多,要使用合适的喷雾剂赶走虫子。不过,我们使用喷雾剂时非常谨慎。这种东西弊大于利。它们不仅会毒害庄稼和土地,也会毒害使用者,会吞噬他的大脑,"他补充道,"就像你的大脑被吞噬一样。"

"好吧。"布鲁斯说。

你被喷过,迈克看着那个人心想,所以现在你变成了一只虫子。把杀虫剂喷向一只虫子,它会死掉;喷向一个人,喷向他的大脑,他会变成一只虫子,永远在一个封闭的圆圈里叽叽喳喳、摇摇晃晃。变成一台只会本能反射的机器,就像一只蚂蚁。只会重复他接收到的最后一条指令。

再也没有什么新东西会进入他的大脑,迈克想,因为大脑已经消失了。

与此同时,那个曾经向外凝视的人也一样消失了。那个我以前不认识的人。

但也许,如果把他以正确的姿势放在正确的位置,他仍然可以向下看,看到地面,然后认出这个地方。把某种活着的东西,与他自己不同的东西,种到地里,让它生长。

因为这就是他或它再也做不到的事情:我身边这个生物已经死去,再也无法生长。它只会逐渐腐烂,直到残余的部分也彻底死去,然后我们把它运走。

对于死去的人来说,迈克心想,几乎没有未来。一般来说,只有过去。对于阿克托-弗莱德-布鲁斯来说,甚至没有过去,只有现在的这种状态。

他开着工作车一路向前行驶,旁边蜷缩成一团的人微微晃动,仿佛汽车给他带来了一丝生气。

我不知道,他想,他这个样子是不是"新路径"造成的。在社会上释放出一种物质,使他变成这样,**好让他们最后可以把他接回来?**

他想,为了在一片混乱中建立起他们的文明。如果那真的是"文明"。

他不知道。他来到"新路径"的时间还不够长;常务主管曾告诉他,只有等他担任职员两年后,才会把他们的目标告诉他。

那些目标,常务主管说,与戒毒康复完全没有关系。

除了常务主管唐纳德之外,没有人知道"新路径"的资金来源。钱一直都有。好吧,迈克想,制造D物质能赚到很多钱。在各地偏远的乡村农场,在小商店里,在一些标牌写着"学校"的机构里,制造、分装,最终售出。至少能赚到足够的钱保障"新路径"收支平衡、稳步发展——并且更进一步,有足够的钱用于各方面的终极目标。

一切取决于"新路径"打算做什么。

他知道一些事情——美国缉毒机构也知道一些事情——而大多数公众，甚至警察，是不知道的。

D物质，像吗啡类毒品一样，来自有机物，而不是实验室。

所以，当他想到所有这些利润都用于维持"新路径"收支平衡以及稳步发展，就感觉意味深长，他经常产生这种感觉。

不应该让活着的人，他想，为死者的目标服务。但是死者——他瞥了布鲁斯一眼，他旁边那个空荡荡的躯体——如果可能的话，应该为活人的目标服务。

他认为，那就是生命的法则。

而死者，如果他们还有感觉的话，也许这样会感觉更好。

死者，迈克想，他们仍然可以看到，即使他们无法理解；他们是我们的摄影机。

16

　　他在厨房水槽下面发现了一小块骨头碎片，混在肥皂盒、刷子和水桶中间。看起来像是人的骨头，他想知道这是不是杰瑞·法班的。

　　这使他想到很久以前发生的一件事。他曾经和另外两个人住在一块儿，有时他们会开玩笑说，他们养了只老鼠叫弗莱德，住在水槽下面。有一次他们彻底身无分文了，就跟别人说，他们不得不吃掉可怜的老弗莱德。

　　也许这就是它的一块骨头碎片，是那只他们瞎编出来的，曾经住在他们的水槽下面的那只老鼠的一块骨头。

　　他听着他们在休息室里的谈话。

　　"这家伙比他表现出来的更神志不清，我能感觉得到。有一天,他开车去文图拉,到处转来转去想找个从奥哈伊回到内陆的老朋友。他一眼就认出了那座没有门牌号的房子,停下车,问别人他能不能见利奥。'利奥死了,很遗憾你不知道这事。'那家伙说,'好吧,我星期四再来。'然后他驱车离开,沿着海岸开车回去。我猜他星期四又一次过去找利奥。这算怎么回事?"

他听着他们交谈,喝着自己的咖啡。

"——结果,电话簿里只有一个电话号码;不管你要给谁打电话都得拨这个号码。一页又一页上面都是这个号码……我说的是一个彻底混乱的社会。你的钱包里也是那个号码,那个号码潦草地写在不同的纸条和名片上面,来自不同的人。如果你忘记了这个号码,你就没办法给任何人打电话。"

"你可以打给查号台。"

"那也是同一个电话号码。"

他还在听;很有趣,他们描述的这件事情。你打电话时,电话号码本是混乱无序的,如果不是你要找的人,他们会说:"对不起,你拨错号码了。"于是你再次拨打同样的号码,这次接通了你想找的人。

有人去看医生——只有一个医生,负责所有的科室——也只有一种药。他做出诊断,给你开了这种药。你拿着处方去药房取药,但药剂师看不懂医生写的是什么,于是他把那种唯一的药物给你，也就是阿司匹林。这东西可以治疗你所有的毛病。

如果你触犯了法律，只有一条法律，所有人违背的都是这条法律。警察辛辛苦苦地记下来，每一次违背了哪条法律，但其实都是同一条。而且任何违法行为都会受到同样的惩罚，从乱穿马路到叛国罪都一样：唯一的刑罚是死刑。也有人呼吁废除死刑，但这是不可能的，因为会导致任何违法行为都像乱穿马路一样不会受到任何处罚。所以这种呼吁始终停留在纸面上，最终整个社会彻底变得神志不清，并且死去。不，没有变得神志不清——他们原本就是那个样子。随着他们违背法律，他们一个接一个消失，也就是死掉。

他想，我猜当人们听说他们中最后一个人死去时，他们会说，我不知道那些人是怎么回事。"让我们看看——好吧，我们星期四再来。"他虽然不太确定，但还是笑了起来，他大声地说出那些话时，休息室里每个人也都是这样想的。

"很好，布鲁斯。"他们说。

当时，那句话已经成为一种口头禅；如果撒马尔罕住宅里有人搞不明白什么事，或者找不到想要的东西，比如一卷厕纸，他们就说："好吧，我想我星期四再来。"总而言之，这是他带起的潮流。他的哏。就像电视上的喜剧演员每周一次又一次重复同样的台词。这句话在撒马尔罕住宅里流行起来，对他们所有人都有着某种意义。

　　后来有一天晚上,他们在游戏室里轮流赞扬每个人为"新路径"带来了什么,比如**思想**,他们说他为这里带来了幽默。无论他感觉多么糟糕,他身上始终有一种从幽默的角度看待事物的能力。大家围成一圈,每个人都鼓起掌来。他抬起头,吃惊地看到一圈人都在微笑,每个人眼中都是温暖的赞许,很长一段时间,他们的掌声一直在他心里回响。

17

那年八月底,在他进入"新路径"两个月之后,他被调到纳帕谷一家农场,那地方在加利福尼亚北部内陆。纳帕谷是一处葡萄酒乡,有很多葡萄园。

"新路径"基金会常务主管唐纳德·亚伯拉罕签署了调令。这是迈克·韦斯特韦尔的建议,这名工作人员很想看看那个地方对布鲁斯的治疗效果怎么样。尤其是因为**游戏**并没有为他带来帮助之后。事实上,他的情况反而进一步恶化了。

"你的名字叫布鲁斯。"农场主管说,布鲁斯正拖着行李箱笨拙地从车里走出来。

"我是布鲁斯。"他说。

"布鲁斯,我们想让你做一段时间农活。"

"好的。"

"我想你会喜欢这里的,布鲁斯。"

"我想我会喜欢,"他说,"这里。"

农场主管仔细地打量着他,"他们最近给你剃了头。"

"是的,他们给我剃了头。"布鲁斯伸手去摸自己剃光头发的脑袋。

"为什么?"

"他们给我剃了头,是因为他们发现我待在女士的宿舍。"

"你是第一次吗?"

"这是我第二次。"布鲁斯停顿了一下说,"有一次我出现了暴力行为。"他站在那里,手里还拿着手提箱;主管示意他把它放在地上。"我没有遵守禁止暴力的规定。"

"你做了什么?"

"我扔了个枕头。"

"好吧,布鲁斯。"主管说,"跟我来,我会告诉你在哪儿睡觉。我们这里没有中央住宅楼,每六个人共用一个小木屋。他们在那里吃饭睡觉,不干活儿时就住在那里。这里没有**游戏**时间,只有工作。你不用再做那些**游戏**了,布鲁斯。"

布鲁斯看起来很高兴,脸上露出一个微笑。

"你喜欢山吗?"农场主管指向他们右边,"看上面,有山。没有雪,但有山。左边是圣罗莎山,那山坡上种了很棒的葡萄。不过，我们没有种葡萄。有其他各种农产品，但没有葡萄。"

"我喜欢山。"布鲁斯说。

"看看那边。"主管又指了指。布鲁斯没有去看。"我们会给你找顶帽子。"主管说，"你剃了头，没帽子可不能在外面地里干活儿。在我们给你拿顶帽子之前，先不要出去干活儿。好吗？"

"在我拿到帽子之前，我不会出去干活。"布鲁斯说。

"这里空气很好。"主管说。

"我喜欢空气。"布鲁斯说。

"好。"主管示意布鲁斯拿起手提箱跟他走。他感到有点儿尴尬，瞥了布鲁斯一眼，不知道该说什么。像布鲁斯这样的人来到这里，最好跟他聊聊双方的共同经历。"我们都喜欢空气，布鲁斯。我们确实都喜欢。这确实是我们的共同点。"他想，我们仍然有共同点。

"我还会见到我的朋友吗？"布鲁斯问。

"你是说回到你之前待的那个地方？圣安娜的机构？"

"迈克、劳拉、乔治、埃迪、堂娜，还有——"

"住宿楼里的人不会到农场来，"主管解释说，"这里是封闭运营的。但是你每年可以回去一两次。我们有圣诞节聚会，还有——"

布鲁斯停了下来。

"下一次，"主管又做了个手势示意他继续往前走，"是感恩节。我们会把工人们送回他们当初的住宅，为期两天。然后他们回到这里，再下一次是圣诞节。你会再次见到他们的，如果他们没有被调到其他机构。要等三个月。但在'新路径'，你不应该跟任何人发展出一对一的关系——他们没有告诉你吗？你应该只和整个群体建立联系。"

"我知道。"布鲁斯说，"他们让我们牢记这一点，这是'新路径'的纲领之一。"他环顾四周问："我能喝杯水吗？"

"我来告诉你水源在哪儿。你的小木屋里就有一个，这里还有一个，是整个群体公用的。"他带布鲁斯走向一个活动房屋，"这些农场设施都是封闭的，因为里面有实验作物和杂交作物，我们希望防止虫蛀。进入这里的人，即使是工作人员，也要检查他们的衣服、鞋子和头发上有无害虫。"他随便选了个小屋。"你的是4-G，"他说，"你能记住吗？"

"它们看起来都差不多。"布鲁斯说。

"你可以钉个什么东西，方便你认出这个小屋。这样比较容易记住。最好是彩色的东西。"他推开屋门，又热又臭的空气朝他们迎面扑来。"我想我们会先把你和洋蓟放在一块儿，"他思索着，"你得戴上手套——它们长了刺。"

"洋蓟。"布鲁斯说。

"见鬼,我们这儿也有蘑菇。实验蘑菇农场,当然,是密封的——家庭种植者需要密封场地——避免致病孢子飘进来污染种植床。当然,真菌孢子是通过空气传播的。对于所有的蘑菇种植者来说,这都会带来风险。"

"蘑菇。"布鲁斯走进这间黑暗、炎热的小屋。主管看着他进来。

"是的,布鲁斯。"他说。

"是的,布鲁斯。"布鲁斯说。

"布鲁斯。"主管说,"醒醒。"

他点点头,站在空气污浊、光线昏暗的小屋里,手里还拿着他的手提箱。"好的。"他说。

光线一暗,他们就打瞌睡,主管心想,就像鸡一样。

他想,蔬菜中的蔬菜,或者真菌中的真菌。随你怎么说。

他在小屋里打开头顶的电灯,然后开始告诉布鲁斯怎么操作。布鲁斯看起来心不在焉;他现在注意到外面的山,站在那里死死地盯着那边,仿佛第一次意识到山的存在。

"山,布鲁斯。山。"主管说。

"山,布鲁斯。山。"布鲁斯说,一直盯着看。

"模仿语言,布鲁斯。模仿语言。"主管说。

"模仿语言,布鲁斯——"

"好吧，布鲁斯。"主管说，然后走出去关上了小屋的门。他想，我觉得我应该把他放进胡萝卜里，或者甜菜里。最好是简单点儿的东西，不会让他感到迷惑的东西。

不同的小屋里有不同的蔬菜。他们彼此做伴。他们可以一起打瞌睡，整整齐齐。它们一行又一行，一亩又一亩。

他们让他面对土地，他看到了玉米，就像不规则的投影。他想，种植垃圾。他们经营一个垃圾农场。

他弯下腰，看到地上长着一种小小的花，蓝色的。很多小花，长在短小的茎秆上，就像割麦子后留下的残茎——麦茬。

这里有很多很多，他现在能看到，把脸凑近地面就能分辨出来。在田地里，在一排排长得比较高的玉米中间，这种植物隐藏其中，很多农民就是这样种植作物的：一种作物藏在另一种里面，像同心环一样。他记得，这就像墨西哥农民的大麻种植园：用较高的植物环绕在周围，这样墨西哥联邦部队的吉普车就不会发现它们；但后来他们从空中发现了目标。

那里的联邦部队如果发现了这样的大麻种植园——他们会用机关枪扫射那个农民、他的妻子、他们的孩子，甚至动物们。然后开车离开。直升机继续搜索，吉普车紧跟其后。

可爱的蓝色小花。

"你看到的是未来的花，""新路径"的常务主管唐纳德说，

"但不是给你的。"

"为什么不是给我的?"布鲁斯问。

"你已经有不少好东西了。"常务主管咯咯笑了起来,"所以站起来吧,别再膜拜了——这不是你的上帝,你的偶像,虽然它曾经是。你看到的是不是一种超自然的幻觉在这里生长? 看起来好像确实是。"他使劲拍了拍布鲁斯的肩膀,然后放下手,他挡住了那双呆滞的眼睛的视线。

"消失了,"布鲁斯说,"春天的花朵消失了。"

"不,只是你看不见它们了。这是个你无法理解的哲学问题。关于认识论——知识的理论。"

布鲁斯只能看到唐纳德的手掌挡住光线,他盯着它看了一千年。它锁上了,它已经锁上了;它会为他锁住,永远锁住,为了那双永存的、死去的眼睛,一双看不见外面的眼睛,一只不会挪开的手。随着那双眼睛的凝视,时间流逝,宇宙和他一起凝固不动,至少对他来说,与他和他的领悟一起冻结,因为它已经失去了生气。没有什么是他不知道的,也不会再发生什么。

"回去干活儿吧,布鲁斯。"常务主管唐纳德说。

"我看到了。"布鲁斯说。他想,我知道了。就是这样:我看到的是正在生长的D物质。我看到死亡从地球上长出来,从土地里长出来,在一片蓝色的田地里,它有着麦茬的颜色。

农场主管和唐纳德·亚伯拉罕对视了一眼,低头看向那个跪着的人影,那个跪着的人以及四处种植的死亡本体,隐藏在玉米中间。

"回去干活儿,布鲁斯。"跪着的人说,然后站了起来。

唐纳德和农场主管慢步走向他们停着的林肯车。他们一边谈话一边走;布鲁斯看到——不用转身,也无法转身——他们离开。

布鲁斯弯下腰,摘下一株蓝色的植物,放进他右脚的鞋里,它滑了下去,在视野中消失。一份礼物,送给我的朋友们,他想。他在脑海中,在没有人能看见的地方,期待着感恩节。

后　记

　　这部小说,写的是那些因为自己所做的事情而受到太多惩罚的人。他们本来只是想开心一下,但他们就像在街头玩耍的孩子;他们看到他们之中一个又一个人被杀——死掉、残废、被毁——但他们还是继续玩耍。有一段时间,我们真的都非常开心,坐在一起,不用辛辛苦苦地干活儿,只是一起吹牛玩乐,但那段时间短得可怕,随后而至的惩罚却令人难以置信:即使我们亲眼看见,仍无法相信。例如,就在我写下这段文字的时候,我得知杰瑞·法班这个角色的原型自杀了。厄尼·拉克曼这个角色的原型,我的一位朋友,死在我开始撰写这部小说之前。有一段时间,我自己也是在街头尽情玩耍的那些孩子之一;我就像其他人一样,只想玩耍不想长大,我也因此受到了惩罚。我自己也在下面的名单中。我把这部小说献给名单上的人,也列出了每个人的情况。

　　滥用药物不是一种疾病,而是一种决定,就像决定站在一辆飞速行驶的汽车前面。你不能说那是一种疾病,那明显属于判断错误。如果有一大群人开始这样做,这就成为一种社会性的错误,一种生活方式。这种生活方式的座右铭是"及时行乐,因为明天你就死了"。死亡几乎是瞬间发生的,而快乐是一段记忆。那么,这只是对于普通人生活方式的一种加速、一种强化。这与你的生活方式没什么不同,只是更快了而已。一切都发生在几天或几周内,而不是几个月或几年。正如维隆在1460年所说的:"手持现金,别理空头支票。"但如果现金是一分钱,而支票是一辈子,这就成为一个错误。

　　这部小说并不针对道德,也不针对享乐主义者;这本书并不是说他们在应该辛苦工作时玩耍有什么错误;这本书只是要告诉我们后果是什么。在希腊戏剧中,作为一个社会,他们开始发现科学,也即是因果规律。这部小说描述了因果报应:不是命运,因为我们中的任何一个人都可以选择停止在街头玩耍;我讲述自己的生活和内心最深处的东西,这对于那些继续玩耍的人来说更像是一种可怕的诅咒。至于我自己,我不是小说中的一个角色;我就是这部小说。然而,此时此刻我们的整个国家也一样。这部小说中的人物不仅仅是我自己认识的人,有些人是我们都在报纸上见到过的。这就像和我们的伙伴坐在一起，一边瞎扯一边用磁带录音。二十世纪六十年代这十年中人类做出了各种糟糕的决定，包括当权派和在野派；大自然给了我们严厉的打击；可怕的事情迫使我们停下来。

如果存在任何"罪恶"，那就是这些人希望永远享受快乐的时光，也因此而受到了惩罚；但就像我说的，我感觉惩罚太过严厉了，我更倾向于只从希腊戏剧或道德中立的角度来考虑，这只是科学，一种不可抗的、公正的因果关系。我爱他们所有人。这个名单上的人，我希望向他们献出我的爱：

盖尔内　逝世

雷　逝世

弗朗西　永久性精神病

凯茜　永久性脑损伤

吉姆　逝世

瓦尔　永久性脑损伤

南希　永久性精神病

乔安妮　永久性脑损伤

马伦　逝世

尼克　逝世

特里　逝世

丹尼斯 逝世

菲尔 永久性胰脏损伤

休 永久性血管损伤

杰瑞 永久性精神病和血管损伤

……

缅怀他们。他们是我的同伴,没有比他们更好的人了。他们仍然活在我心里,我永远不会原谅敌人。"敌人"是他们在玩耍中犯下的错误。让他们所有人从头再玩一次吧,以另一种方式去玩,让他们能够快乐。